Nierzeczywiste

André Malraux

PRZEMIANA BOGÓW

Nierzeczywiste

przełożyła Joanna Guze

Krajowa Agencja Wydawnicza

Tytuł oryginału: *La Métamorphose des Dieux, L'Irréel*
Edition Gallimard, 1977

© *André Malraux, 1957 La Métamorphose des Dieux*
© *Edition Gallimard, 1974, L'Irréel*

1. FRONTYSPIS – TYCJAN. PORWANIE EUROPY (OK. 1559–1562)

Przedmowa

Oto, po szesnastu latach, druga część tej książki, ukończona w roku 1958. Muzeum Imaginacyjne zagarnęło Zachód i Japonię – od monografii po encyklopedie; ale nadal rządzi nim historia sztuki. Przypominam tutaj koniec Wprowadzenia ogólnego:

«Usiłowałem uczynić zrozumiałym świat obrazów, przez twórczość ludzką przeciwstawiony czasowi i po raz pierwszy zwyciężający czas; a także potęgę, równie może starą jak wynalazek ognia i grobu, której zawdzięcza on swoje istnienie. Przedmiotem tej książki nie jest ani historia sztuki, ani estetyka, ale znaczenie, jakiego nabiera obecność wiecznej odpowiedzi na pytanie stawiane człowiekowi przez to, co jest w nim cząstką wieczności.»

Każdy rozumie, czym jest W poszukiwaniu straconego czasu *odkąd, po śmierci Marcela Prousta, ukazał się* Czas odnaleziony. *I może nie sposób zrozumieć w pełni znaczeń tej książki, zanim ukaże się następny i ostatni tom. Ale tak samo jak tom poprzedni i jak* Głosy milczenia, *mówi ona o przedmiocie, któremu cała historia jest podporządkowana. Dlatego napisałem o* Głosach milczenia, *co mógłbym napisać o tej książce: nie jest historią sztuki tak samo, jak* Dola człowiecza *nie jest reportażem o Chinach.*

Jeśli mamy świadomość rozwoju wyzwalającego artystę cywilizacji historycznych, a może i prehistorycznych, od jego poprzedników, to nie możemy już sądzić, że chronologia wydarzeń (i których?) wystarczy do powstania Historii; bo też historia wyrasta ponad chronologię tylko wtedy, kiedy staje się interpretacją ludzkiej przygody: w żadnej chronologii nie mieści się hegelianizm, marksizm i teorie kultur.

Od dawna Italia renesansu, Wenecja i wszystkie miejsca, gdzie wykształciła się sztuka tego, co irrealne, stanowią przed-

miot historii sztuki; *po wojnie poświęcono im kilka ważnych dzieł. Ale każda historia pewnego okresu wspiera się na wartościach, które rządzą sztuką w jej całości, ta książka natomiast odwołuje się do wartości nie należących do porządku historycznego. Tintoretto przychodzi po Tycjanie i na malarstwo Tintoretta pada potężne światło tej sukcesji; dla nas jednak obecność malarstwa Tintoretta polega na tym, co nie jest w nim zewnętrzne i co łączy je ze wszystkimi dziełami sztuki; Tintoretto nie po to uwalnia się od Tycjana, by odkryć fotografię Wenecji. Zmartwychwstanie, które sztuka światowa zawdzięcza nowoczesnym sposobom reprodukcji, objawia wspólną obecność na kolejnych ziemiach śmierci. Mogliśmy to przeczuć, odkąd przestaliśmy sądzić, że przedmiotem sztuki jest wierne albo idealizowane naśladownictwo i odkąd odkryliśmy, że każde wielkie dzieło należy do szczególnego świata, który jest światem sztuki. Zestawienie obrazów Uccella i Piera della Francesca z mało znanymi freskami poprzedzającymi je bezpośrednio (str. 48–57) jest rzeczą pasjonującą i przynależy do historii; lecz to, co dzieli Uccella i Piera od mozaiki bizantyńskiej czy lawowanego rysunku chińskiego i stanowi o naturze, obecności i geniuszu obu malarzy, przynależy do innej dziedziny.*

Przemiana Bogów, *podobnie jak moje powieści,* Anty-pamiętniki, Głosy milczenia, *mówi przede wszystkim o stosunku człowieka do losu. W pierwszym tomie usiłowałem pokazać, jak w sztuce sakralnej, starożytnej i chrześcijańskiej, człowiek szukał form podporządkowujących to, co zewnętrzne, Najwyższej Prawdzie cywilizacji, do jakiej dana sztuka należy.* «Jeden tylko lud świadczył o istnieniu pozaziemskiego świata Egipcjan, bogów starożytnych i Chrystusa, a był nim lud posągów.» *Kiedy Chrystus przestaje władać nie tylko sztuką, ale światem, kiedy sztuka świecka staje się rywalką sztuki religijnej, nie ulega ona temu, co zewnętrzne: idealizacja odgrywa tę rolę, jaką odgry-*

wała obecność Chrystusa. I jakie malarstwo usuwa wówczas w cień chrześcijaństwo: malarstwo Bruegel'a czy malarstwo, w którym Italia łączy ludzi, postacie z Mitu i postacie z Biblii?

Świat, który przychodzi po świecie niepoznawalnego, nie naśladuje tego, co poznawalne, ale wyraża irrealne. Od pierwszego odwołania się do Natury, aż do ostatniego, w przypadku Courbeta – a Courbet, mimo swoich teorii, należy do malarskiego świata poprzedników dzięki wspólnocie cienia, w którym malarze azjatyccy widzą symbol irrealności zachodniej – to, co irrealne, zajmuje miejsce boskiego i sakralnego. Dla Tycjana tak samo jak dla Fidiasza i rzeźbiarzy Sumeru – wszystko jedno, czy wiedzą o tym, czy nie wiedzą – celem kreacji artystycznej jest poprzez pozór wyrazić to, co do pozoru nie należy (przede wszystkim zaś nie należy do czasu ludzkiego), a może istnieć tylko dzięki kreacji. Stąd wielkie zmartwychwstania naszej epoki, w której tyle form się łączy, ponieważ były one kolejnymi formami walki sztuki z losem.

Oto więc, zanim ukaże się studium form, które sztuka nowoczesna usiłuje łączyć z tym, co ponadczasowe, studium form, o które walczyła sztuka w służbie tego, co nierzeczywiste – od Florencji po śmierć Rembrandta.

I

Państwa miejskie XV wieku w całym chrześcijaństwie mają tę samą strukturę: chłopi, robotnicy z manufaktur, rzemieślnicy, kramarze, szefowie przedsiębiorstw. «Mieszczanie», których portrety posiadamy, są tymi szefami przedsiębiorstw i określenie bardzo odbiega od znaczeń, jakie mu przydał romantyzm. Wielcy organizatorzy, nazbyt ceniący solidność, by cenić sobie turnieje, nie dają się zwieść wojnie, kończącej się w tych czasach okupem – a królowie nie mogą go zapłacić, jeśli oni na ten okup nie pożyczą – przypominają raczej magnatów amerykańskich z roku 1880 niż kramarzy z wierszowanych opowieści. (Wiemy dziś, że wielu ówczesnych kramarzy bardziej zajmowało się muzyką niż farsami.) I kto jest mieszczaninem w nowoczesnym rozumieniu słowa, kiedy po jednej stronie są przeciwnicy Etienne'a Marcel, a po drugiej ten zuchwały burmistrz, po jednej książę de Berry uwięziony w którymś ze swoich zamków, po drugiej zaś Jacques Coeur opuszczony przez Karola VII, ale nie przez demona przygody, dowódca galer papieskich po ucieczce konający na Chios? Czyją dewizą słusznie jest: «Dla dzielnego serca wszystko jest możliwe»? Ich upodobania w sztuce są zresztą bardzo pokrewne. Tapiserie przedstawiające bohaterów lepiej symbolizują tę epokę, niż parodie turniejów w Hôtel de Bourges. Niechaj nas nie zwiedzie wygodna skromność wnętrz flamandzkich: Filipowi van Artevelde zarzucano jego książęcy tryb życia, a Jan van Eyck należał do przyjaciół księcia Burgundii.

Nic w głębszym sensie nie dzieli mieszczanina flamandzkiego od mieszczanina florenckiego: Josse Vijdta od Arnolfiniego. Ale rządy nad Arnolfinim sprawują jemu podobni, gdy Josse Vijdt ma za pana szefa kasty, którego wartości są mu obce. Gandawę od Florencji dzieli książę Burgundii, hrabia Flandrii. Zdalibyśmy sobie z tego jaśniej sprawę, gdyby cesarz przyznał wielkim książętom Zachodu tytuły królewskie, o które się ubiegali. Hierarchia flamandzka to tradycyjna hierarchia królestw; ona sprawia, że mieszczaństwo mimo swych buntów, względnej niezależności pewnych miast oraz mecenasów, nie ma swego świata marzeń. Ten szlachetny świat przysługuje tylko dworowi i jest feudalny.

Tych tradycji nie zna Florencja. Wielcy Medyceusze uważali zapewne armię za zło konieczne. Ich stosunki z kondotierami w niczym nie przypominają stosunków królów z potężnymi wasalami. Medyceusze płacą kondotierom i boją się ich, ale widzą w nich tylko najbardziej niebezpiecznych współpracowników: ludzi fachu, nie zaś powołania. Niepodobna wyobrazić sobie krucjaty kondotierów. Co więcej, kondotier walczy tym wierniej, im więcej ma sprzymierzeńców i im bardziej spodziewa się zwycięstwa; a skąd ma sprzymierzeńców, jeśli nie od rządu? Najbogatsze miasto, gdyby było tylko bogate, stanowiłoby łup najbardziej kuszący – przede wszystkim dla kondotiera. Mieszczanina uważa kondotier za swego poddanego, ale Radę za swego pana.

Od wieków polityka kryła się pod maską. Polityka Kościoła powoływała się na Boga; Filip Piękny używał słownictwa Ludwika Świętego, argumentem francuskich legistów przeciw papieżowi były prawa przyszłej wyprawy krzyżowej. Teraz jednak należało skoordynować interesy państwa, uznane za interesy państwa; Lorenzo Medici swojej inteligencji zawdzięcza autorytet, który Ludwik Święty zawdzięczał sakrze i sprawiedliwości. Florencja nie porzuca Wiary, jak sądzi wiek XIX; ale patrycjat florencki nie zna czy też gardzi światem przedstawień, które szlachta po tamtej stronie gór czerpie z wartości feudalnych...

Rycerstwo idealne było wojskiem Chrystusowym; żywe rycerstwo było kastą wojskową, na której w czasach, kiedy zwycięstwo przypisywano odwadze, a organizacja całej armii wspierała się na lojalizmie, spoczywał porządek doczesny chłopskiej cywilizacji. W wieku XIV pieniądz, cywilizacja miejska, życie dworu, które zaczyna się z Walezjuszami, bardzo osłabiły porządek prawa boskiego, podtrzymywany przez rycerstwo mieczem; w wieku XV rozwój techniki wojskowej obraca czyn bohaterski w skazany na zagładę popis. Ani łucznicy angielscy, ani woltyżerzy Gastona de Foix, ani janczarzy nie są rycerzami. Ani też bombardy. Po Nikopolis, po Azincourt rycerstwo oznacza klęskę – albo turniej.

Pierwsza idzie z drugim w parze. Nigdy turnieje nie były świetniejsze niż wówczas, kiedy stały się bezużyteczną zabawą. Król René kodyfikuje je i maluje zamiast zdobywać królestwo Neapolu. Historia schyłku średniowiecza w Europie Północnej dzieli się na dwie wielkie linie: tych, którzy działają w imię skuteczności jak Karol V, Ludwik XI oraz wielcy królowie angielscy; i tych, których obsesją jest legendarna przeszłość dlatego, że jest legendarna: od Jana Dobrego po Karola Śmiałego dziedzictwo pokonanych. Wydaje się, że ci rycerze są olśnieni swoim rycerstwem, co mocno zdumiałoby Ludwika Świętego i Ryszarda Lwie Serce. Nigdy nie było tylu nowych rycerskich wyróżnień, jak za agonii rycerstwa: order Gwiazdy, Jeżozwierza, Miecza, Złotej Tarczy, Charta, św. Jerzego, Anuncjaty i inne jeszcze; Złote Runo ustanowiono w czternaście lat po Azincourt.

«Wiek Burgundii» jest na pewno najbardziej oddaną marzeniu epoką ówczesnego Zachodu. Ale marzy kasta, więzień przeszłości zachwycającej, a pozbawionej tego, co było jej wielkością. Dwór w Brukseli ozdobnością przesłania swój prawdziwy świat, który był światem cyrku: kruszenie kopii, błazny, zwierzęta egzotyczne, akrobaci. Jeśli ten rodzaj chrześcijaństwa wymyka się dzieciństwu, to tylko poprzez swoją ekspresję religijną (zrodzoną w środowiskach zamkniętych) i muzykę: poprzez *Naśladowanie Jezusa Chrystusa,* msze i śpiewy świeckie

Guilaume'a Dufay. Od Jana Dobrego do Karola Śmiałego, Izabelę Bawarską włączywszy, władcy są muzykami. Ale z pojawieniem się Medyceuszy zbiorowość, odpowiadająca klerowi w królestwach, odkrywa własne wartości. Mają one wiele do zawdzięczenia pieniądzom i rządowi «demokratycznemu»; są również wartościami niejednego z kondotierów, którzy zostali książętami; wszyscy są *intruzami w tradycji*. Dla tych władców bez przodków słowo cywilizacja, które oznaczało chrześcijaństwo i rycerstwo, oznacza też kulturę. We Florencji od początku wieku cywilizacja chrześcijańska, dotychczas cywilizacja duszy, zaczyna się przekształcać w cywilizację umysłu.

Włochy Trecenta wyznaczyły dramatowi chrześcijańskiemu dość poślednie miejsce: dziedzina form, poprzez które Giotto stał się ojcem malarstwa, wynalazcą kościelnej łaciny toskańskiej, zastępującej grekę bizantyńską, mniej wyrażała cierpienie niż miłość. W czasach katedr komunia, zajmując miejsce transcendencji, stała się duszą sztuki gotyckiej; z końcem Trecenta, w rezultacie ewolucji przypominającej ewolucję rzeźby francuskiej, powaga komunii, charakteryzująca freski padewskie, ustąpiła miejsca czułości religijnej, często bliskiej rozrzewnieniu. Ta czułość była jednym ze źródeł sztuki chrześcijańskiej, od rzymskiej niewinności począwszy; towarzyszyła sztuce pobożności prywatnej i dość jej, żebyśmy nazywali gotyckimi wszystkie Madonny flamandzkie, do jakiegokolwiek porządku przedstawień należą odkrycia ich autorów. Czułość króluje w malarstwie flamandzkim tak samo jak w gotyku międzynarodowym. We Florencji Fra Angelico, jeden z jej największych wyrazicieli, przekaże ją Lippiemu, potem Botticellemu; odnajdziemy ją u Rafaela. Ale jeśli z jednej strony są Fra Angelico, Masolino i Ghiberti, to po drugiej mamy pięciu znakomitych mistrzów: Donatella, Masaccia, Uccella, Andreę del Castagno, Piera della Francesca, których dzieła nie są zasadniczo wyrazem komunii poprzez miłość; odrzucają cudowną uczuciowość Pokłonów Trzech Króli, czułość ledwie dla nich istnieje lub nie istnieje wcale.

Pierwsze zerwanie dokonuje się w dwadzieścia lat przed Masacciem; widać to znacznie wyraźniej w dziele Nanniego di Banco niż u geniusza tak złożonego jak Donatello – Nanniego, który był rywalem Donatella w młodości, a może i jego inspiratorem.

Patrząc na *Izajasza* Nanniego bardziej niż o postaciach Ghibertiego – z którym łączy się go często i od którego zdecydowanie różni się duchem – myślimy o najmniej gotyckich dziełach Giovanniego Pisano: o jego *Prorokach*. Ale po Giovannim rzeźba pizańska stała się na powrót gotycka. Pisano chciał – jak chciał Sluter – żeby jego *Izajasz* był naprawdę prorokiem; *Izajasz* Nanniego di Banco nie jest prorokiem, ale bohaterem chrześcijańskim.

2. NANNI DI BANCO. IZAJASZ (1408–1409)

(Dokładne dane dotyczące reprodukowanych dzieł znajdują się w Dokumentacji ikonograficznej).

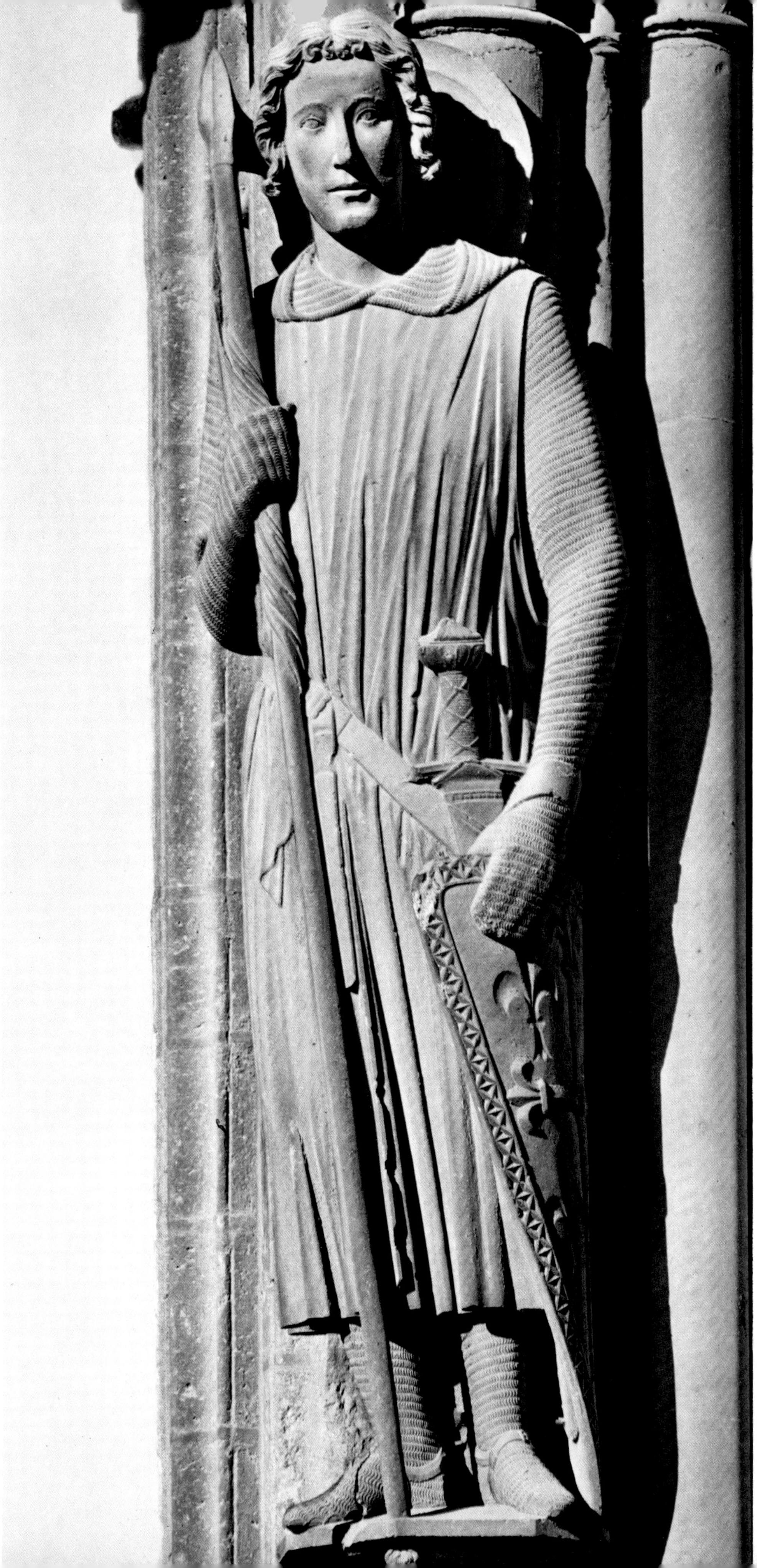

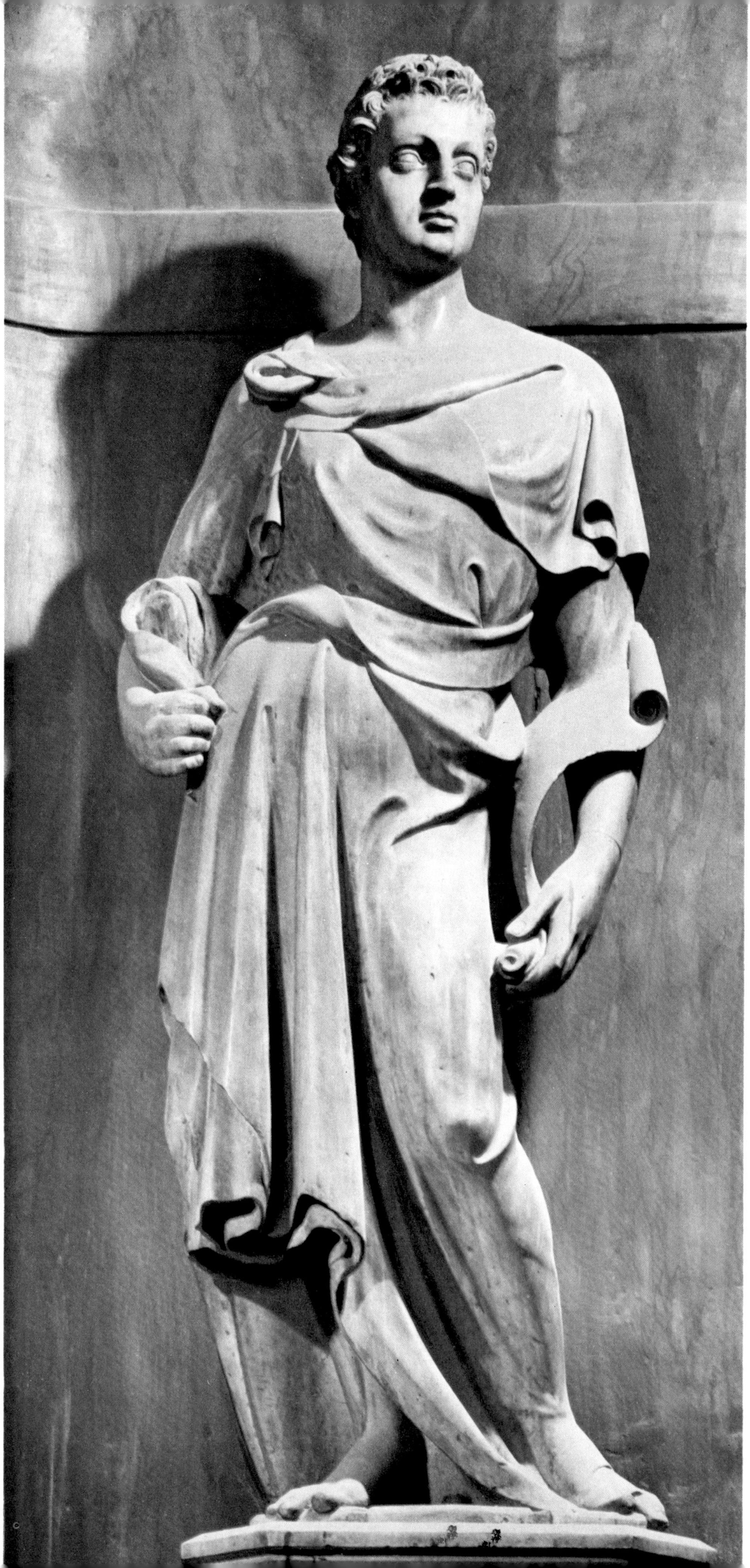

Spadkobierca świętych wojowników? Daleki jest jednak od *Świętego Teodora* z Chartres. Bo też jeśli nie wyraża jeszcze w pełni dumy ludzkiej, to nie wyraża i pokory świętego, wciąż przecież obecnej w młodzieńczym *Świętym Jerzym* Donatella. Poprzez proroka święty wojownik przekształca się w bohatera religijnego. I tylko on, bo żaden leżący rycerz nie powstał, by zostać posągiem. Donatello przydaje swemu pierwszemu *Dawidowi* więcej niewinności niż *Świętemu Jerzemu;* ale pod imieniem Dawida, jedynego bohatera biblijnego, potomstwo *Izajasza* Nanniego zapełni Toskanię i to tak dalece, że Michał Anioł zapomni o małym pasterzu dla bohatera i wyrzeźbi jego ogromny posąg...

Zdumiewający *Izajasz,* źle oświetlony w katedrze florenckiej, do której wnętrza nie był przeznaczony, mniej jest znany niż posągi z Orsanmichele. Żadna fotografia nie odda potężnego przegięcia w biodrach (które przywodzi na myśl Andreę del Castagno, Michała Anioła, barok nawet, nie zaś gotyk, gdzie jest jego rodowód), przechodzącego w pionowość *Aurigi,* gdy widz przesuwa się z prawa na lewo; nie odda też opozycji pomiędzy jedną nogą – udrapowaną półkolumną – i giętkością drugiej: ten kontrast ogłasza koniec jedności gotyckiej i odziedziczy go wiele postaci rzeźbionych i malowanych, aż po trzech muzykujących aniołów z *Bożego Narodzenia* Piera della Francesca. Ten sam

7. DONATELLO. ŚWIĘTY MAREK (1411–1412)
8. PIERO DELLA FRANCESCA. BOŻE NARODZENIE (OK. 1475)

kontrast ogłasza nam chwałę kariatyd z Erechtejonu... Czy Nanni zawdzięcza go antykowi? Można o tym wątpić, choć z antyku ma wiele. Czy Donatello zawdzięcza jednak preklasycznej rzeźbie greckiej, której nie zna, twarz swego marmurowego

9. PSAŁTERZ BIZANTYŃSKI. DAWID GRAJĄCY NA HARFIE (X W.)

Dawida? Czy Piero zawdzięcza jej to, co czyni z niego brata rzeźbiarzy z Olimpii?

Wiemy dziś, że żadne arcydzieło nie powstało z naśladownictwa stylów antycznych; nie są z niego ani Nanni czy Donatello, ani Giovanni Pisano, Giotto, Botticelli, Michał Anioł wreszcie. Mistrzowie zawsze posługiwali się antykiem do swoich celów; te cele decydowały o ich dialogu z antykiem. Wiemy, że renesans włoski nie pierwszy przywoływał starożytność; uciekał się do przeszłości, «której się powiodło». Bizancjum znało rzeźbę Rzymu, a nawet Grecji i miniatury późnego antyku; na Zachodzie geniusz chrześcijański napotykał je, śledził, odrzucał, odkąd historyczne marzenia owładnęły Karolingami. Ale ani sny Karola Wielkiego, ani jego spadkobierców, zrodzonych z bizantyńskich córek, nie mogły stworzyć postaci cesarskich w chrześcijaństwie, które malowało bohaterów jak marionetki. Bizancjum i Zachód aż do XIII wieku (wyjąwszy dzieła pokrewne pastiszowi) odwoływały się głównie do antyku schrystianizowanego lub przynajmniej zdehelenizowanego – «odbóstwionego»; często ograniczając się przy tym do motywów czy to używanych tak, jak używa się motywów egipskich w meblarstwie za Konsulatu, czy przekształconych, jak motywy orientalne. Jeśli poza sztuką dekoracyjną artysta naśladował wiernie motywy antyczne, to *tłumaczył* je, podporządkowując całości malarskiej, której duch zaprzeczał ich własnemu. W *Dawidzie grającym na harfie* z psałterza bizantyńskiego takimi motywami są ciekawa nimfa, twarz *Melodii* towarzyszącej Dawidowi i postać zwieńczona laurem, która symbolizuje Betlejem. Ale niepodobna pomylić tej iluminowanej karty z malowidłem pompejańskim: jest równie odległa od ducha sztuki grecko-rzymskiej, jak *Opowieść o Aleksandrze* od zdobywcy macedońskiego. Jakże moglibyśmy przypuszczać, że w czasach kiedy *Afrodyta z Knidos* i tyle innych sławnych rzeźb zdobiło Hipodrom, artyści Konstantynopola nie wybierali swojego antyku? Postacie karolińskich miniatorów są

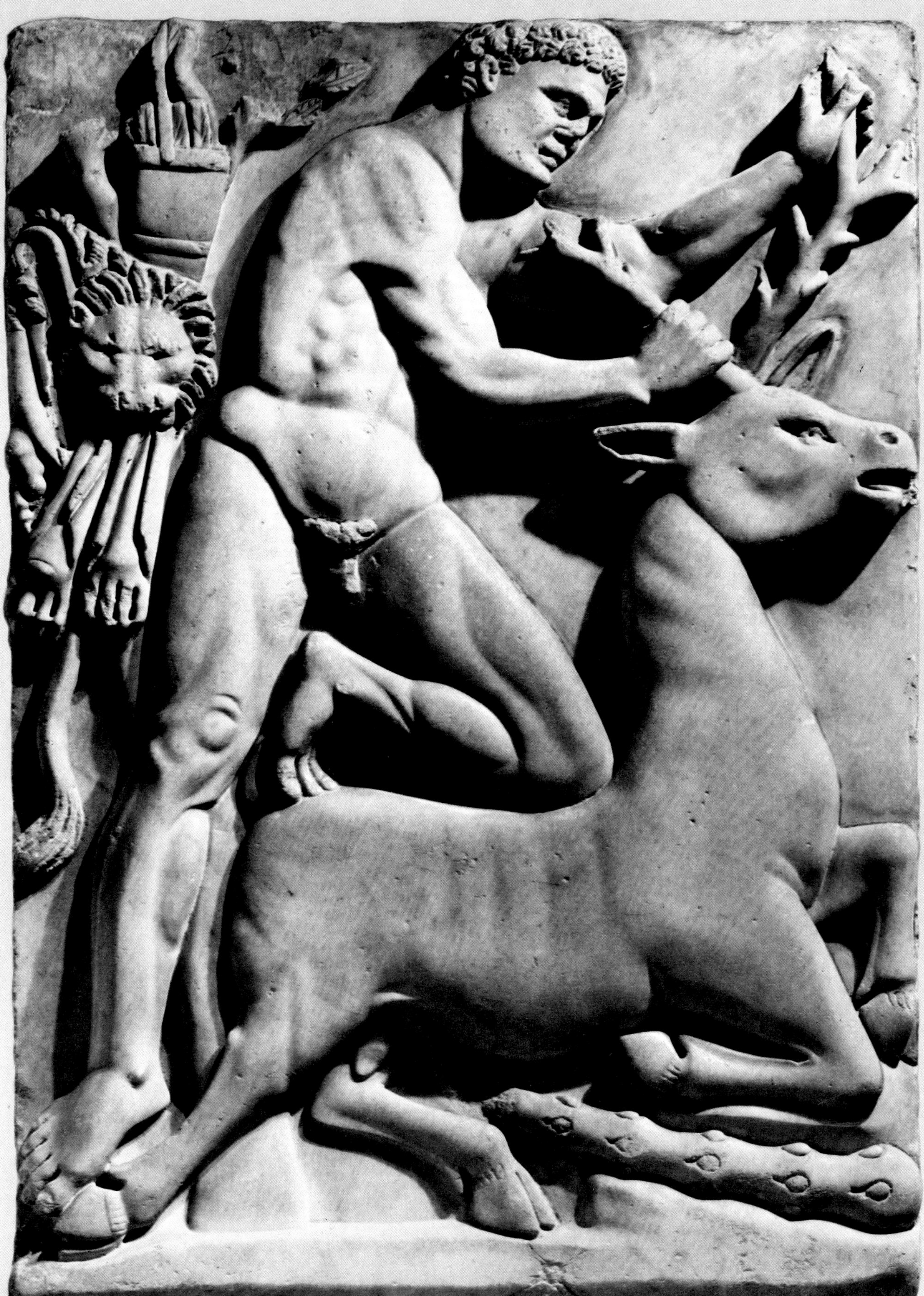

10. HERKULES I JELEŃ (REPLIKA BIZANTYŃSKA Z MODELU GRECKIEGO)
11. BIZANTYŃSKA RZEŹBA W KOŚCI SŁONIOWEJ. IZYDA (VI W.)

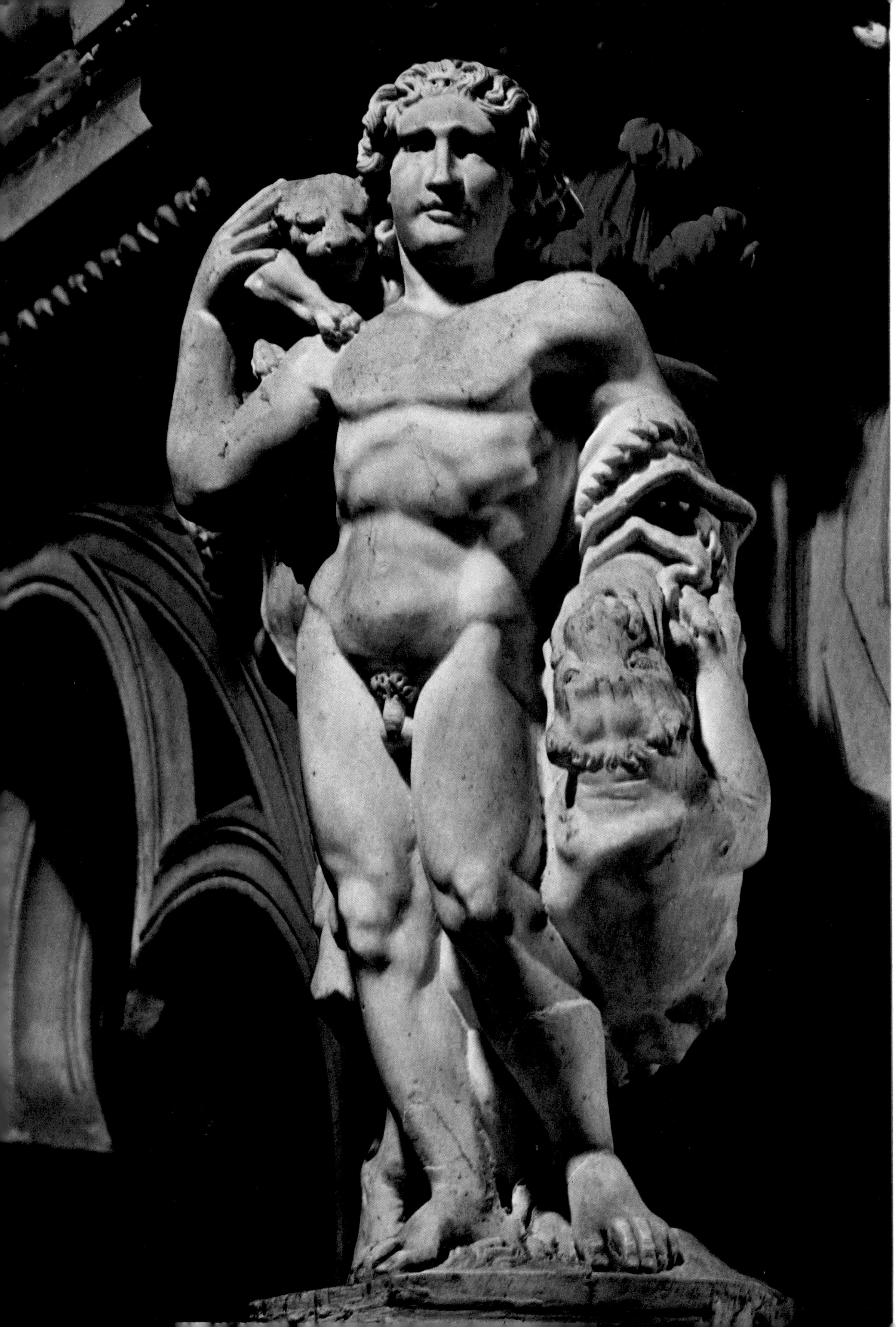

12. NICOLA PISANO. HERKULES (OK. 1260)
13. NICOLA DA FOGGIA. «ECLESIA» (1272)

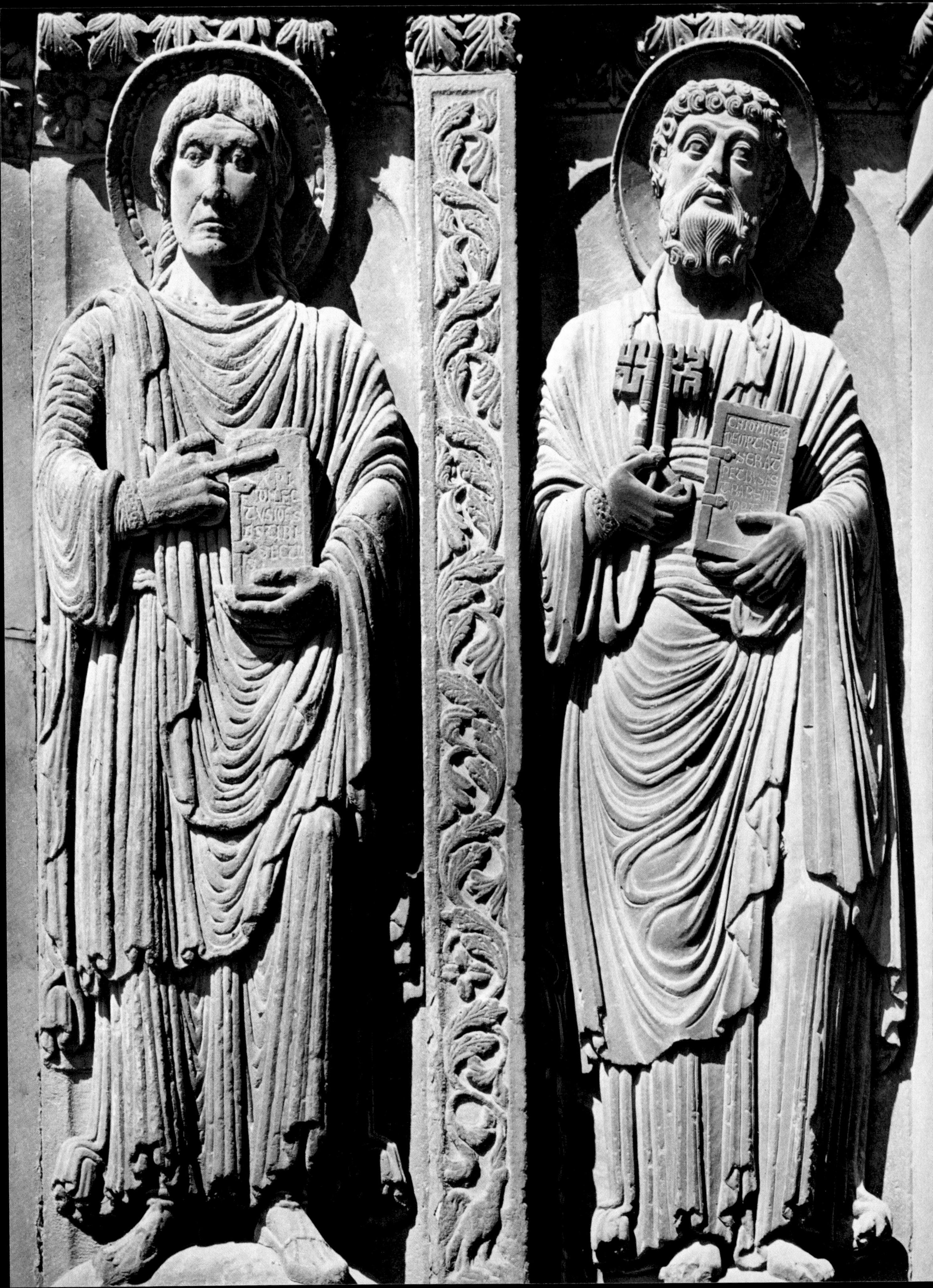

14. ARLES. PORTAL KOŚCIOŁA SAINT-TROPHIME: ŚW. JAN EWANGELISTA I ŚW. PIOTR (KONIEC XII W.)
15. «POPIERSIE Z BARLETTY» (OK. 1240)

16. KAPUA. ŁUK WIEŻY ZAMKOWEJ FRYDERYKA II: GŁOWA MĘŻCZYZNY (1239)

17. BAMBERG. «JEŹDZIEC» (OK. 1250)

18. REIMS. NAJŚWIĘTSZA PANNA Z NAWIEDZENIA (1250–1270) ▶

19. CHARTRES. ŚWIĘTA MODESTA (XIII W.) ▶

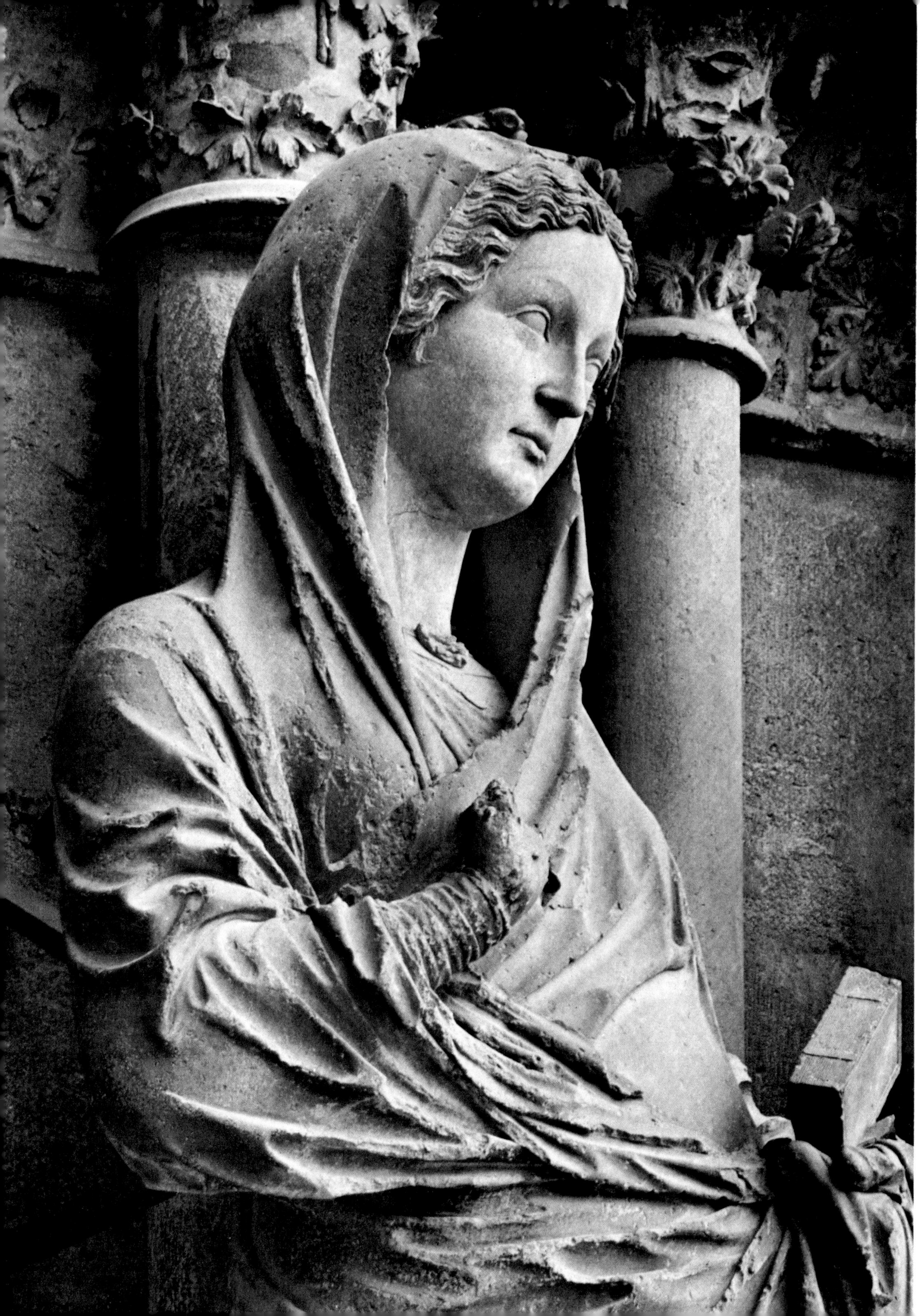

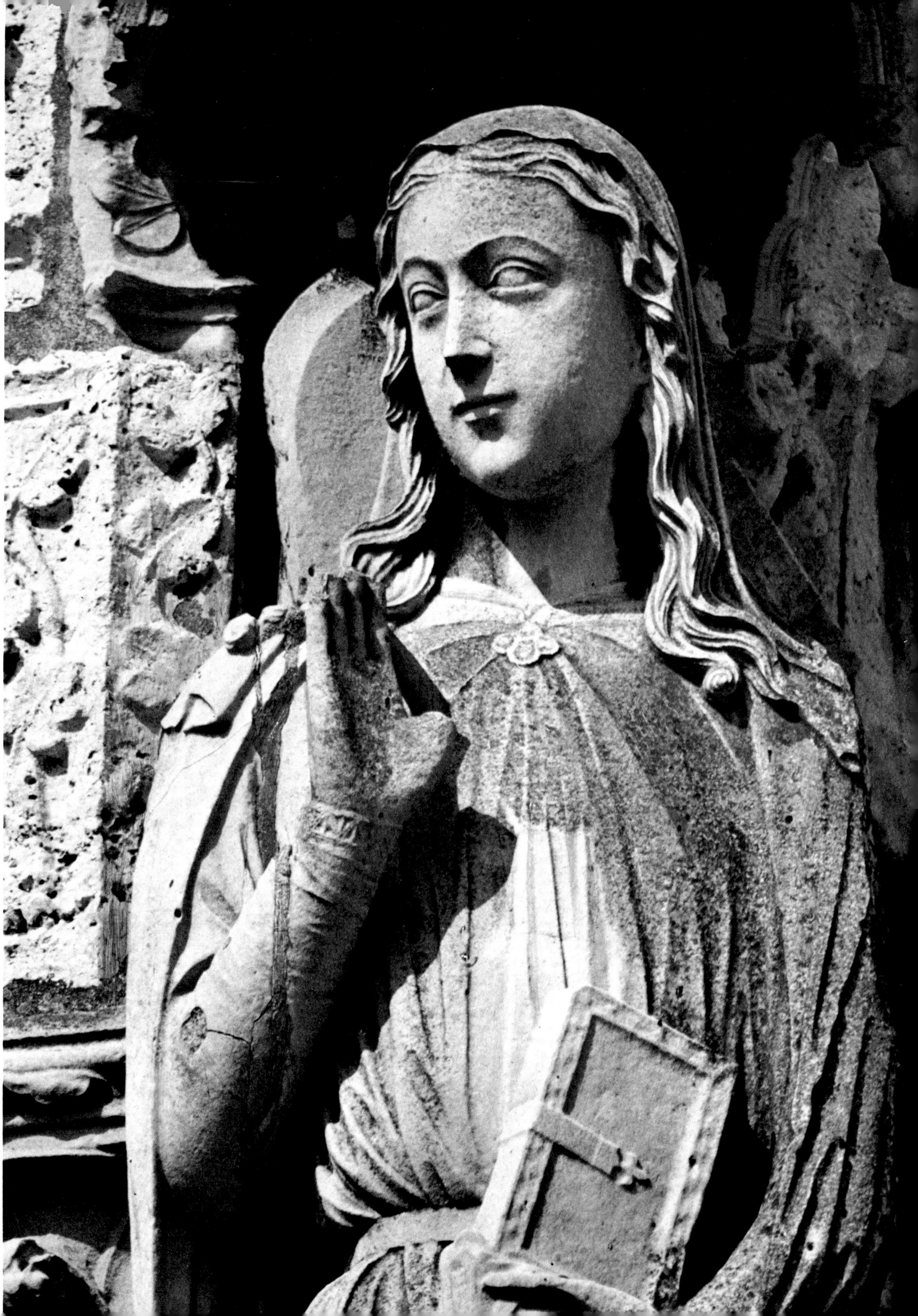

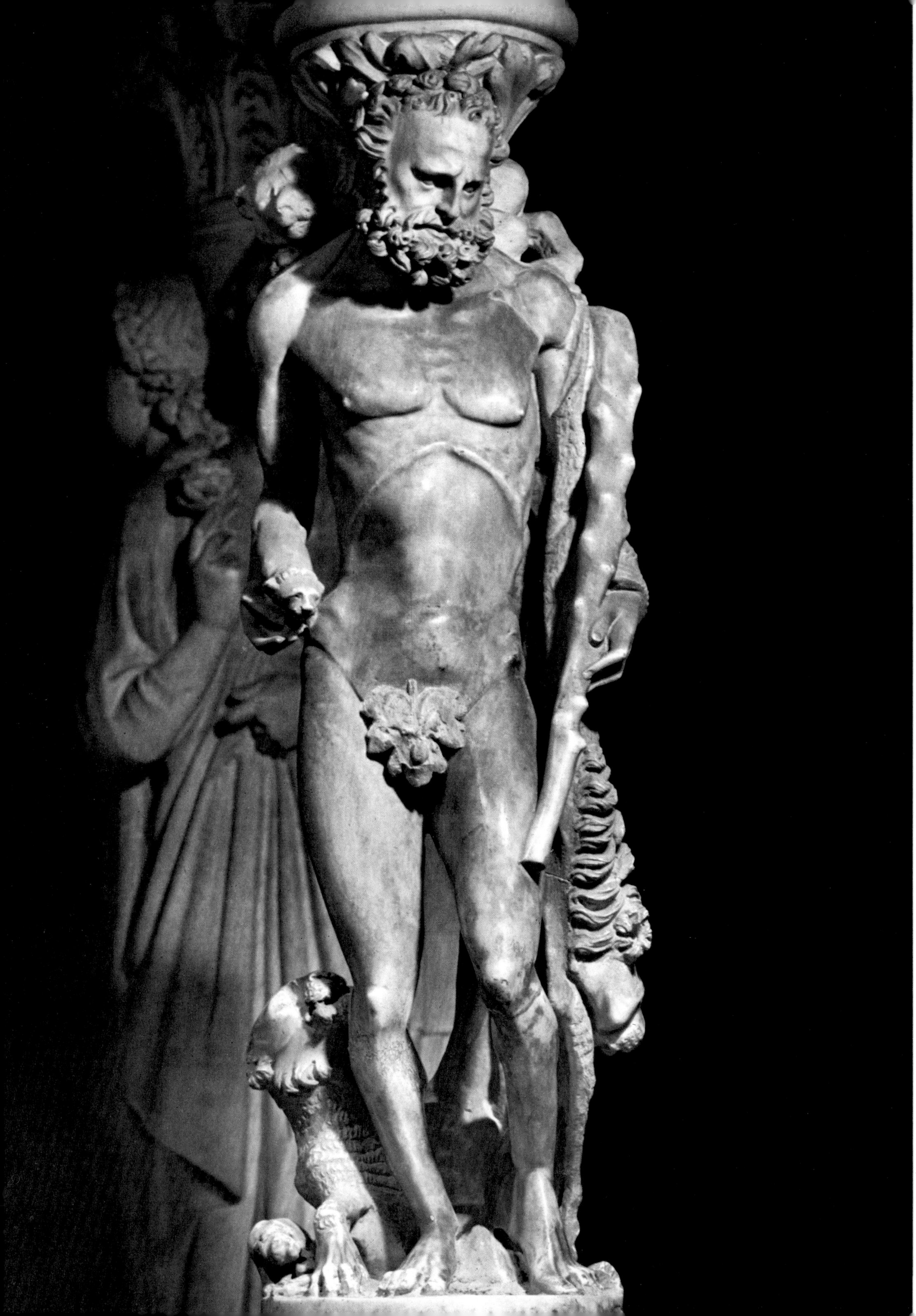

z ich wyboru, podobnie jak prowansalskich rzeźbiarzy romańskich i jak rzeźbiarzy gotyckich, którzy ze swej strony szukali innych elementów w innych posągach, jeśli żądano od nich, by do form chrześcijańskich wnieśli chrześcijańską szlachetność. Giovanni Pisano *inaczej* odwoływał się do antyku niż Nicola Pisano, i do *innego* antyku. Artyści zmieniając rodzaj antyku zmieniali rodzaj sztuki.

Od Nicola Pisano aż do Nanniego i Donatella artyści nie prowadzili z antykiem dialogu coraz mniej niezdarnego, lecz dialog bardzo umiejętny – *każdy ze swoim antykiem.* Ten dialog nie zmieni swej natury, kiedy postacie zaczną bardziej zachwycać niż być źródłem komunii i opuszczą mury kościołów. Ghiberti nazywa greckim wszystko, co go urzeka, ale urzeka go

20. GIOVANNI PISANO. HERKULES (1302–1310)
21. GHIBERTI. POSTAĆ Z «RAJSKICH WRÓT» (1425–1452)

22. CHARTRES. ŚWIĘTY GRZEGORZ (OK. 1225–1230)
23. NANNI DI BANCO. ŚWIĘTY ELIGIUSZ (OK. 1413)

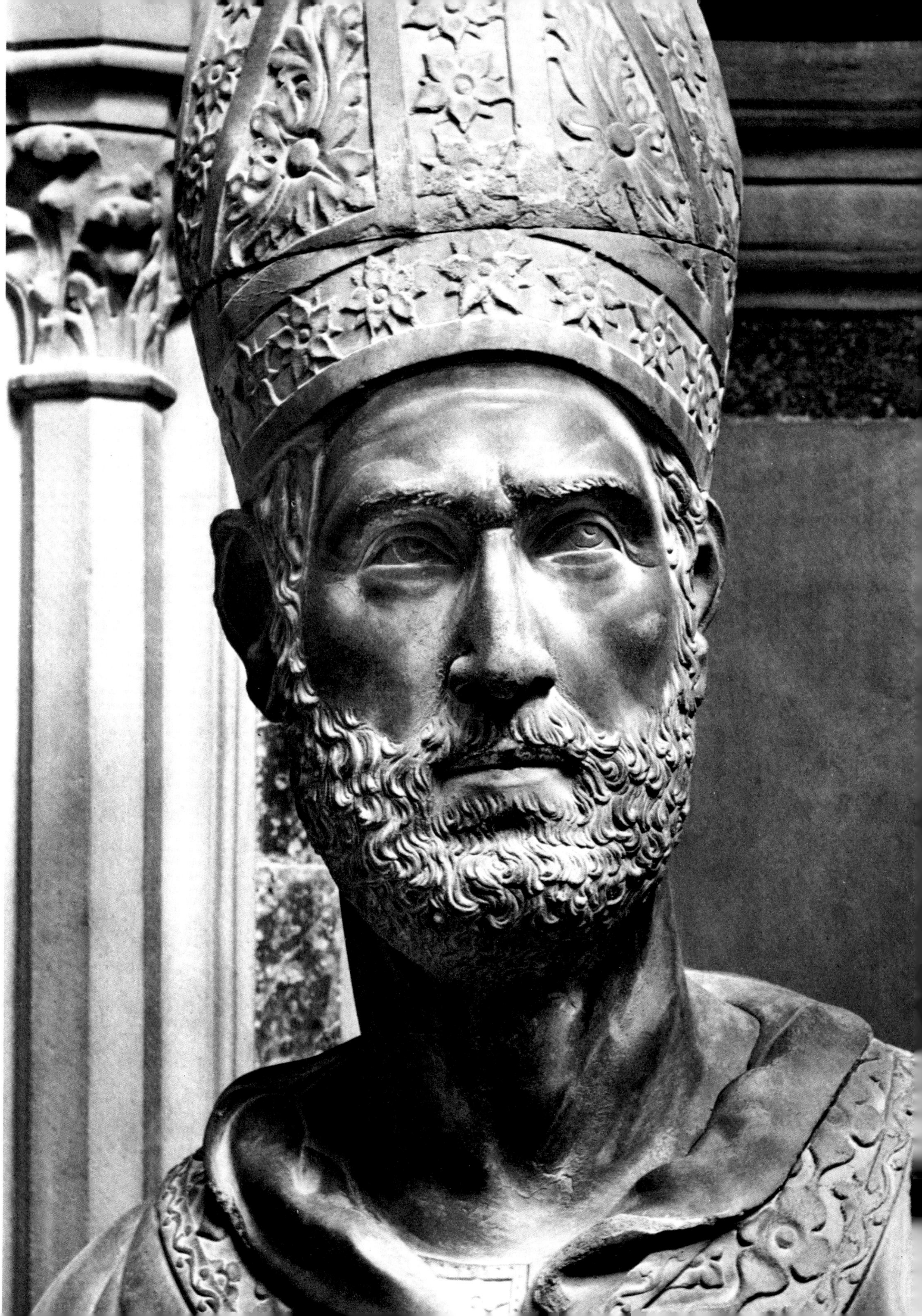

przede wszystkim to, co pozwala mu pogodzić gotyk z medalem i przydać wdziękowi gotyckiemu nieśmiałego majestatu. We wspaniałości rzymskiej Nanni odnajduje właśnie majestat. Słowo nie ma jeszcze późniejszego znaczenia: nikt nie nazywa «majestatem» króla Francji. Majestat wizerunków to wielkość najwyższa czerpana z człowieka. W służbie Boga jednak i ku jego chwale: bo też są to wizerunki świętych. Ale przy *Świętym Eligiuszu* Nanniego *Święty Grzegorz* z Chartres zdaje się ekstatyczny. Rzeźbiarze z Chartres, nawet kiedy rzeźbią św. Marcina, który nawracał Galów, rzeźbią niejako od zewnątrz ku środkowi, wyrażają przynależność świętego do Boga, refleks boskiego światła kładą na jego twarzy. Nanni rzeźbi od środka do zewnątrz, wyraża autorytet religijny wielkiego człowieka (w najlepszym razie należącego do wybranych), a zamiast boskiego światła jest wewnętrzne promieniowanie. Nanni styka się często z antykiem, ale szuka czegoś innego: przede wszystkim chce się uwolnić od gotyckiej czułości. I w sensie duchowym nie tak już daleko od grupy *Quattri Santi Coronati* do *Grosza czynszowego* z Santa Maria del Carmine... Gdyby Nanni miał więcej geniuszu albo żył dłużej, stałby się może bratem Masaccia...

Użycie przez gotyckich artystów pewnych elementów form antycznych – czy chodzi o formy rzymskie, czy bizantyńskie – nie ma innego znaczenia niż użycie pewnych form wschodnich przez artystów romańskich. Piza i Florencja to nie nowy repertuar i nie tylko nowa dziedzina odniesień: to nowe znaczenie sztuki i człowieka związane ze stosunkiem wzajemnym elementów, na których wspierała się rzeźba antyczna. Środki, które analizujemy, mają rozstrzygające znaczenie tylko dzięki temu, co nimi kieruje: święty stanie się bohaterem, to, co duchowe, stanie się irrealne. Ale irrealne znaczy boskie «odbóstwione»; mówi nam to *Wenus* Botticellego, przestudiowane posągi i cała ta książka.

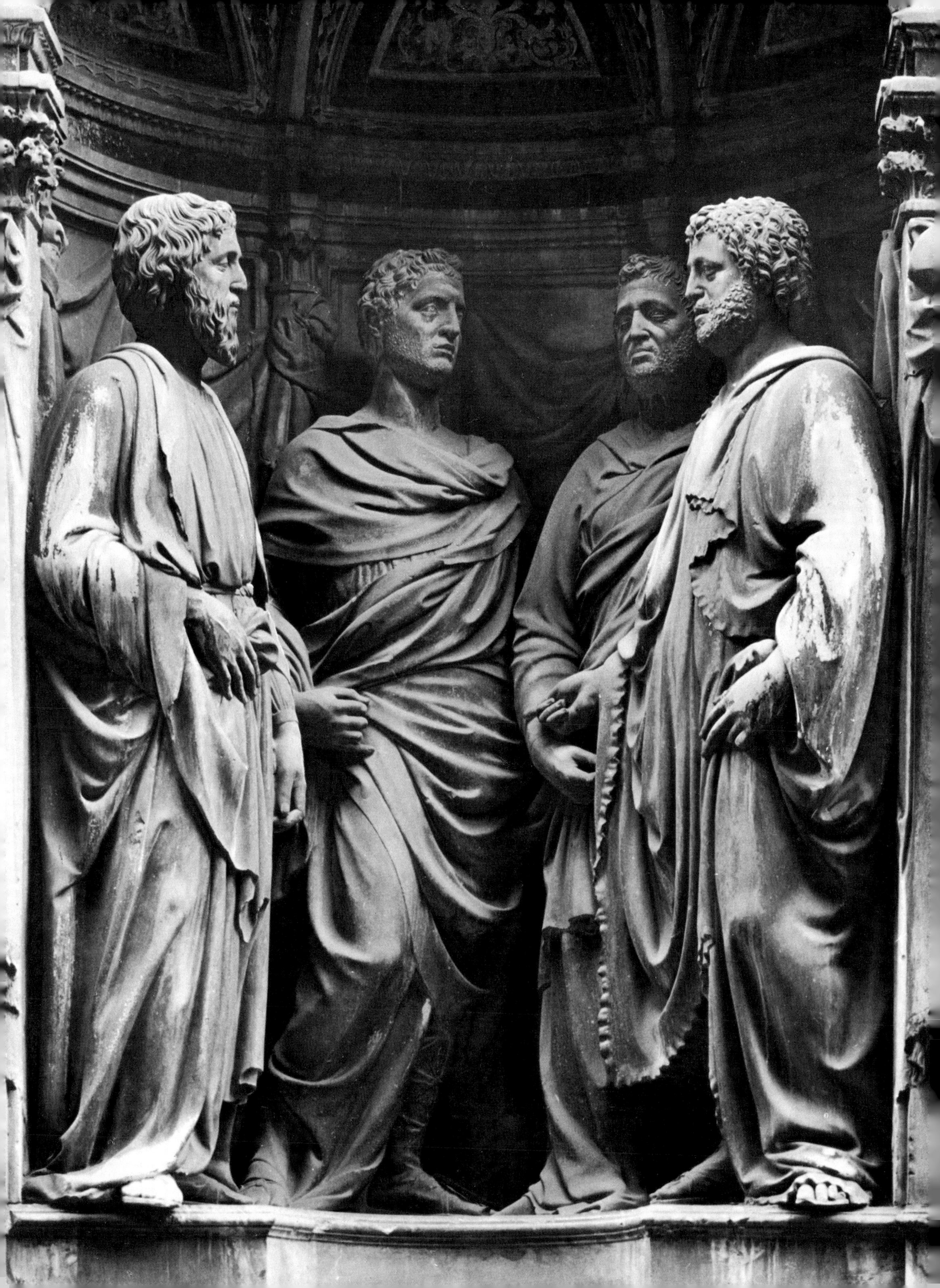

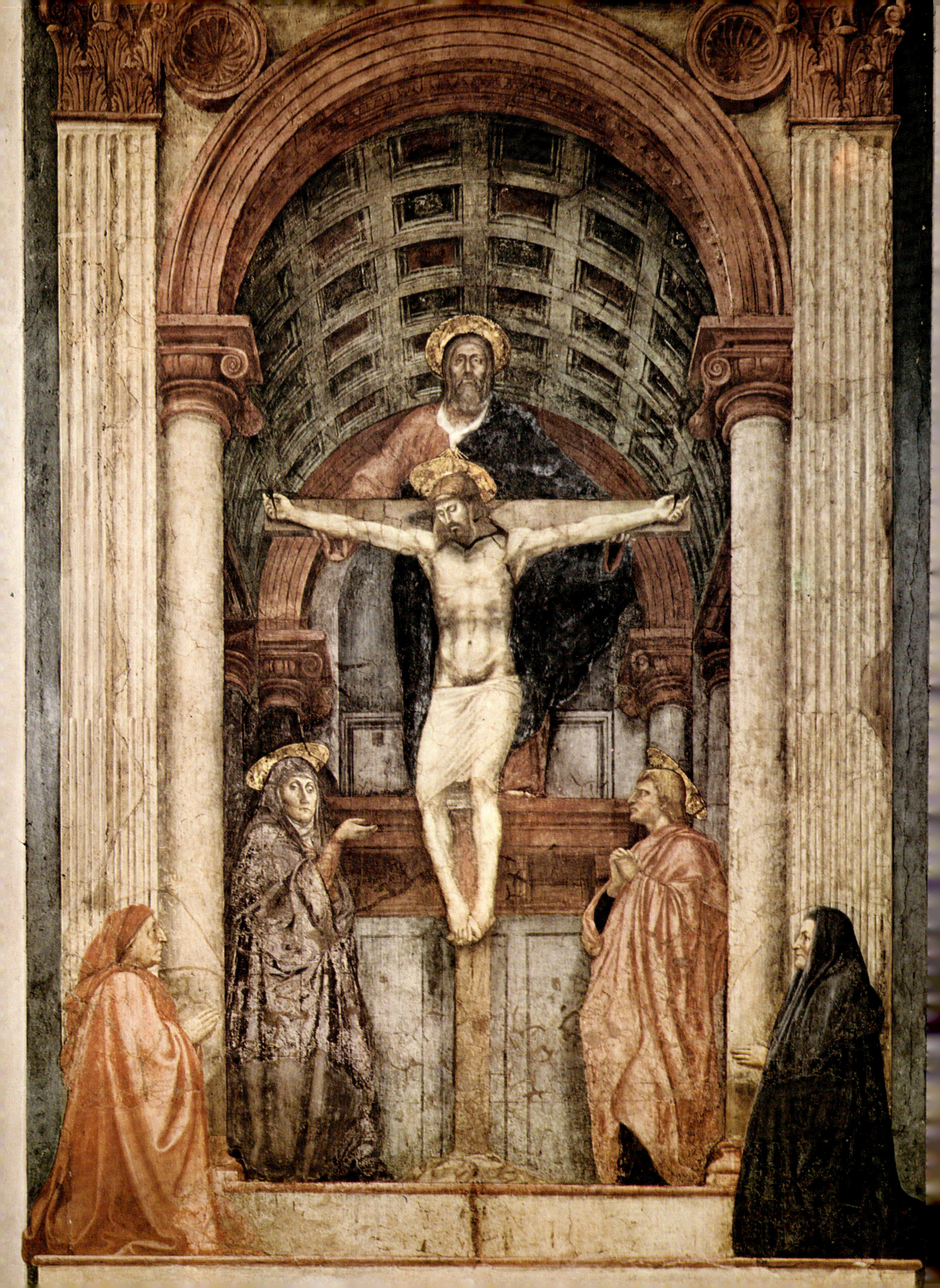

2

W sześć lat po śmierci Nanniego Masaccio wyraża świat, który Nanni usiłował wyrazić. Po mistrzu jeszcze niepewnym przychodzi jeden z wielkich twórców Zachodu. Podobnie jak jego poprzednik odrzuca nie tylko cudowność i czułość gotyku międzynarodowego, ale też tę komunię, która od wieków nadawała kierunek sztuce religijnej, rządziła bezpośrednio albo pośrednio całą dziedziną form aż po geniusz Giotta. Masaccio jest na pewno malarzem chrześcijańskim; kiedy maluje Chrystusa, wie doskonale, że maluje Boga wcielonego – nie wcielonego jednak w tego samego człowieka. Z powstaniem *Grosza czynszowego* malarstwo chrześcijańskie *odrzuca pokorę*.

Ale nie tylko to je określa. Na wystawie we Florencji w roku 1954, gdzie pokazano razem Masaccia, Uccella, Andreę del Castagno i Piera della Francesca, zdawało się, że chrystianizm jakiegoś klasztoru bez uśmiechu pojawia się na marginesie całego chrystianizmu wieku, podobnie jak surowy zespół pokazanych dzieł na marginesie muzeum Uffizi. Czułość, która łączy Madonny pizańskie z Madonnami z katedr francuskich, a potem Madonny Lorenza Monaco, Masolina, Gentile da Fabriana z Madonnami Broederlama i braci Limburg, połączy te, które malował Fra Angelico, z Madonnami van der Weydena, a Madonny Lippiego z van der Goesem; połączy też ostatnie Madonny Botticellego i wreszcie Rafaela z wszystkimi Madonnami chrześcijaństwa. Nic jednak nie złączy Madonn Masaccia z Madonnami van Eycka, ani Madonn Piera z Madonnami Boutsa. *Święta Trójca* Masaccia z Santa Maria Novella należy do zupełnie innej dziedziny duchowości; także *Święta Trójca* Andrei del Castagno, jego *Ukrzyżowanie,* jego *Ostatnia Wieczerza;* i freski Uccella, które ze Starym Testamentem wiążą nie tylko tematy; i *Chrzest Chrystusa* Piera della Francesca i cała jego *Historia Krzyża*. Ta sztuka jak gdyby odsuwa przeszłość i jej gotyckie uczucie, i zarazem odnajduje sakralność, która przywoływałaby sakralność Bizancjum, gdyby sceny nie rozgrywały się w przestrzeni wyznaczonej przez florencką perspektywę, a światem ich nie była religijna fikcja. Prócz Andrei (a w jego przypadku chodzi o dzieło młodości), mistrzowie ci nie pozostawili w naszej pamięci ani jednej czułej Madonny; żaden nie namalował Jezusa pełnego słodyczy. W zestawieniu ze *Zwiastowaniami*, z *Pokłonem Trzech Króli* Gentile da Fabriana i *Koronacjami* Fra Angelica i Lippiego – przedłużeniem *Koronacji* z katedr – *Madonna na tronie* Masaccia, *Madonna* z Dublina, za której autora uchodzi czasem Uccello, a czasem mistrz z Prato

26. GENTILE DA FABRIANO. POKŁON TRZECH KRÓLI (1423)

27. UCCELLO. MADONNA Z DZIECIĄTKIEM (OK. 1445)

(wspaniała postać i spojrzenie nie widzące rozradowanego Dzieciątka), kładą kres promiennemu królestwu Matki Bożej; w dziele zaś Piera della Francesca *Madonna di Senigallia* jest zaprawdę Matką Chrystusa ze *Zmartwychwstania* w Borgo San Sepolcro, jedynym obrazem zachodnim – prócz El Greca – który zdaje się rywalizować ze *Zmartwychwstaniami* bizantyńskimi...

Żaden Franciszek z Asyżu, żaden Savonarola nie wstrząsnął jeszcze wówczas Toskanią. Sztuka bez uśmiechu nie stanowi przełomu w odczuwaniu religijnym, ale może jeden z głębokich nurtów chrystianizmu florenckiego, bo też chrystianizm humanistów, nawet żarliwy, nie będzie sentymentalny... Czy chodzi o wyraz nowego uczucia, czy o nową siłę sztuki? Dla tych malarzy, których dzieł nie paliłby Savonarola, Florencja jest tak samo miastem Dantego jak Giotta. Tradycja toskańska – przekazana przez Vasariego, który w Masacciu widzi tylko prekursora techniki i ducha mistrzów XVI wieku – przysłania fundamentalną dwoistość malarstwa z Santa Maria del Carmine i tego wszystkiego, co je zrodziło. Jeśli bowiem to malarstwo, swoimi formami zastępując formy komunii, głosi wizerunkiem chwałę świętego, ukazuje też taki świat Boga (wizerunek świętego niemal zawsze się do niego odwołuje), który zniknął ze sztuki Trecenta i z gotyku międzynarodowego. Masaccio maluje Chrystusa z *Grosza czynszowego*, ale również *Świętą Trójcę* z Santa Maria Novella. Jego geniusz w nierozłączny sposób wyraża dwie tendencje różne, a czasem antagonistyczne: jeśli pominiemy drugą, Masaccia można pomylić z Mantegną.

Masaccio przynosi malarstwu pogłębionego «bohatera religijnego», którego Nanni wprowadził do rzeźby. Nie mówmy zbyt szybko o Człowieku z dużej litery; portrety pierwszej połowy Quattrocenta przedstawiają wciąż jeszcze donatorów. Jeśli Nanni odkrył na nowo majestat świecki, to po to, by rzeźbić

28. MASACCIO. GROSZ CZYNSZOWY (OK. 1427)

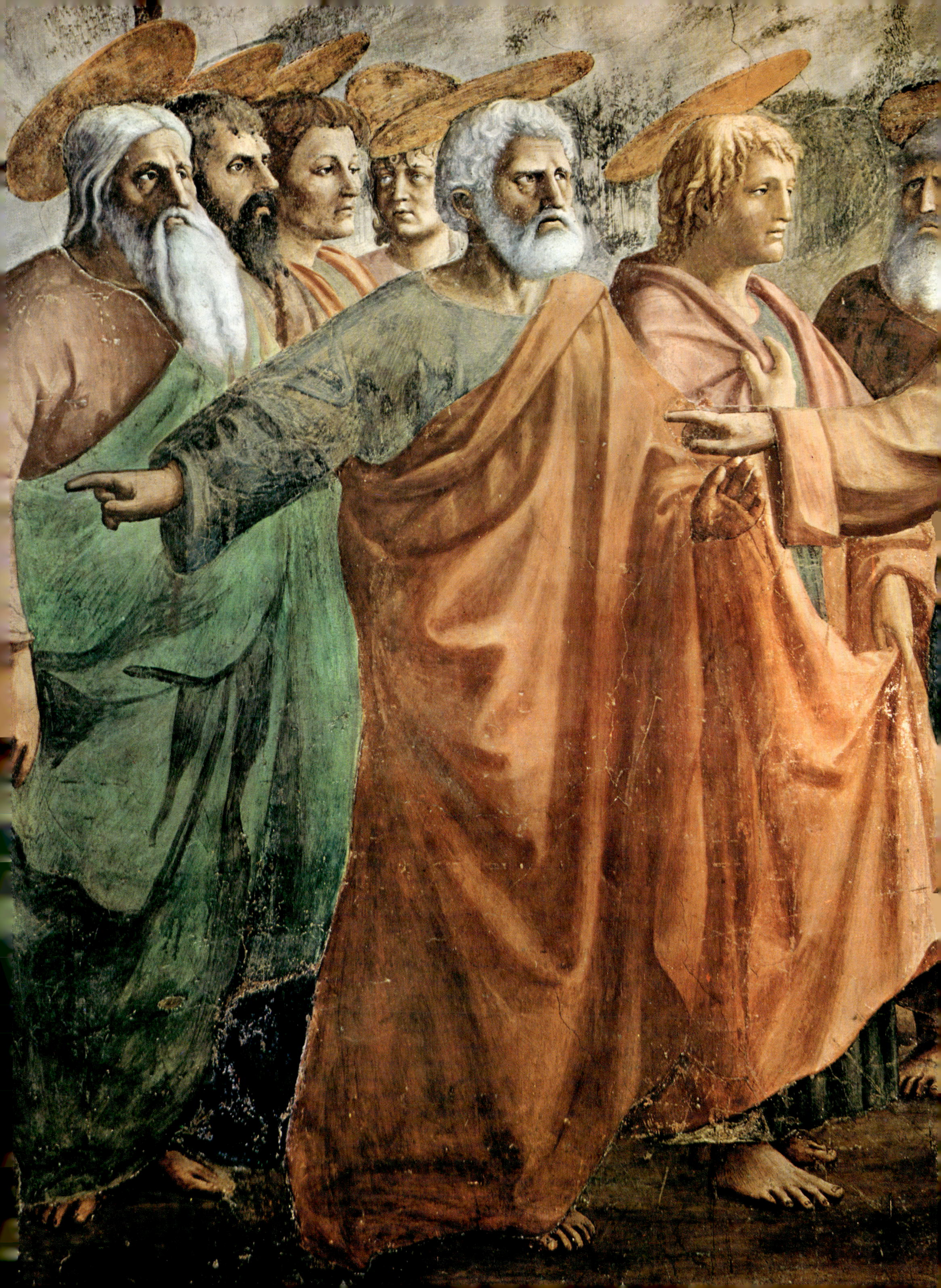

proroków i świętych; jeśli Masaccio odkrył na nowo wielkość, to po to, by rzeźbić proroków i apostołów. Z Cezara ma gest swego Chrystusa i św. Piotra, ale nie ich ducha i formy. Malował apostołów jak proroków; szuka wielkości biblijnej i apostoł uzdrawiający chorych zjawia się niczym Samuel w Endor. Z fresków Masaccia, które przyciemnił czas, a które były jasne, jak wszystkie freski ówczesne, emanuje «aura»: nie w kolorze jednak rzecz, ale w tym, co dotąd nieznane; na miejsce gotyckiego świata komunii przychodzi świat nowy.

Wiek XIX nie rozumie natury tej twórczości, ponieważ w trójwymiarowości i światłocieniu toskańskim dostrzega tylko nowe sposoby naśladowania, pokrewne flamandzkim. Ale dla widzów, a także dla samych malarzy twórczość flamandzka stanowi spełnienie, ponieważ sztuka van Eycka, Mistrza z Flémalle, Rogera van der Weyden oddaje świat duchowy bliski światu Broederlama i miniatorów: jest to sztuka pobożności prywatnej, którą wyrażał gotyk międzynarodowy. Inaczej malarze toskańscy; także odkrywają potężne środki, które poprzez cierpliwy podbój tego, co zewnętrznie odczuwalne, pozwalają objawić świat Boga; nie jest to jednak kontynuacja, ale duchowe zerwanie.

Nie chodzi tu o nawrót do przeszłości. Toskańskie odwołania są jednak głęboko różne od flandryjskich. Przez swój pluralizm, a przede wszystkim przez obecność sztuki, w której uległość temu, co zewnętrzne, nie odgrywa żadnej roli: sztuka bizantyńska trwa we Florencji. Katedrę wznosi się naprzeciw baptysterium, które jest jednym z najcenniejszych zabytków miasta. Artyści nie patrzą na mozaiki niewidzącym okiem, jak artyści XVII wieku na posągi w katedrach: Ghiberti wielbi Duccia i jeśli Giotto kładzie kres «malarstwu greckiemu», nie znaczy to, że je przekreśla. W roku 1954 oczyszczono *Zmartwychwstanie* Uccella, jedno z arcydzieł witrażu, a zarazem arcydzieło sztuki florenckiej: mówi o porządku poszukiwań nieznanych Flandrii. Uccello, który był witrażystą, jak wielu jego rywali, był także autorem mozaik... I czy srogość kilku apostołów z *Grosza czynszowego* nie wywodzi się z Bizancjum?

Toskania odnalazła swój «styl surowy».

29. UCCELLO. ZMARTWYCHWSTANIE (1443—1444)

Apostołowie i Prorocy Masaccia, Uccella, Piera della Francesca, Andrei del Castagno są w równie głębokiej opozycji do całej twórczości flamandzkiej, jak *Ewa* z Santa Maria del Carmine do *Ewy* z Gandawy: wszystkie płaszczyzny – nos, oko, usta – w *Prorokach* czy *Janie Chrzcicielu* van Eycka (jednej z najbardziej uduchowionych męskich postaci) przeczą *Prorokom*

31. UCCELLO. PROROK (1443)

Uccella. Surowa sztuka Florencji nie myśli o zastąpieniu ducha komunii, ożywiającej świętych i Ewangelię Giotta, a później dzieła Flamandów i Fra Angelica, naśladowaniem natury. Freski florenckie dzielą od Giotta, podobnie jak od *Baranka Mistycznego,* niebo, drzewa, pejzaż; ale van Eyck daje nam złudzenie, że jest posłuszny malowanemu widokowi, naśladuje jego trójwymiarowość, sugeruje dal. Od Masaccia natomiast do Piera nie ma stosunku wzajemnego pomiędzy objętościami i głębią; przeciwnie, malarze chcą jakby zniszczyć ten stosunek wzajemny, który proponuje im natura. Nie mówmy, że odkrywają prawa *koherencji,* której Flamandowie szukają po omacku. Masaccio postacie z *Grosza czynszowego* umieszcza w pejzażu-widmie, a entuzjazm Uccella dla perspektywy idzie doskonale w parze z arbitralnością przedstawień, które przyniesie jego *Bitwom* podziw kubistów i przywróci im życie. Toskańczycy odkrywają prawa przedstawień malarskich dość bliskich Flamandom; ale w służbie z gruntu innej twórczości, w poszukiwaniu świata pozaziemskiego, którego Flandria nawet nie przeczuwa.

Nie nazywamy ich już poprzednikami Rafaela, nie określamy ich intencji poprzez intencje następców. Wiemy, że jeśli studiują perspektywę i anatomię, to przede wszystkim po to, by przedstawiać sceny i osoby wymyślone; że ich poszukiwania w dziedzinie światłocienia przynoszą jeden z najbardziej rozległych światów *fikcyjnych* w malarstwie w ogóle. Urzeczenie «złotym podziałem» nie polega prawdopodobnie na tym, że pozwala kopiować naturę. Toskańczycy ogłaszają, że przestrzeń można wyobrażać wedle pewnych praw; ale czy po to usiłują pochwycić pozór, by coraz wierniej naśladować, czy po to, by coraz bardziej podporządkować go kreacji? «Odnajdywać siebie poza światem», mówi humanizm florencki; a Michał Anioł, pogardliwie i nieostrożnie: «We Flandrii maluje się dla zmylenia oka». Malarz – czarodziej, a nie fizyk, pośledni inżynier i wielki artysta – odkrywa «tajemnice iluzji», których królową jest perspektywa; a jednak ten potężny środek wyrażania widzialnego – podobnie jak pora, światło, relief – jest też tym, co mu się wymyka: objętość toskańska określa ciała, ale sugeruje masę potężniejszą od masy ciał i obcy im stosunek wzajemny; dal wyobraża horyzont, ale sugeruje nieskończoność. Nawet kiedy następcy Masaccia uznają sztukę za środek poznania, będą po to z taką pasją studiować nasz świat, by odnaleźć w nim inny; i nawet jeśli zgodzą się ze sławnym zdaniem Albertiego: «Malarz może przedstawiać tylko to, co widzi», ich geniusz podsunie im odpowiedź, którą znało tylu malarzy od Egipcjan począwszy i która będzie też naszą: «Prawdziwy malarz usiłuje namalować to, co można zobaczyć tylko w jego dziele».

Z końcem XIV wieku chrześcijaństwo odczuwało nie mniej wyraźnie zdecydowaną odmienność świata obrazów od świata zewnętrznego, jak nowoczesna publiczność odmienność postaci z żurnali mód i afiszów. Europa Północna nie patrzyła na świętych z brodami ułożonymi w woluty jak na świętych z Chartres ani jak na portrety; w dni świąteczne podziwiała jeszcze bardziej stylizowane tapiserie. Kiedy gotyk międzynarodowy przestał wyrażać czułość religijną (a nawet kiedy ją jeszcze wyrażał), oddawał to, co cudowne, w języku hieratyzmu dworskiego i dopełnienia szukał w nieśmiałych scenach współczesnych. We Włoszech dzieło różniło się od rzeczywistości, jak śpiew różni się od głosu. W oczach Florentyńczyków – nawet Cenniniego, nawet Ghibertiego – freski z kaplicy degli Spagnoli, z Campo Santo i wiele innych – były kontynuacją fresków Giotta z Santa Croce: łacina, która przyszła na miejsce greki, stała się łaciną całego kościoła w Italii; ale dla całej Italii te freski, a także freski Altichiera, oraz malowidła Lorenza Monaco i Gentile da Fabriana nie były naśladownictwem; były *obrazami*.

Masaccio i jego następcy nie chcą podporządkować się naturze, by zniszczyć możliwość twórczą, tak często objawiającą świat Boga, a równie im bliską jak samo malarstwo. Teoretycy

XVI wieku mówią o tym podporządkowaniu; mówią o nim również malarze Quattrocenta; ale kto z nich na nie się zgadza? Jeśli artyści, cokolwiek sami o tym sądzą (bo zobaczymy, że Manet będzie szukał usprawiedliwienia dla *Olimpii* w akcie Wiktoryny Meurent), odwołują się do natury, to mniej po to, by szukać w niej wzoru niż po to, by uwolnić się od rządzącej konwencji. Już dla Masaccia natura jest «słownikiem», jak mówił Delacroix – ogromną dziedziną form, do której ucieka się przed konwencją gotyku uczuciowego, jak Giotto przed konwencją bizantyńską. Natura we Florencji bardziej niż antyk – i czasem z nim, czasem przeciw niemu – jest czymś na kształt ogromnego skorowidza, ułożonego w języku jeszcze niezupełnie odczytanym. Pejzaż z *Grosza czynszowego*, wszystkie pejzaże Masaccia są znacznie bardziej aluzyjne i mniej wierne niż pejzaże Flamandów; są też mniej wierne niż drobiazgowo wykonane pejzaże z predell Gentile da Fabriana, Masolina, a nawet z *Dobrodziejstw sprawiedliwych rządów* Lorenzettiego; ich przestrzeń nie naśladuje powietrza, w które wtopieni są ludzie i posągi. Można by paradoksalnie powiedzieć, że Masaccio wymyślił pustkę. Ta pustka należy do malarstwa tak samo jak błękit Giotta; i pod pewnymi względami jest tym w stosunku do przestrzeni, czym ów błękit w stosunku do nieba. Dla malarzy azjatyckich iluzjonizm włoski zaczyna się z Leonardem; Masaccio, jak Michał Anioł, autor *Sybill,* to dla nich jedynie «malarz brył».

Autorytet Vasariego, teoria wartości dotykowych Berensona, namiętność Toskańczyków do perspektywy, a nade wszystko rozpowszechnione i złudne mniemanie, które każe historię malarstwa łączyć z odkryciem środków iluzji, współ przyczyniły się do wysuwania w dziele Masaccia trójwymiarowości na plan pierwszy. Nie w tym sensie, w którym trójwymiarowość rozumieją malarze azjatyccy, słusznie uważający ją za rzecz arbitralną, ale w sensie, w jakim my ją rozumiemy mówiąc o van Eycku. Postaci van Eycka i jego następców mają rzeczywiście ciężar i autonomiczną przestrzeń, nieznaną poprzednikom; to dziedzina Flamandów; będzie też dziedziną, którą zawładną Lippi, Gozzoli, Botticelli. Jeśli jednak spojrzymy na scenę z gotyku międzynarodowego, na przykład z *Pokłonu Trzech Króli* Gentile da Fabriana, która olśniła wówczas Florencję, przyjdzie nam na myśl Lippi, Gozzoli, ale nie Masaccio. Bo Masaccio wprowadza wielkość biblijną (nowej Biblii może...) na miejsce uczuciowej, cudownej i anegdotycznej fikcji gotyku międzynarodowego i ostatnich malarzy Trecenta. Czy jednak w Santa Maria del Carmine podziwiamy mniej *Adama i*

41

32. GENTILE DA FABRIANO. PREDELLA Z POKŁONU TRZECH KRÓLI (1423)

33. MASACCIO. CHRZEST NAWRÓCONEGO (1424–1428)

Ewę niż Chrystusa z *Grosza czynszowego?* Nawróconego z *Chrztu* niż świętego Piotra? A przecież ta klęcząca postać jest jedną z najbardziej pokornych i żarliwych, jakie namalował Masaccio. Wierni, których św. Piotr chrzci, osłania albo uzdrawia, Adam i Ewa, których anioł wypędza, należą do tego samego Bożego świata co apostołowie, ale również do tego samego świata malarskiego; jaką postać Giotta mógłby przypominać Nawrócony Masaccia?

Pojawienie się trójwymiarowości ma znaczenie kapitalne; malarstwo świata pozna je jedynie za pośrednictwem Europy. Ale istnieją różne rodzaje trójwymiarowości, jak różne rodzaje koloru czy rysunku.

To, co po raz pierwszy pojawia się na ścianach Santa Maria del Carmine, a potem w całej surowej sztuce toskańskiej, jest trójwymiarowością «schematyzowaną», a nie naśladowaną;

34. SEURAT. MATKA ARTYSTY (1883)

35. VERMEER. KOBIETA WAŻĄCA ZŁOTO (1657?)

odnajdziemy ją w pewnych dziełach Georges de La Toura, Vermeera i Seurata. Nie chodzi o zręczne czy uderzające wyobrażenie objętości realnych, ale o zabieg na nich dokonany, o odkrycie *stylu trójwymiarowości:* przysłoniętej w ściemniałych i zniszczonych masach z Santa Maria del Carmine i z Chiostro

36. ANDREA DEL CASTAGNO. OSTATNIA WIECZERZA: ŚW. JAN (1448)

Verde, olśniewającej w *Bitwach* Uccella, w pewnych kompozycjach Andrei del Castagno i w całym dziele Piera della Francesca.

Ten styl znamy nie tylko dzięki La Tourowi, Vermeerowi czy Seuratowi. Przechodzi przez malarstwo zachodnie i rzeźbę azjatycką; jest obecny w Egipcie, w «kamieniach, które stały się władcami» sztuki neosumeryjskiej, w *Auridze* z Delf, w posągach z Eginy i Olimpii, w całym surowym stylu Grecji. Do jakiejkolwiek cywilizacji należy, porusza nas dość mocno, by wskrzesić zapomnianych mistrzów; w obliczu wielkich ekspresjonizmów jest naszym sekretnym klasycyzmem. Jego główne

37. UCCELLO. BITWA POD SAN ROMANO (OK. 1456–1460)

twórcze dokonanie jest w tym, że królową Nefretete przemienia w głowę z Muzeum w Kairze; młodą dziewczynę w *Dąsającą się Korę* albo w *Dziewczynę w turbanie;* Beatrix Sforza (a nawet jej portret malowany przez Piera) w *Królową Saby;* i jakieś konie bitewne w konie Uccella.

Ale uważajmy: żadna *Kora* nie jest «syntezą» młodej dziewczyny; *Auriga* z Delf nie jest syntezą woźnicy, którego zwycięstwo upamiętnia. Pomiędzy tą sztuką a jej «modelami» kryje się zawsze niepostrzegalna niemal abstrakcja, odrzucenie ulotnego akcentu życia; subtelna i nieprzekraczalna odległość dzieli *Najświętszą Pannę* Fouqueta od Madonn van Eycka, św. Irenę La Toura (ze *Świętego Sebastiana* z Berlina) od świętych Caravaggia, *Kobietę ważącą złoto* od tej samej postaci Pietera de Hooch. Żaden model nie ma w sobie stylu, który go

38. VAN EYCK. BARANEK MISTYCZNY: NAJŚWIĘTSZA PANNA (1432)

39. FOUQUET. NAJŚWIĘTSZA PANNA (OK. 1450)

przekształca; surowa trójwymiarowość toskańska nie stanowi środka przedstawiania, ale stylu. Operacja twórcza jest kierowana: malarz wymyśla stylizowane objętości, by wprowadzić je do kreowanego porządku, który narzuca religijnej fikcji i w tym porządku nie wyobraża tego, co zewnętrzne, ale to, co nierzeczywiste; nierzeczywiste przychodzi na miejsce komunii.

Jeśli pod pewnymi względami postacie z surowej sztuki toskańskiej są posągami – mimo ich nasyconego niekiedy życia wewnętrznego – to w tym sensie, w jakim posąg nie jest żywym człowiekiem, a maska twarzą. Choć Andrea del Castagno pragnie patosu, apostołowie z jego *Ostatniej Wieczerzy*, tak samo jak *Prorocy* Uccella, stają się maskami, gdy porównać ich z apostołami flamandzkimi. Prócz Vermeera Flandria dała nam tylko jeden przykład trójwymiarowości pokrewnej: *Młodą kobietę*

Petrusa Christusa, która przyniosła sławę jej autorowi. Cały ten styl jest z ducha rytualnego baletu, gdzie ruchy są podyktowane przez gesty symboliczne. Tu znowu wprowadza nas w błąd tradycja, sugerująca, że malarstwo włoskie, od Giotta do Michała Anioła, z wolna odkrywało ruch. Ongi mówiono o «paraliżu» jeźdźców Piera della Francesca, oczywiście zamierzonym, tak samo jak koni Uccella, które z nogami w powietrzu zastygają w wieczności. Żadna analiza nie objaśni lepiej sztuki Uccella, jak zestawienia jego *Bitew* z poprzedzającymi je *Bitwami* Spinella Aretino; nic nie ukaże wyraźniej obojętności Uccella na «iluzjonizm« (ruch u Spinella jest dość gwałtowny), ani jego woli zharmonizowania mas koni i dosiadających je opancerzonych jeźdźców w pióropuszach; przydania im objętości, które w stosunku do ich własnych są tym, czym heraldyczny rysunek wobec rysunku naturalistycznego; uciekania się, kiedy przyjdzie mu ochota, do przedstawienia arbitralnego. Zwarty oddział Spinella pozwala nam stwierdzić, że genialność Uccella polega na przeciwstawieniu, w *zastygłym* ruchu mozaiki czy witrażu, białego konia z zabitym dowódcą – wachlarzowi rozpostartych włóczni. Ten ruch wywodzi się ze sztuki Trecenta; ale zdobyty jest na nowo i nie po to, by wrócić do przeszłości, ale żeby z tej bitwy irrealnej na miarę symbolu popłynął uroczysty śpiew nieznany malarstwu.

Wkrótce rozlegnie się śpiew orszaków Piera della Francesca. *Historia Krzyża* namalowana przez Agnola Gaddi w Santa

Croce we Florencji, tej Sykstynie giottyzmu, w pół wieku przed freskami z Arezzo, tłumaczy je podobnie, jak *Bitwa* Spinella Aretino *Bitwy* Uccella.

W cyklu florenckim pobożność franciszkańska tradycji Giotta łączyła się z oczarowaniem sztuką Pokłonu Trzech Króli, z architekturą, która u Altichiera i Gentile da Fabriana stanie się architekturą bajkowych pałaców Jerozolimy, Trebizondy u Pisanella; z cyklu w Arezzo znika komunia.

Wielkość jest tu jeszcze biblijną wielkością Masaccia; nie zna pokory; ale mniej łączy się z wyrazem postaci niż u Masaccia, bo przekształciły się w figury symbolu. Krzyż, pobożnie niesiony u Agnola, w Arezzo wznosi się wysoko: góruje nad całą lewą stroną, mając naprzeciw dostojne drzewo życia, górujące nad stroną prawą. Krzyż nie jest już narzędziem męki Jezusa, ale znakiem świata. Nieruchomość podobna jak w *Bitwach* Uccella przykuwa do ziemi wojowników. Postacie kobiece Piera są bardziej jeszcze uroczyste niż nieliczne męskie; uroczysty akcent przemienia heraldycznego orła w tajemnicze bóstwo, które adorują niejako krogulce w locie. Twarze przestały niemal wyrażać uczucia; Córka Adama, choć jej wyrzucone jak krzyk ramiona wieńczą cały cykl, przyzywa słowo: niewzruszona.

Piero zrywa tak samo z oczarowaniem jak z czułością. Jego geometryczna świątynia zjawia się na miejscu pałacu Chosroesa, który u Agnola przypomina tabernakulum. Drzewa szlachetnie abstrakcyjne, kolumny i nagie domy zastępują architekturę Trebizondy. Pejzaż, choć zgodny z perspektywą i przestrzenią, nie jest fragmentem natury: wyraźnie odpowiada przedstawionej scenie. «Otwarte okno» van Eycka i van der Weydena, pejzaż autonomiczny — zdobycz flamandzkich malarzy komunii — we

45. PIERO DELLA FRANCESCA. PODWYŻSZENIE KRZYŻA (OK. 1460)

46. AGNOLO GADDI. HISTORIA ŚWIĘTEGO KRZYŻA (1394)

47. PIERO DELLA FRANCESCA. PODWYŻSZENIE KRZYŻA (OK. 1460)

Włoszech malują Domenico Veneziano, Sieneńczycy i Fra Angelico. Choć ten ostatni ucieka się niekiedy do objętości tak schematyzowanych jak u Piera, jego Cézanne'owskie stoki, jego cyprysy biorą ze światła i pory dnia życie, rywalizujące z życiem u van Eycka, choć bardzo odmiennym. Ale Piero nie zna wznie-

54

48. AGNOLO GADDI. TRIUMF KRZYŻA (1394)

sień, na których zatrzymuje się ostatni promień: w dziele jego, jak u Masaccia, jest światło, ale nie ma słońca.

Jeśli postacie Piera przypominają posągi, gdy postacie Agnola Gaddi – jeszcze płaskorzeźby, to mniej za przyczyną ich umiarkowanej objętości niż pionu, różnego od pionów Masac-

49. PIERO DELLA FRANCESCA. PRÓBA KRZYŻA ŚW. (OK. 1452–1460)

cia, a odpowiadającego może kolumnie. Z wrażenia, jakie wywiera na nas *Triumf Krzyża* i *Przybycie królowej Saby* nie sposób – zwłaszcza w porównaniu z Gaddim – wyłączyć czegoś, co sprawia, że grupy i orszaki upodabniają się do kolumnad:

50. AGNOLO GADDI. KRÓLOWA SABY U KRÓLA SALOMONA (1394)

stylizacja objętości harmonizuje je z fikcją, która stała się świątynią...

Formy uroczyste i zastygłe jak zaświaty faraonów głoszą pochwałę Boga bez Raju. W tej *Historii Krzyża,* której duszą jest

51. PIERO DELLA FRANCESCA. KRÓLOWA SABY U KRÓLA SALOMONA (OK. 1452)

tajemnica – niezbadana wola Boga w samym Objawieniu, zdumiewa nieobecność Chrystusa. Za Madonną z *Bożego Narodzenia* znajduje się postać wskazująca niebo gestem astrologa; spodziewamy się jej w scenach ze śmiercią Adama, Zwiastowaniem, podróżą królowej Saby, dwiema bitwami. Świat Fra Angelica, jak i Giotta, jest miłością; świat Masaccia – kazaniem; świat Piera – losem. Tylko Piero może namalować Biczowanie (symbol czy nie symbol nieszczęść Kościoła), na które *nie patrzą* główne osoby; tylko on stworzył dwie nieubłagane postacie ze skrzyżowanymi ramionami po obu stronach *Madonny di Senigallia*. Dla jego oczu jest to świat chrześcijański; dla naszych formy przywołujące niekiedy Olimpię i Memfis sięgają tak daleko w głąb czasu, jak los, który wyrażają. I podobnie jak twarz królowej Saby, mimo fryzury, jest w zgodzie z twarzami liczącymi tysiące lat, kobiety z jej orszaku, mimo swych strojów, są w zgodzie z kolumnami greckimi, z królowymi z Chartres, z wygiętymi niby szable postaciami księżniczek buddyjskich, jak gdyby niewzruszony chrystianizm Piera della Francesca, ponad uczuciami przelotnymi, a nawet wiecznymi, złączył się ze światem bogiń – matek bez spojrzenia; i szczególne miejsce zajmuje tu jego niezwykłe *Zmartwychwstanie*.

Zmartwychwstanie jest jednym z uprzywilejowanych tematów transcendencji; sztuka wyraża je postacią Chrystusa i śpiących żołnierzy. Uccello, Andrea del Castagno, Piero, Donatello odnajdują w Zmartwychwstaniu transcendencję nieznaną komunii gotyckiej. A jednak żaden z nich nie stworzył ze Zmartwychwstania dzieła sztuki sakralnej. Jeśli Piero przydaje swemu Chrystusowi twarz o sile hipnotycznej, porównywalnej z siłą Pantokratorów – niestety, tego akcentu nie przekaże żadna reprodukcja – przydaje mu też prawdziwe ciało, umieszcza go nad prawdziwymi żołnierzami (marzyłoby się o żołnierzach bez twarzy, jak jeźdźcy Uccella), na tle nieba, które niemal jest niebem i pejzażu, który niemal jest pejzażem; postacie fikcji

52. PIERO DELLA FRANCESCA. ZMARTWYCHWSTANIE (1463–1465)

53. PIERO DELLA FRANCESCA. PROROK (1452)

malarskiej przekreślają postacie sakralne. Z pewnością jednak namalował dla Borgo San Sepolcro – gdzie długo jeszcze pojawiać się będzie «ślepy mistrz Piero» – najbardziej odkrywcze dzieło surowego stylu, który umrze wraz z nim.

A w chórze San Francesco, naprzeciw *Śmierci Adama*, *Prorok* w czerwonym płaszczu zdaje się przywoływać bohatera...

W roku 1440 Piero opuścił Florencję, gdzie pracował jako pomocnik Domenica Veneziano i nie powrócił już do niej nigdy. Dla Domenica dwoma największymi żyjącymi malarzami Florencji są Fra Angelico i Filippo Lippi: mistrzowie gotyckiej czułości. Florencja Quattrocenta kocha czułość religijną, zwłaszcza w dziełach, które zapełniają jej kościoły – od Lippiego i Gozzolego po Ghirlandaja. Bardziej szanuje własny geniusz niż opowiada się za nim; Ghiberti swoje zwycięstwo nad Brunelleschim i Jacopem della Quercia w 1401 zawdzięczał temu, że był ostatnim rzeźbiarzem czułości i komunii. Do tego świata Fra Angelico i Lippi dodają rozstrzygające odkrycia Masaccia. Ale sztukę komunii podaje w wątpliwość nie tylko surowe malarstwo, lecz także rzeźba: wpierw Nanniego i Jacopa della Quercia, potem Donatella.

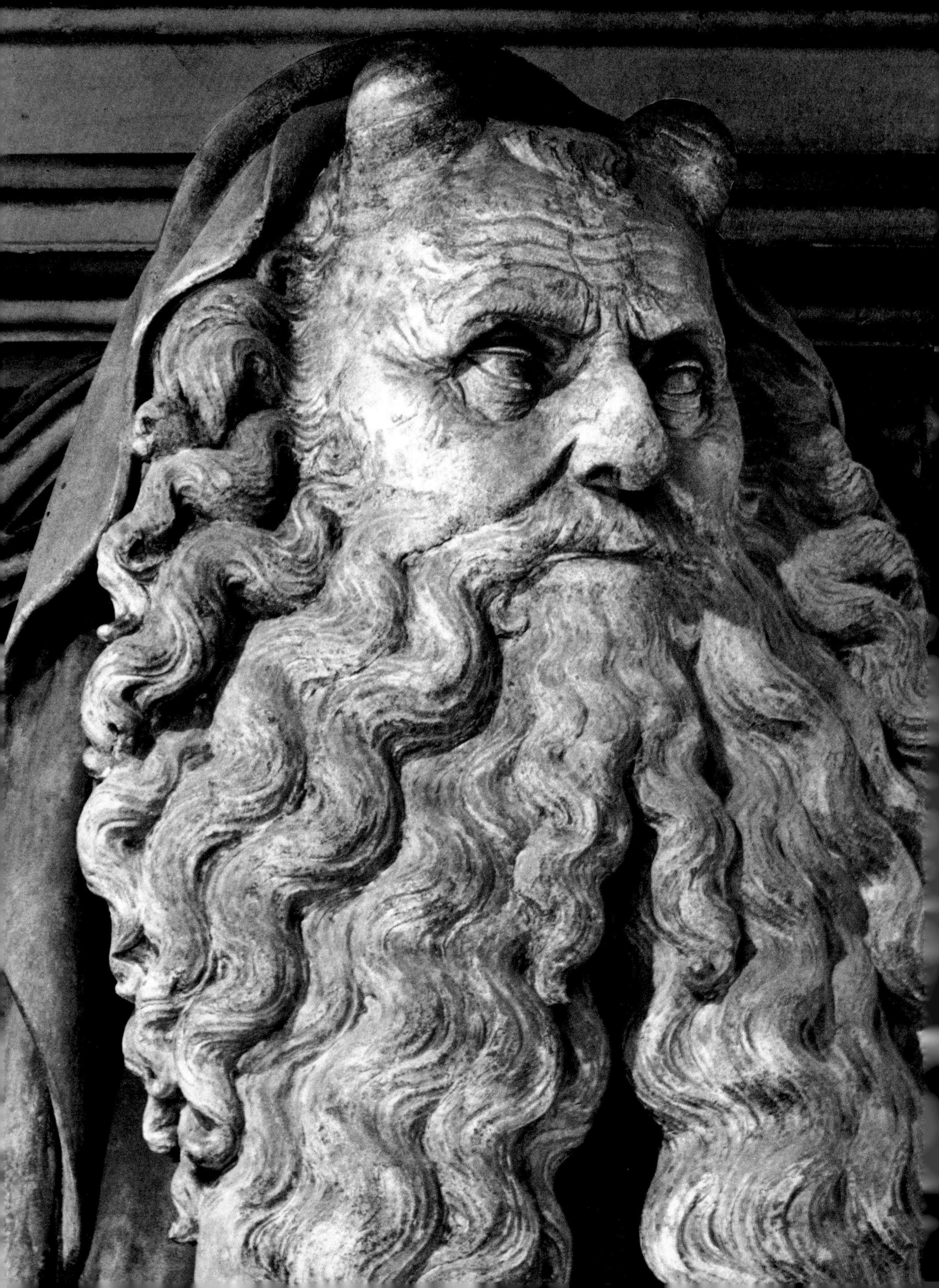

3

Donatello przed swoim pobytem w Padwie trzykrotnie wzbudził entuzjazm Florencji: *Prorokami, Dawidem i Zwiastowaniem.*

Że *Prorocy* byli porywający, rozumiemy bez trudu: są tacy nadal. Florencja w tych figurach, które określiła jako «obwieszczające człowieczeństwo», z zachwytem rozpoznaje swoich notabli, co dzień spotykanych na placu Signorii. A jednak nie były tak bardzo podobne do żywych ludzi: w przeciwieństwie do karykaturzysty, który zachowując podobieństwo przemienia osoby w zwierzęta, Donatello przemieniał «modeli» w proroków. Wystarczy ich porównać z prorokami największego rzeźbiarza Północy, bezpośrednio poprzedzającego Donatella – Clausa Slutera, by posągi z Kampanili natychmiast znalazły się poza granicami idealizacji i realizmu; i żeby zobaczyć, na czym polega przemiana dokonana przez Donatella.

Oko wyrzeźbione przez Slutera jest (w sposób względny) naśladownictwem oka żywego człowieka; oko Nanniego jest to oko posągu rzymskiego czy posągu z katedry o przezornie zmienionym rysunku; oko Donatella to forma arbitralnie wymy-

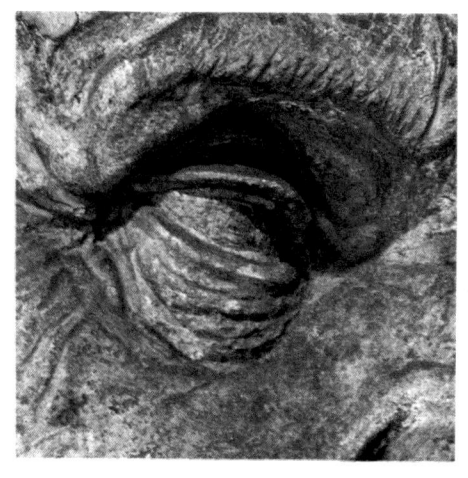

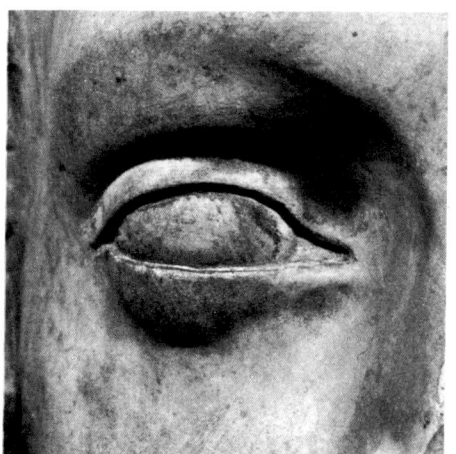

54. 55. CLAUS SLUTER. MOJŻESZ (1395–1405)   56. NANNI DI BANCO. IZAJASZ (1408–1409)   57. DONATELLO. MOJŻESZ (OK. 1415–1420)

58. GHIBERTI. ŚW. JAN CHRZCICIEL (1414)

59. DONATELLO. MOJŻESZ (1415–1420)

ślona przez twórcę. Jego realizm nie jest ani trochę naśladowaniem modela, ale ucieczką do tego, co indywidualne – przeciwko konwencji; i pozostaje w służbie świata nadal przynależnego do Boga.

Rzym jest tu na pewno obecny; ale jakże płaszczyzny tych posągów różnią się od rzymskich! Znacznie bardziej szerokie niż w «portretach realistycznych», znacznie mocniejsze i swobodniejsze niż w wizerunkach patrycjuszy, i zawsze innej natury. Zbieżność (zwłaszcza gdy chodzi o proroków bez bród) płynie z traktowania włosów często na granicy pastiszu; z ducha heroicznego, bliższego legendzie Rzymu niż jego sztuce i uznanego dopiero w trzydzieści lat później. Donatello nie wychodzi od portretów rzymskich: styl, z jakim zrywa począwszy od *Świętego Marka,* jest wspólnym stylem *Świętych* Nanniego i *Świętych* Ghibertiego z Orsanmichele. Zrazu miał z niego złagodzone płaszczyzny, ozdobną i rozwidloną brodę; ale płaszczyzny nabiorą twardości i wypukłości, linia się złamie albo biec będzie z mistrzowską brutalnością. *Jan Chrzciciel* Ghibertiego w zestawieniu z jego *Mojżeszem* nabiera franciszkańskiej słodyczy. *Prorocy* Donatella nie tylko z Boga mają swoją wielkość, choć mu ją ofiarowują. Podobnie jest z postaciami z płaskorzeźb Jacopa della Quercia; ale postacie Jacopa nie są osobami. Z nich także zniknęła pokora, ustępując miejsca bohaterskiej masce. Natomiast Donatello chce po raz pierwszy zjednoczyć wyraz życia wewnętrznego, równie nasyconego jak w wielkiej sztuce gotyckiej, z wyrazem wysiłku i energii. «Apostołowie i męczennicy Donatella, powiada jego współczesny Filarete, nie są ludźmi cierpiącymi, ale walczącymi.» Nie chodzi zresztą o cierpienie; słowo proroków Donatella zwraca się do ludu Florencji jak słowo żywych proroków do ludu Izraela; towarzyszy powstawaniu kopuły katedralnej, która z wolna wznosi się nad miastem: Brunelleschi pragnął tak wielkiej, «by schronił się pod nią cały lud Toskanii». Tego samego pragnął Jacopo...

60. JACOPO DELLA QUERCIA. KUSZENIE (1425–1438)

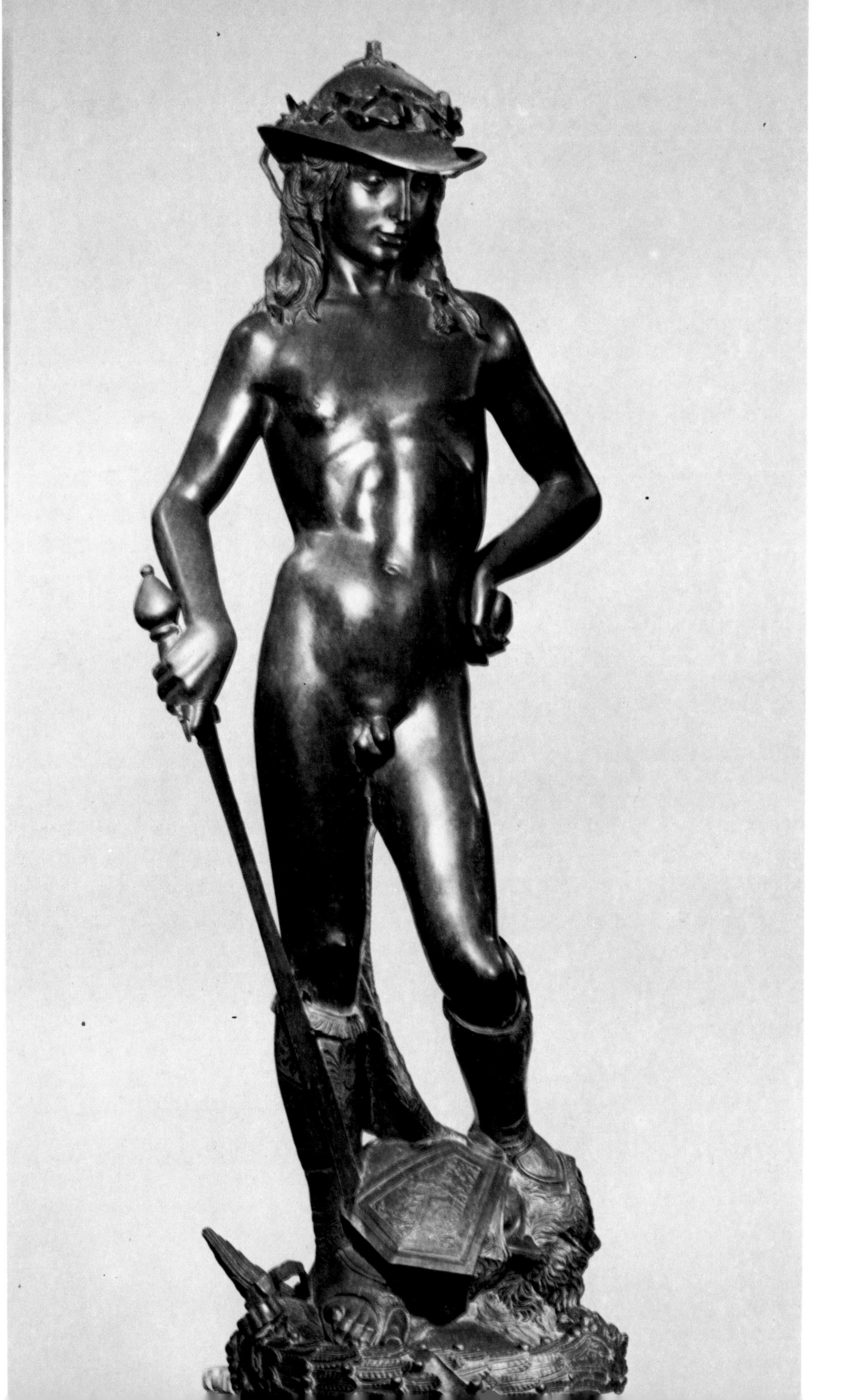

Zerwanie ze sztuką komunii – ale też ze sztuką malarzy surowego stylu – staje się głębsze, gdy Donatello od proroków przechodzi do Dawida, zwłaszcza do Dawida w kapeluszu z laurem. Można sobie wyobrazić zdumienie, z jakim Giotto patrzyłby na tego nagiego pazia – pierwszy, wspaniały akt z brązu od tysiąca lat – i nie tylko z powodu jego nagości. Nazywa się Dawid, ale przynosi ze sobą własny świat, który nie jest światem Biblii. W każdym razie to uzurpowane imię znajduje jeszcze wytłumaczenie. Posąg jednak całkowicie oderwał się od ściany – od miejsca kultu. Wielkie figury chrześcijaństwa nie powstawały dla placów, alej czy ogrodów (ani też dla muzeów, rzecz prosta); posąg, który odrywa się od ściany katedry i wymyka z gotyckiego półmroku, zmienia przestrzeń i duszę... Czy większego podziwu niż olśniewający modelunek i młodzieńczy, łatwy urok, który mają też *Ewy* Ghibertiego, nie budzi to, co przeciwstawia *Dawida* wszystkim figurom Ghibertiego: zerwanie z formami komunii, ucieczka ze świata Boga?

Ciągłość jego chwały płynie stąd, że historycy XVI wieku i ich następcy ujrzą w tym książątku, za którym pójdą wszystkie putta, pierwsze arcydzieło «idealizowanej natury». Dziś zdaje się nam świetną pracą konkursową i ta świetność zatarła jego osobliwość, którą odnajdujemy nie bez wysiłku: w kontraście kwitnącego ciała z mieczem i przyciężkimi nagolennikami, w dziwnym kapeluszu... Nos o krawędziach geometrycznych, jakie ma stalowa osłona nosowa przy hełmie. Robota obca uniesieniom Donatella, nie widać tu śladu ręki, która coraz mocniej naznacza glinę; obca też temu, co z wielkiego Florentyńczyka uczyni prekursora nie Houdona, ale Rodina.

Natura twórczości Donatella we wszystkich jego mistrzowskich posągach objawi się wyraźniej niż w tym *Dawidzie;* a bardziej jeszcze w jego płaskorzeźbach.

Od wieku już autorzy płaskorzeźb przydawali swoim aniołom profile z medali antycznych; nawet Nanni na Porta della

Mandorla zachował ten rodzaj modelunku. Donatello bardzo wcześnie odkrywa w płaskorzeźbach siłę kryjącą się w złamaniu linii, równie arbitralnej jak rurkowatych fałd; taką samą linię można niekiedy zobaczyć w pionie orszaku rzymskiego, a częściej jeszcze w arabesce cyzelatora, której przydaje drżące napięcie. Tą linią nerwową, po płaskorzeźbach określającą jego ostatnie posągi i lekkomyślnie nazwaną później gotycką, Donatello odcina się od «surowego stylu», podobnie jak od wszystkich swoich rywali w rzeźbie. Nie dajmy się zwieść pozornym związkom tej linii z ekspresjonizmem północnym: akcent Donatella nie sprowadza się nigdy do szczegółu i niezależny jest od patosu, któremu skądinąd tak wiernie służy. We *Wniebowzięciu* przywodzi na myśl okiełznane drżenie z *Panatenajów;* w ostatnich płaskorzeźbach – Rodina, który pilnie Donatella studiował. Ciężka miękkość draperii, napiętych niekiedy jak łuk, wynika z tego akcentu. W późnych posągach, w *Judycie*, w wychudzonej *Marii Magdalenie,* staje się szkicującym dotknięciem, cyzelowaną wypukłością. Jest akcentem wolności, wyzwala Donatella od iluzjonizmu, a także od antyku. Odkrycie tego akcentu jest zasadnicze dla jego twórczości, jak odkrycie mas ciała dla Masaccia i kolumnowa monumentalność dla Piera della Francesca.

Tym akcentem Donatello odcina się od wszystkich malarzy surowego stylu, ale nie od ich wspólnej niezgody na pokorę. Bo Donatello jest w opozycji do Ghibertiego, jak Masaccio do Gentile da Fabriana, a Piero della Francesca do Fra Angelica. *Zwiastowaniom* gotyku międzynarodowego i jego wielkich następców nie przeciwstawia wielkości biblijnej *Grosza czynszowego* ani tajemniczej surowości *Królowej Saby,* ale «dzieło, które wsławi jego imię, wskrzesza bowiem piękno Starożytnych pogrzebane od tysiąca lat», jak mówi Vasari; jest nim *Zwiastowanie* z Santa Croce, gdzie Madonna poprzedza Madonny Rafaela odległe niemal o wiek: Włochy narzucą je chrześcijaństwu.

Czym dla Donatella jest «piękno Starożytnych»? Nielicznymi, a gromadzonymi namiętnie znaleziskami (tę pasję dzieli z

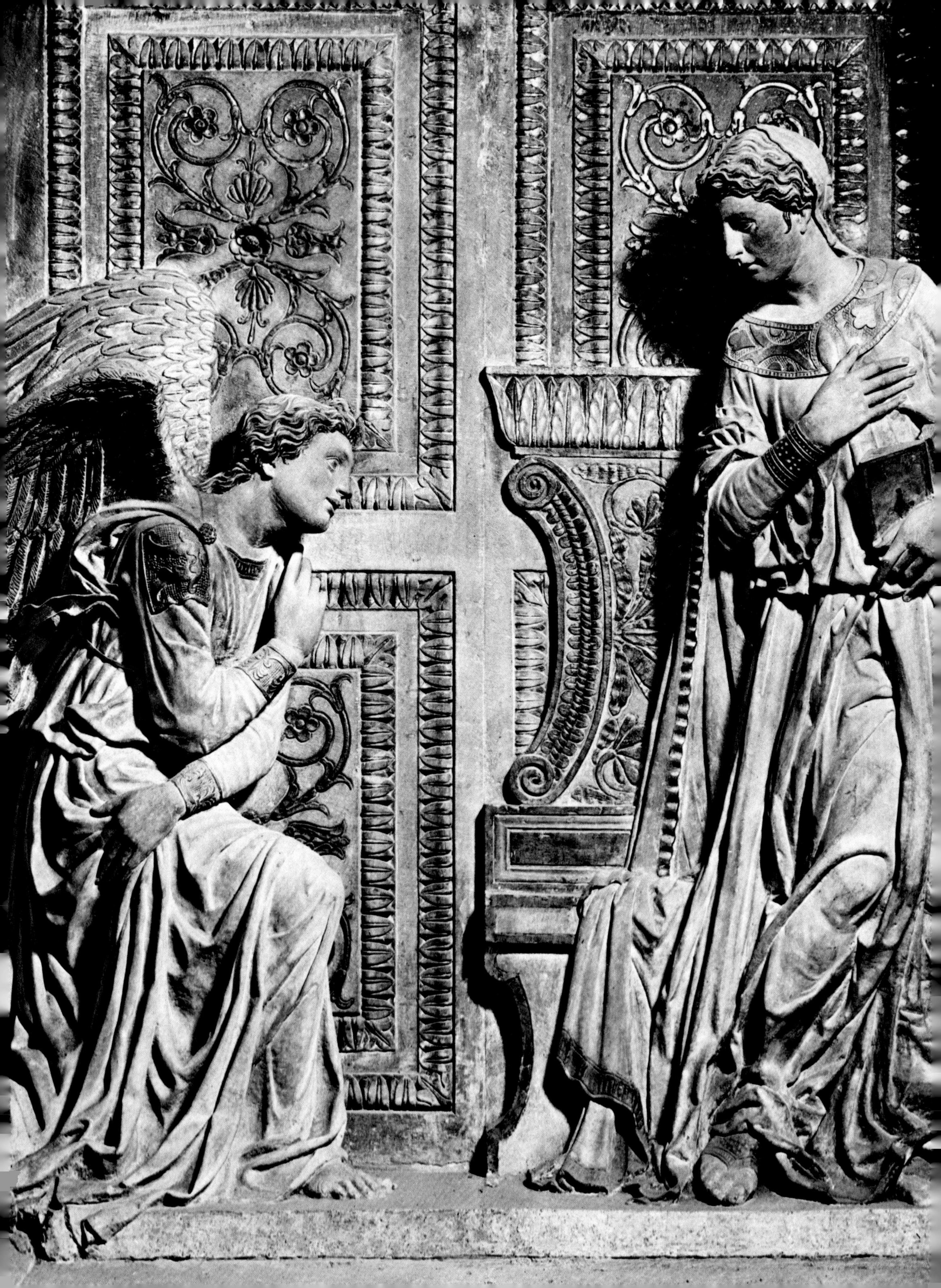

Kosmą Medyceuszem); architekturą, którą równie namiętnie studiuje z zaprzyjaźnionym Brunelleschim; nade wszystko zaś formami, które wraz z ich imperialnym majestatem i hellenistycznym liryzmem ukazuje mu Rzym. Prócz form – sięgali po nie również poprzednicy – poznaje uczucia obce sztuce chrześcijańskiej. Jego radosne putta wyrażają co innego niż promienne anioły. Z *Dawidów* czyni zwycięskich atletów; co dziwniejsze, odkrywa na nowo taniec. Salome z *Uczty u Heroda* wywodzi się z antyku; Quattrocento nie znało takiego tańca. Jeśli jednak Donatello znalazł tę postać w jakimś orszaku menad, nie skopiował jej jak ornamentów na swych zbrojach; złamana linia tej

65. DONATELLO. ZWIASTOWANIE (OK. 1435–1440)
66. DONATELLO. UCZTA U HERODA: SALOME (1423–1427)

Salome, podobnie jak księżniczki ze *Świętego Jerzego* czy aniołów z *Wniebowzięcia*, prowadzi do lotnych szat okrywających starożytne Nike.

Przede wszystkim – w służbie Boga, nie zaś Afrodyty czy Cezara, lecz nie tylko w tej służbie – odnajduje fundamentalne uczucia sztuki antycznej. Przemiana najbardziej wzruszających Madonn ze Zwiastowania, czy najszlachetniejszych Madonn z Koronacji, należała do porządku duchowego. Duchowość na pewno jest tu obecna, niepodobna pozbawić jej *Zwiastowania* z Santa Croce; znamy dobrze to wygięcie z gotyckiej rzeźby w kości słoniowej, tę rękę trwożnie dotykającą piersi. Ale skromność Najświętszej Panny jest w pochyleniu ciała; znika z fotografii, która je wyprostowuje. Zestawmy to *Zwiastowanie* ze *Zwiastowaniem* Fra Angelica, a Najświętsza Panna Donatella stanie się młodą boginią: kobietą wyzwoloną od ludzkiego losu – podobnie jak *Wiara* ze Sieny, którą Donatello ją zapowiada, jak *Prorocy* – wyzwoloną przez uczucie zachwytu; ten zachwyt jest *odpowiedzią* na odwieczny sen mężczyzn i kobiet, wreszcie uprawniony. Podziw przyda nowy sens słowu: sztuka; odchodzi pełne skupienia królestwo koronowanych Madonn, przychodzi nowe panowanie; Madonna z Santa Croce – powtarzana wielokrotnie w Toskanii – znajdzie niezliczone potomstwo. Sztuka duchowości przemienia istoty ludzkie w świętych i święte; sztuka podziwu przemienia kobiety w boginie i Gracje, a mężczyzn w bohaterów. Wkrótce pojawi się *Gattamelata*.

Jest to niemal posąg nagrobny; jego cokół jest grobowcem: laska wodza, którą trzyma wyrzeźbiony kondotier, jest pogrzebana wraz z nim w sąsiedniej bazylice. Jak *Dawid*, który stał na dziedzińcu pałacu Medyceuszy, stoi na placu...

Posągi konne w XIII wieku wyobrażały świętych na osobliwych koniach; umieszczone były przy ścianach. Autor konnego posągu Filipa Pięknego w paryskiej Notre-Dame pokazał króla

67. DONATELLO: ZWIASTOWANIE: NAJŚWIĘTSZA PANNA (OK. 1435–1440)

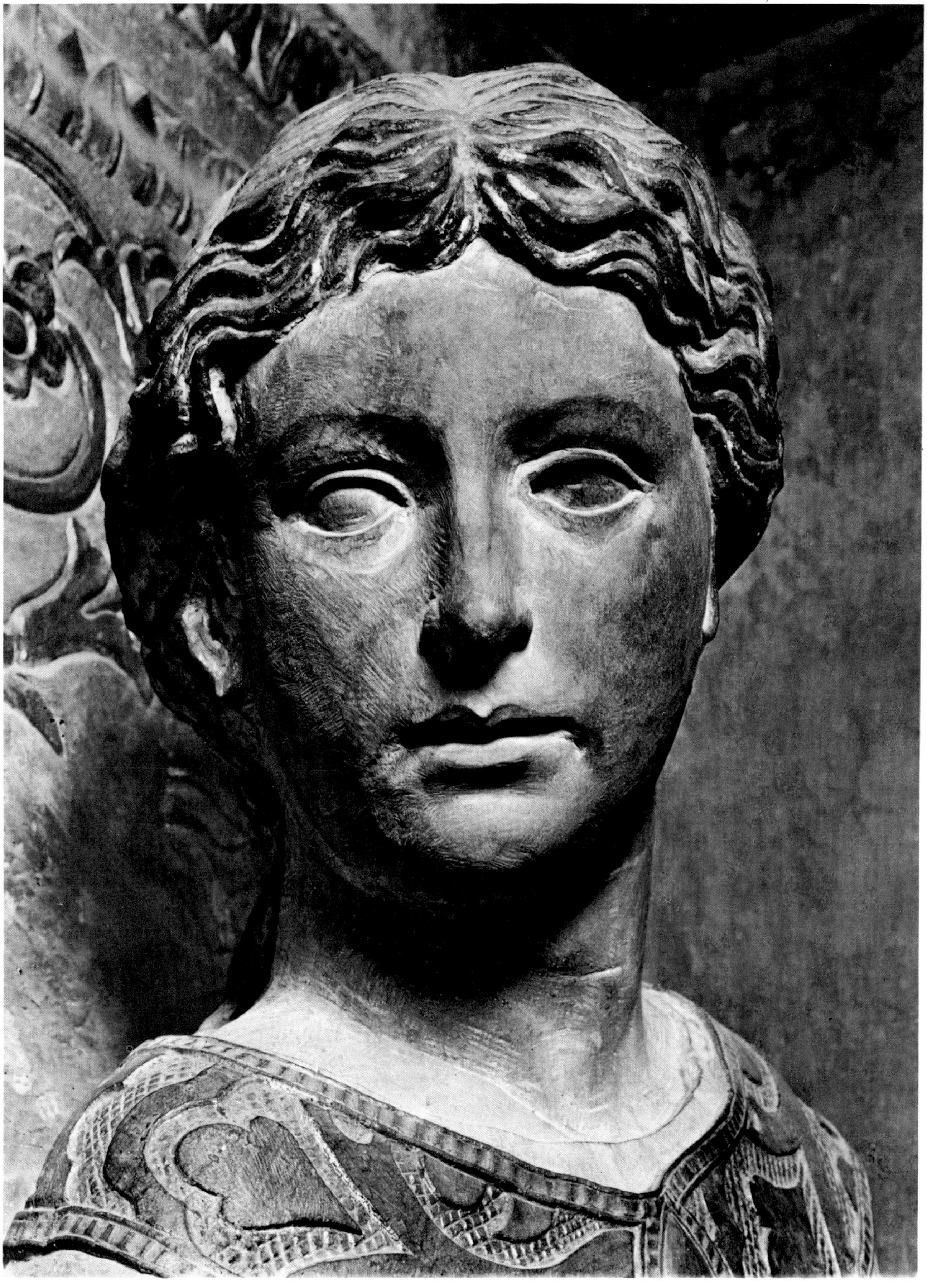

ze *spuszczoną przyłbicą*. We Włoszech wielekroć wyobrażano wodzów: Guidoriccia ze Sieny, Scaligera, Savellego, kondotierów Ferrary (posągi tych ostatnich dziś już nie istnieją). Jest też kondotier Uccella. Mniej szlachetny niż jego koń. Sztuka, która przedstawiała tylko ludzi, niewiele miała w sobie dumy.

Warto zastanowić się nad tradycyjnym zestawieniem *Gattamelaty z Markiem Aureliuszem* z Kapitolu. Rzecz pewna, że Donatello pragnął wykonać w brązie pierwszy posąg konny od czasów starożytnych (a nie było to rzeczą łatwą, skoro Leonardowi da Vinci nie powiodło się z odlewem posągu Franciszka Sforzy); niemniej ani jedna linia, ani jedna płaszczyzna *Gattamelaty* nie jest naśladownictwem *Marka Aureliusza;* posągowi

68. POMNIK PAOLA SAVELLI (OK. 1405–1410)

69. UCCELLO. GIOVANNI ACUTO (1436)

IOANNES·ACVTVS·EQVES·BRITANNICVS·DVX·AETATIS·S
VAE·CAVTISSIMVS·ET·REI·MILITARIS·PERITISSIMVS·HABITVS·EST

·PAVLI·VGIELLI·OPVS·

rzymskiemu brak tego majestatu, który wsławi *Gattamelatę* i który Donatello zawdzięcza współzawodnictwu z płaskorzeźbionymi triumfami. Jest to współzawodnictwo uderzające i oczywiste – ale tylko duchowe. Koń znacznie mniej ma do zawdzięczenia koniowi kapitolińskiemu niż koniom górującym nad kościo-

78

70. RZYM. MAREK AURELIUSZ (166–180)

łem św. Marka w Wenecji: ich masy odpowiadają masom malarstwa toskańskiego – zwłaszcza u Uccella. Donatello znał technikę rzeźby rzymskiej; użył jej przy skrzydlatej Meduzie, która zdobi pancerz kondotiera, ale jej nos jest prosty... Znał również sekretny wizerunek Apolla, z którego brano rysy heroi-

71. DONATELLO. GATTAMELATA (1447–1453)

zowanych cesarzy; znał *Świętych* Nanniego. Żadnego z tych rysów nie powtarza twarz *Gattamelaty;* do nikogo niepodobny, prócz męskiej szlachetności – tę samą ma *Jeremiasz* – kryjącej się w spojrzeniu i wyrazie ust nieznanych antykowi, co jeszcze mu zawdzięcza? Rzymskie popiersia realistyczne i maski pośmiertne nie były Donatellowi obce; ale kondotier jest od nich równie odległy, jak od heroizowanych cezarów. Jego odmienność po-

72. DONATELLO. JEREMIASZ (1423–1426)

lega na zgodności twarzy, odziedziczonej po *Prorokach* – z nich ma płaszczyzny, wypukłości, ukształtowanie brody – z tzw. odrodzonym sposobem rzeźbienia, urzekającym też Mantegnę: grzywa i głowa konia, loki jeźdźca. *Gattamelata* jest bardziej *prorokiem, który stał się cesarzem* niż «idealizowanym» modelem. Bariera oddzielająca światy przez dwanaście wieków przestała istnieć. Po świętych przyszli prorocy; po nich samotny bohater, który tak samo wymyka się Bogu, jak Kościołowi. Donatello ośmiela się obdarzyć zwycięskiego wojownika, o którego przebiegłości mówi przydomek (Gattamelata znaczy Plamisty Kot) potęgą równą potędze odkrytej przez sztukę włoską w służbie Boga po to, by przedstawiać jego wybranych.

W Grecji i w królestwach hellenistycznych przemiany tego rodzaju należałyby do sfery boskości. *Nike z Samotraki* nie była wodzem. Ateny na pewno nie chciałyby widzieć Miltiadesa w nowej postaci Aresa; sztuka hellenistyczna przekształcała swoich filozofów, zmarłych poetów, bohaterów i królów przydając im światło olimpijskie. *Aleksander* z monet był Dionizosem; *Homer* z Luwru nie zawdzięcza mniej Zeusowi niż *Laokoonowi*. W Rzymie, gdzie wodzowie stawali się cesarzami, a cesarze bogami, heroizacja i ubóstwienie, nieodłączne od stylu wymyślonego dla bogów greckich, równie rygorystycznie posługiwały się językiem hellenistycznego Olimpu dla przedstawiania ludzi, jak Bizancjum ikonami dla przedstawiania świętych; na Kapitolu i w Grecji, w Egipcie, w Sumerze, w Indiach, w Moissac i w Chartres sztuka mogła wyzwolić ludzi od ludzkiej kondycji tylko przyrównując ich do postaci z wyznawanej wiary.

Gattamelaty jednak nie łączy ze świętym ani Kościół, ani sztuka. Odwołuje się do postaci cesarskich, które odwoływały się do bogów antycznych, a ci są martwi. Donatello widzi je jako świeckie i jako świeckie je podziwia. Na pewno pragnąłby, aby przyczyniły się do Chrystusowej chwały: w tych czasach wyniesienie człowieka nie może nastąpić wbrew Kościołowi i Gattamelata nie pozostawił swego majątku Najjaśniejszej Republice, ale św. Antoniemu z Padwy. A przecież to, co zwycięski donator zawdzięcza *Prorokom* z Florencji, pozostanie zakryte. Donatello bowiem każe mu rywalizować z Cezarem.

Zwróćmy jednak uwagę, że przedmiotem tej rywalizacji nie jest człowiek, który nazywał się Cezar, ale postać przybrana w legendę Rzymu.

Od pięćdziesięciu lat ta legenda usuwa w cień Złotą Legendę, której ostatnim mistrzem jest Fra Angelico, i ginącą legendę rycerską. Jeszcze opowiada się szeroko historie Okrągłego Stołu, ale nie słucha się już ich tym samym uchem; i zaczyna się je czytać... Jeśli cudowność nie wychodzi z mody, to staje się bezkształtna (a niekiedy stanowi temat do parodii); tymczasem literatura łacińska oddaje doskonale wykształcone formy w służbę marzenia: człowiek w sobie samym odnajduje wielkość. Do społeczeństwa, które już czyta, opowieść średniowieczna przemawia jeszcze głosami truwerów, gdy opowieść antyczna głosem Plutarcha. Wkrótce Plutarch będzie przewodnikiem poety – w *Rymowanej kronice* Giovanniego Santi, ojca Rafaela – jak Wergiliusz był przewodnikiem Dantego. Sławni Mężowie przestaną być sławni na wzór świętych. Aleksander, Cezar, August odzwierciedlają przeszłość przemienioną; podobną rolę odgrywa Rzym dla Saint-Justa, Rewolucja dla Micheleta, epopea napoleońska dla Wiktora Hugo, średniowiecze dla romantyków; Quattrocento odkrywa przeszłość, jak żeglarze odkryją ziemię. W tej przeszłości legenda miesza się z historią, Orlando z Cezarem, Tankred z Jerozolimą; i historia uprawnia legendę. Mało studiowano owe czasy oderwane od życia, do których to, co kultura włoska nazywa starożytnością, należy tak, jak urojone rycerstwo do dworu Burgundii. Wierze w czarodziejskie królestwa nie przeszkadza pamięć fragmentów historii. Achilles jest nieodstępnym bratem Aleksandra. Książę Lotaryngii przebrany za «bohatera o brodzie ze złotych nici» modli się nad grobem Karola Śmiałego, którego marzenia podziela; ale kiedy Machiavelli – w którym nikt marzyciela nie widzi – wkłada togę, by czytać Starożytnych, wysokie pojęcie o człowieku uwalnia się od tego, co w nim dziecinne; nieokreślony i urzekający nie należy do Chrystusa. Idea dzielności pojawia się wraz ze Starożytnymi: mają bogów, a mówią tak, jakby bogowie nie istnieli. Ludwik Święty był budujący i naiwny. Cezar nie jest ani budujący, ani naiwny. Bohater, którego się podziwia, dołącza się do świętego, którego się czci.

Władcy włoscy oczekują od historiografów pamięci i podziwu dla swoich drobnych zwycięstw; ale czymże jest historiograf w porównaniu z wielkim artystą? Imperator ma rysy Gattamelaty, jak Ludwik Święty miał rysy Karola V, Najświętsza Panna – Agnès Sorel, Betsabe – oblubienicy na przedstawieniach zaślubin. Sztuka wzorem Boga czyni swoich wybrańców równymi. *Gattamelata* – stojący przed jedną z bazylik najbardziej odwiedzanych przez pielgrzymów, w wielkim mieście uniwersyteckim Włoch, sąsiadującym z Wenecją – *zaskakuje* jak pierwsze Madonny toskańskie, a potem sklepienie Sykstyny. Ogromem: rysuje się na tle bazyliki i nieba; techniką: dokonanie niezwykłe, znane wszystkim, podziwiane przez wszystkich; materią: cały jest złocony; sztuką wreszcie. Bo lud chrześcijański wciąż obojętnie przechodzi obok kolumny Trajana. Taki posąg to zjawisko. Nawet dla oczu artystów, nawet dla oczu miłośników (Lorenzo Medici spędził w Padwie dwa lata wygnania), stają bowiem wobec niespodziewanej kreacji. Nic nie zapowiadało jej w dziele Donatella: nie jest powiększeniem którejkolwiek z jego rzeźb. I nie przywołuje popiersi rzymskich, ale Rzym legendarny, który urzeka Italię; olśniewający kondotier wynosi go wyżej, niż to czynią okaleczone posągi cesarzy. Mniejsza zresztą o samego kondotiera: chodzi o Donatella, który sądząc, że rywalizuje jedynie z formami przekształcającymi cezarów, wyzwolił z Państwa Bożego człowieka, wprowadzając go w świat tego, co nierzeczywiste.

Donatello ma sześćdziesiąt lat. Nie wyrzeźbi nowego *Gattamelaty*. Jego sztuka ulegnie głębokiej przemianie, pokrewnej tej, która Tycjana od jego *Wener* przywiedzie do *Piety*. Gdyby umarł wcześniej, mielibyśmy tylko przeczucie patosu związanego z jego imieniem – dzięki *Uczcie u Heroda*. Potężne dotknięcie szkicującej ręki w płaskorzeźbie z kościoła San Lorenzo nie tyle przyda-

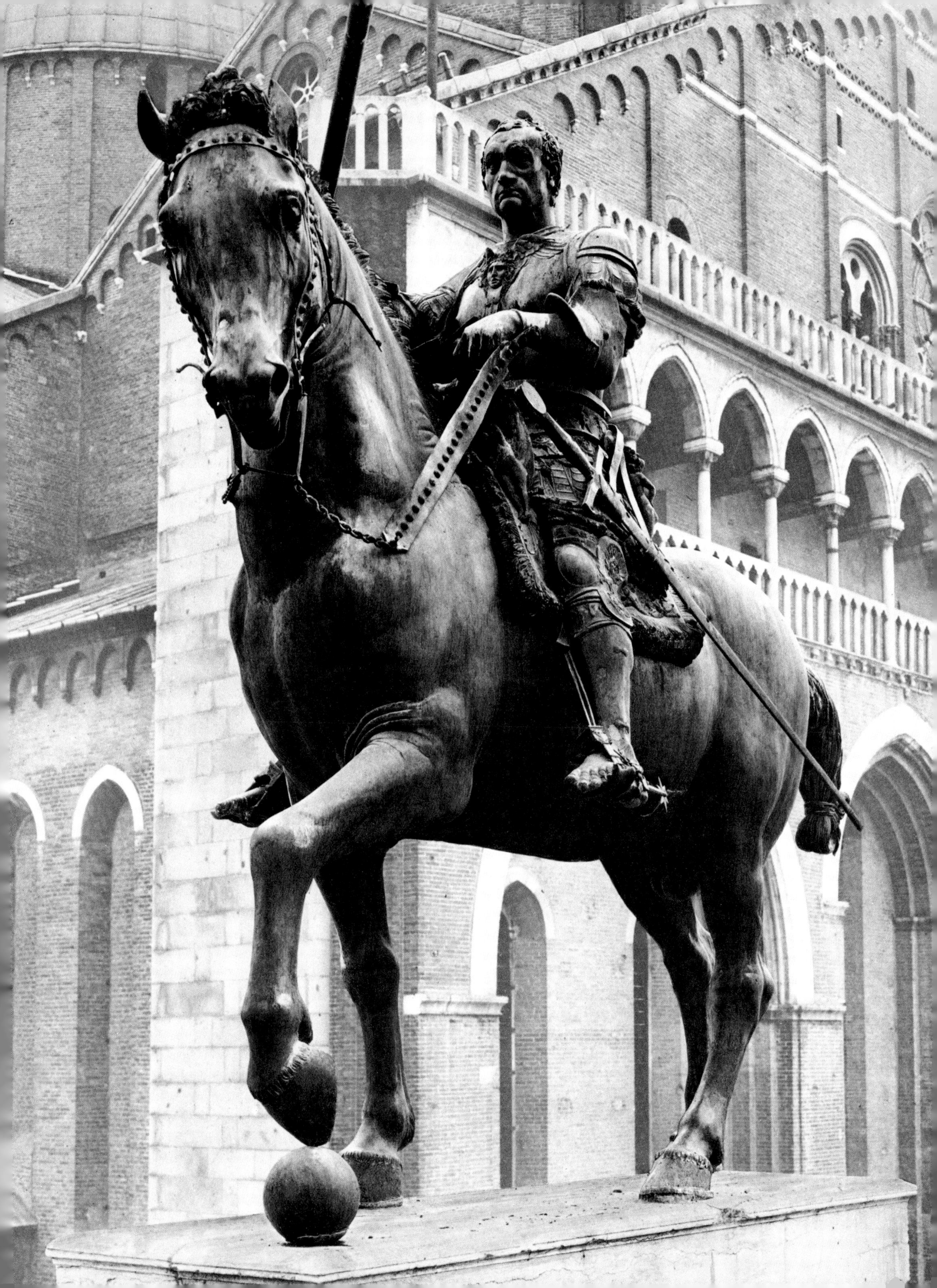

wało patosu świętym, apostołom i męczennikom, ile łączyło to, co zapowiadali *Prorocy* z katedry, co lepiej oddał *Dawid* z marmuru, niż *Dawid* z brązu, co było w Salome, w posągach ze Sieny i w *Zwiastowaniu*. Ten sposób kształtowania – podobnie jak gest, złamana linia, wymowna pionowość postaci, pewne twardo rzeźbione profile z medali – służył wyrazowi duchowości, gdy wpierw służył «heroizacji» postaci antycznych; w sztuce Donatella przyzywał bohatera, zanim artysta odkrył go na nowo.

Dlatego tak często się mówi, że renesans zaczyna się z Donatellem. U Giotta, Masaccia, Piera della Francesca można szukać pewnych form antycznych i znaleźć je; malarze surowego stylu przydali swoim scenom solenności godnej mozaik z Rawenny; w dziele Donatella zabrzmi śpiew triumfalny, który zagarnia całe Włochy. Niemal zawsze jednak (wyjąwszy jego putta) przekazują nam ten śpiew dzieła religijne; przede wszystkim Madonny o płytkim reliefie, których cykl zaczyna się z *Madonnami Pazzich;* Chrystus Donatella jest jednym z wielu, gdy jego Madonna podbije Europę. «Piękno Starożytnych», skąd według Vasariego wywodzi się triumfalny śpiew, nie jest jednak u Donatella naśladowaniem piękna żywych ludzi, choćby najwyższego; jak Fidiasz *tworzy* zespół form, które na pewno je sugerują, ale przede wszystkim mają wyrazić piękno przynależne temu, co irrealne. Styl nie powstaje z upiększenia postaci; to styl je «upiększa». I wśród nowych znaczeń, których w epoce Quattrocenta nabiera pojęcie piękna, najgłębsze nie wyraża tylko władzy artysty, zdolnego przenieść «modele» do świata irrealności – rywalizującego już ze światem komunii – ale władzę szczególniejszą jeszcze: wprowadzanie do niego postaci sakralnych. W czasach *Gattamelaty* Donatello rzeźbi dla bazyliki w Padwie *Cuda świętego Antoniego,* gdzie ostatnie echa franciszkańskie współżyją ze strojami współczesnymi i arabeską starożytną, którą odnajdzie Mantegna; te echa są jeszcze w *Świętej Justynie* i w *Madonnie,* bóstwie siedzącym na tronie zdobnym w głowy sfinksów, którego hieratyzm przywodzi na myśl rzymskie Izydy... Od *Proroków* począwszy Donatello coraz wyraźniej włącza postaci i zdarzenia, na których opiera się prawo, do świata, gdzie Bóg rządzi jeszcze; ale tym światem zawładnie artysta.

Sztuka po raz pierwszy przedstawia równocześnie świętych i «sławne postacie». U Andrei del Castagno te postacie, niemal współczesne *Gattamelaty,* zjawiają się po jego genialnej i nie-

75. DONATELLO. CUD Z OSŁEM (1447)

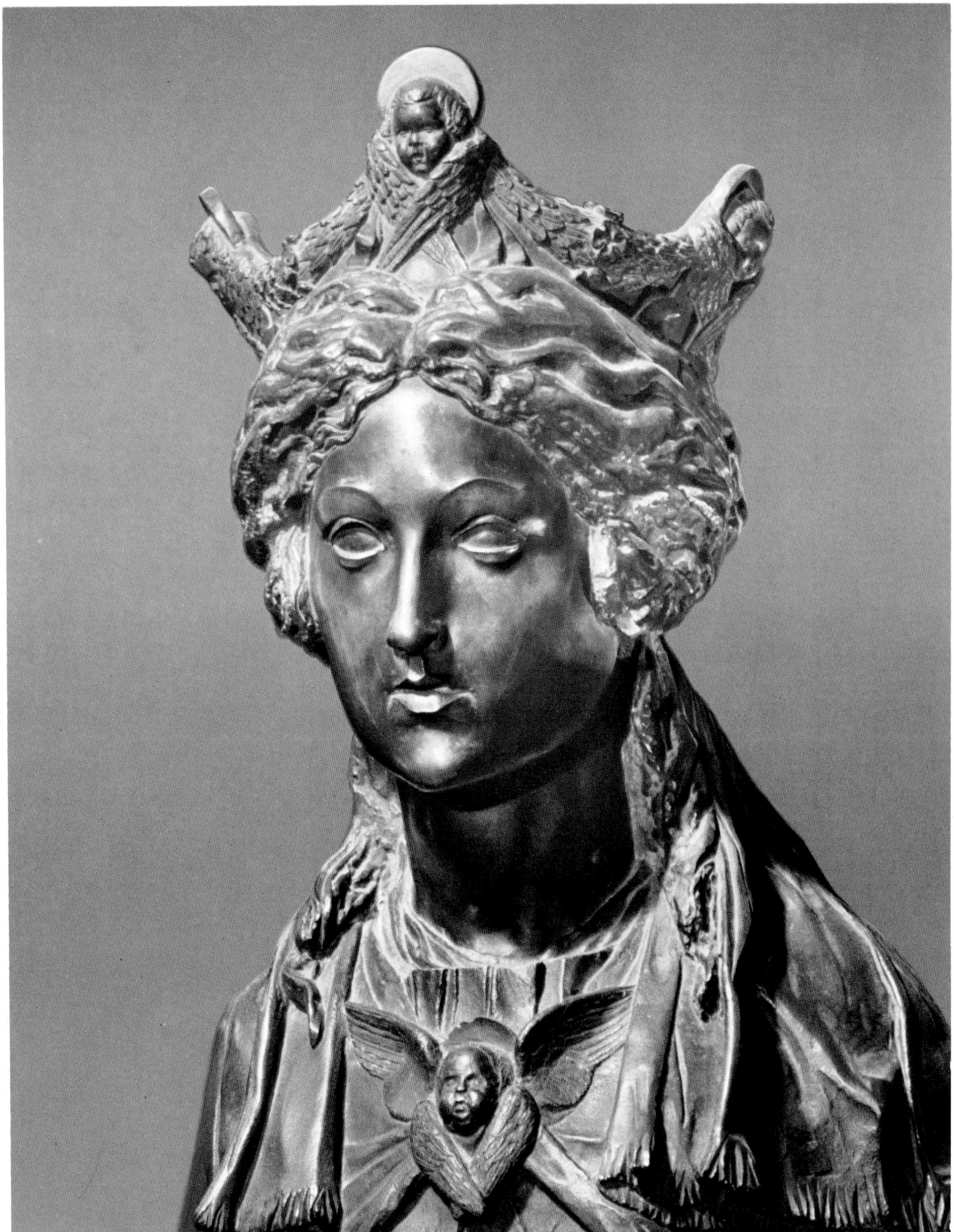

spójnej *Ostatniej wieczerzy* (czy uznamy wreszcie Andreę za jednego z wielkich mistrzów Quattrocenta?), gdzie malarska stylizacja brył, obwiedzionych linią Donatella, osiąga monumentalność.

Pięćdziesiąt lat wcześniej te postaci znalazłyby się w księgach; charakterystyczne, że tak nie jest. Z miniatur mają jednak abstrakcyjne tła. *Dante* i *Petrarka* są pokrewni humanistom Fra Angelica; ale nie *Królowa Estera* i *Sybilla Kumejska* z palcem uniesionym jak palec anioła u Leonarda, o rysach przypominających rysy *Ewy, Madonny rodziny Pazzich,* a nawet Chrystusa ze *Zmartwychwstania;* ani też Farinata degli Uberti z fresku przedstawiającego wyzwoliciela Florencji, którego Dante napotkał w piekle, gdzie «spoglądał na męki z pogardą»...

«Pan degli Uberti, wybawca ojczyzny; Dante Alighieri, Florentyńczyk», mówią napisy. Osoby, które Andrea del Castagno dołącza do Sybilli zapowiadającej proroków i do królowych wolności, to fundatorzy, podobnie jak pierwsze postacie świeckie, które rzeźbiarz z Naumburga ośmiela się dołączyć do świętych we wnętrzu kościoła. Sława dała im życie w sztuce. Przemiana Farinaty jest mniej jawna niż Gattamelaty; wystarczy jednak porównać fresk ze współczesnymi portretami, by stwierdzić, że dokonano tu tej samej «operacji na człowieku» co w posągu. Antyk mniej wchodzi w grę; zbroja przypomina żółwie pancerze Uccella, nie jest tą robotą złotniczą, którą Donatello zostawi w spadku Mantegni. Ale jak Gattamelata jest Farinata postacią historyczną. To już nie istota przynależna do Boga odniosła zwycięstwa niczym «niepokonany Karol VII, król Francji», którego w tym samym czasie Fouquet wiernie przedstawia na portrecie; ani pan degli Uberti; to wybawca Florencji. Twarz, którą malarz uczynił godną jej przykładnej czy legendarnej wielkości. Sztuka pragnie formom irrealności przydać to, co historia przydaje imionom. Środki Andrei są inne niż Donatella; ale służą tej samej potędze.

77. FOUQUET. KAROL VII (1444 ALBO 1455)

78. ANDREA DEL CASTAGNO. FARINATA DEGLI UBERTI (OK. 1450)

Dzięki niej Starożytni, poprzez prototypy bogów, wizerunek Cezara czynili godnym Cezara; Andrea wizerunek Farinaty czyni godnym wybawcy Florencji; Donatello Gattamelatę upodabnia do Augusta. Italia nie odkrywa ludzi i wydarzeń z historii starożytnej, których szkolarze nigdy nie zapomnieli: odkrywa zachwyt, jaki budzi przemiana polityka czy wodza w postać legendarną i jakby nadludzką. Nowa potęga sztuki wiąże się z zachwytem, który zgasił Chrystus. Stąd znacznie mniej jest zależna od historii, niż się wydaje; bo kiedy artysta odnajdzie środki, dzięki którym jego historyczne marzenie przyobleka kształt zachwycający, i uznaje posługiwanie się nimi za uprawnione, inne marzenia zaczyna przyoblekać w taki kształt. Pojawiają się wówczas ogromne obszary marzeń; i nie chodzi o to, że odkrywa się postacie, ale że się je podziwia: wyrasta Mit.

Sen o nadludzkiej potędze wyraża Cezar, wyraża go także Herkules; *Herkulesowie* rzeźbieni czy malowani przez Pollaiuola przyjdą po *Gattamelacie,* a przed *Colleonim*... Na czterysta lat historia i mitologia złączą się w sztuce; i u końca Quattrocenta można by wyobrazić sobie rozkwit malarstwa historycznego, które ukoronowałyby *Triumfy Cezara* Mantegni... Ale zmartwychwstanie Herkulesa zapowiada zmartwychwstanie Wenus; a we władzy Wenus znajdą się ukryte siły sięgające głębiej niż te, które wynoszą Cezara.

Fra Angelico wezwany do Rzymu, żeby malować kaplicę Mikołaja V, bierze sobie za pomocnika Gozzolego, który po śmierci mistrza będzie kontynuować we Florencji wyszukaną i ilustracyjną sztukę Pokłonu Trzech Króli, dziedziczącą uczucia średniowieczne, a przede wszystkim Gentile da Fabriana.

W roku 1460 Piero della Francesca maluje freski w Arezzo, Uccello kończy ostatnie bitwy; Andrea del Castagno nie żyje, Domenico Veneziano umrze wkrótce. Donatello ma blisko osiemdziesiąt lat. Starość odrywa go od ziemi. Sztuką jego włada teraz patos. W *Złożeniu do Grobu* akcent profilów, traktowanie włosów, wibrująca linia (nie tak bardzo już różna od linii Salome), gwałtowna szerokość gestów oddalają wszelką wspólnotę z północnymi *Złożeniami do Grobu;* podobnie styl jego *Marii Magdaleny* odcina ją od przedstawień niemieckich. Postacie z ambony w San Lorenzo, 1461, mają linie szczególnie zgięte, zdawałoby się bizantyńskie, ale nie wywodzące się z Bizancjum, lecz z antyku, gdzie były przecież nieznane. Z arabeską szat, traktowaniem włosów i bród subtelnie zgadzają się twarze, których szerokie, kanciaste rysy nic nie wiedzą o ostrożnej albo zawęźlonej i ściśniętej linii niemieckiej; mogłyby przywieść na pamięć medale czy ikony, gdyby im odjąć mocny akcent i gwałtowny wyraz uczuć. Antyk, niczym daleki donator, jest obecny w *Zdjęciu z Krzyża* – w postaciach dziwnych, nagich jeźdźców z zaświatów, wziętych z jakiejś wazy, by czuwali nad

zmarłym Chrystusem; nade wszystko zaś jest obecny przez to, że włącza Zdjęcie z Krzyża do świata kreacji, która ma je przekształcić. Formy zmieniły się radykalnie: zrodzone w służbie sztuki, gdzie uczucia grały niewielką rolę, służą teraz patosowi. Wystarczy wyodrębnić ukrzyżowanego złego łotra, twarze głównych postaci, twarz Matki Boskiej ze *Zdjęcia z Krzyża*... Wystarczy też porównać to *Zdjęcie z Krzyża* z jakimkolwiek wcześniejszym północnym: zestawione z Mękami Pańskimi z Niemiec przywodzi na myśl tragedie greckie. Ambicją Donatella – nie do pomyślenia przedtem – jest włączenie Pasji do świata, gdzie znaleźli się jego prorocy i Madonny: heroizacji cierpienia. Gotyk heroiczny? Ale nie gotyk heroizowany, ponieważ rzecz nie polega na stylizacji form północnych. Geniusz Donatella jest w przydaniu patosowi, którego akceptacja budziła w nim może głęboki niepokój (czy przypadkiem tyle w jego dziele odciętych głów: Dawid, Judyta, Salome?) i którego nie zna styl surowy, wielkości obcej patosowi chrześcijańskiemu, odmienionej za sprawą sztuki. Obejmuje to nawet dramat Kalwarii.

Ze zbliżającą się śmiercią stary rzeźbiarz – jak Michał

80. DONATELLO. ZDJĘCIE Z KRZYŻA (1460–1470)

81. DONATELLO. MĘCZEŃSTWO ŚWIĘTEGO WAWRZYŃCA (1460–1470)

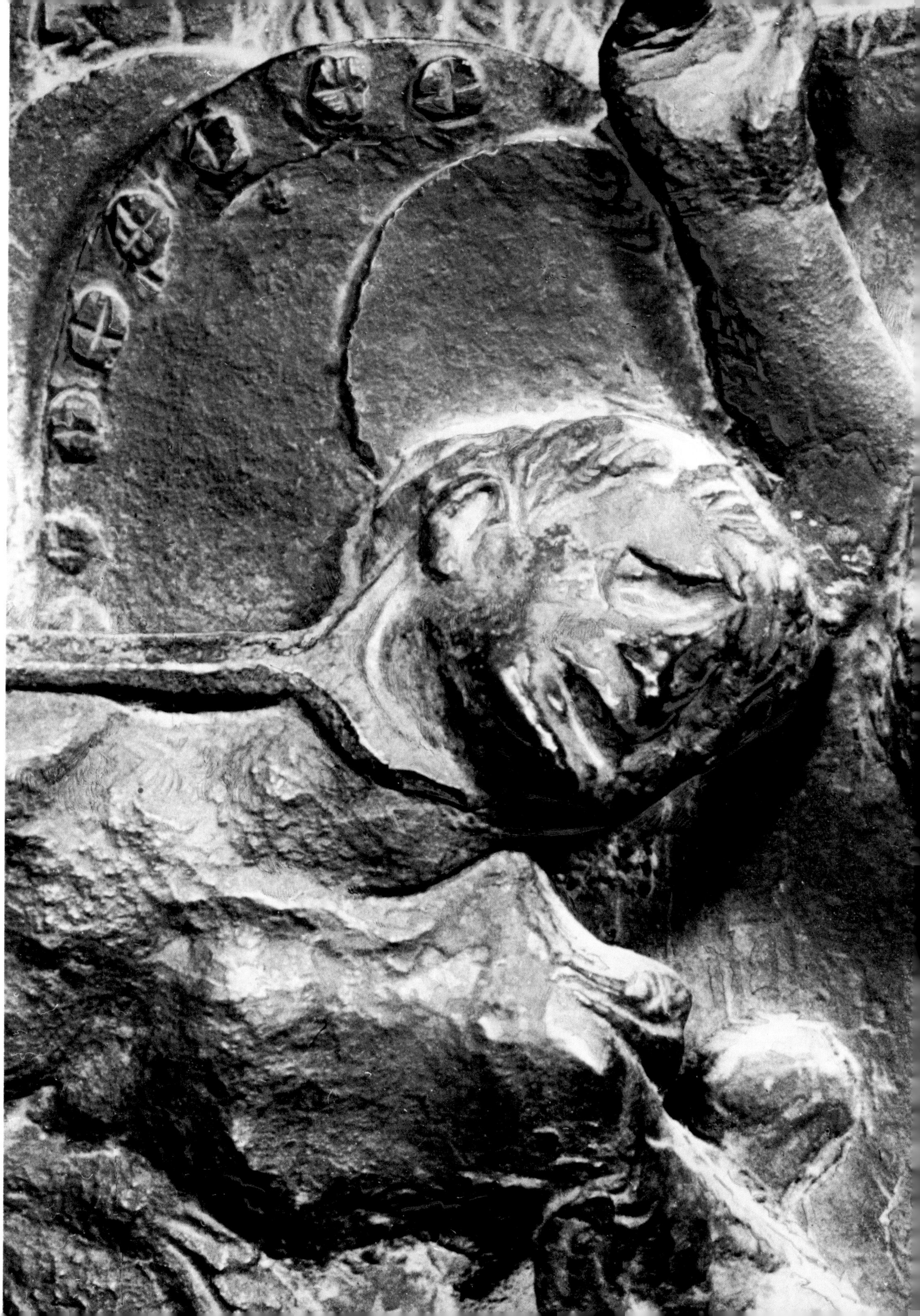

Anioł, jak Tycjan – odnajduje tajemnicze światło. Czy wiara jego stała się głębsza, bardziej samotna? Do ostatnich akcentów triumfalnego śpiewu dołącza się akcent zagadkowy, może najwyższej wolności. Bardzo wcześnie zrozumiał, jak wielka moc twórcza kryje się w arbitralności, podobnie jak zrozumieli to malarze surowego stylu i Jacopo della Quercia. Ale dla nich arbitralność kryła się w szerokich płaszczyznach, które przełamała linia z *Wniebowzięcia* i linia Salome z *Uczty u Heroda*. Odpowiednik tej linii odnalazł Donatello w posągach ze Sieny, w *Judycie* i *Marii Magdalenie* (żeby w pełni zrozumieć jego sztukę, trzeba zapomnieć o *Dawidzie* z brązu), w większości płaskorzeźb, od płaskorzeźb z zakrystii San Lorenzo począwszy; arbitralność linii stała się arbitralnością reliefu. Ten potężny akcent

82. DONATELLO. ZDJĘCIE Z KRZYŻA (OK. 1460)

uważa się zazwyczaj za środek wyrażania uczuć przedstawianej postaci – szczególnie Marii Magdaleny. Ale zwróćmy uwagę, że od *Wniebowzięcia* często służy ekspresji malarskiej: postacie zmartwychwstałych Chrystusów z ambon w San Lorenzo nie są ekspresyjne tak, jak postacie Grünewalda, ale tak, jak pejzaże van Gogha. Donatello odnalazł wolność, którą Michał Anioł, Tycjan i Goya także odnajdą u schyłku życia, i do której uprawnia jedynie twórczość. Nawet transfiguracja się oddala... Wynalazca najpłodniejszych form wieku, na koniec stanie się wynalazcą form najbardziej wzniosłych; jego barbarzyńskie *Zmartwychwstanie* stanowi niejako odpowiedź na *Zmartwychwstanie* Piera della Francesca.

Ale surowy styl toskański nie przeżyje Donatella.

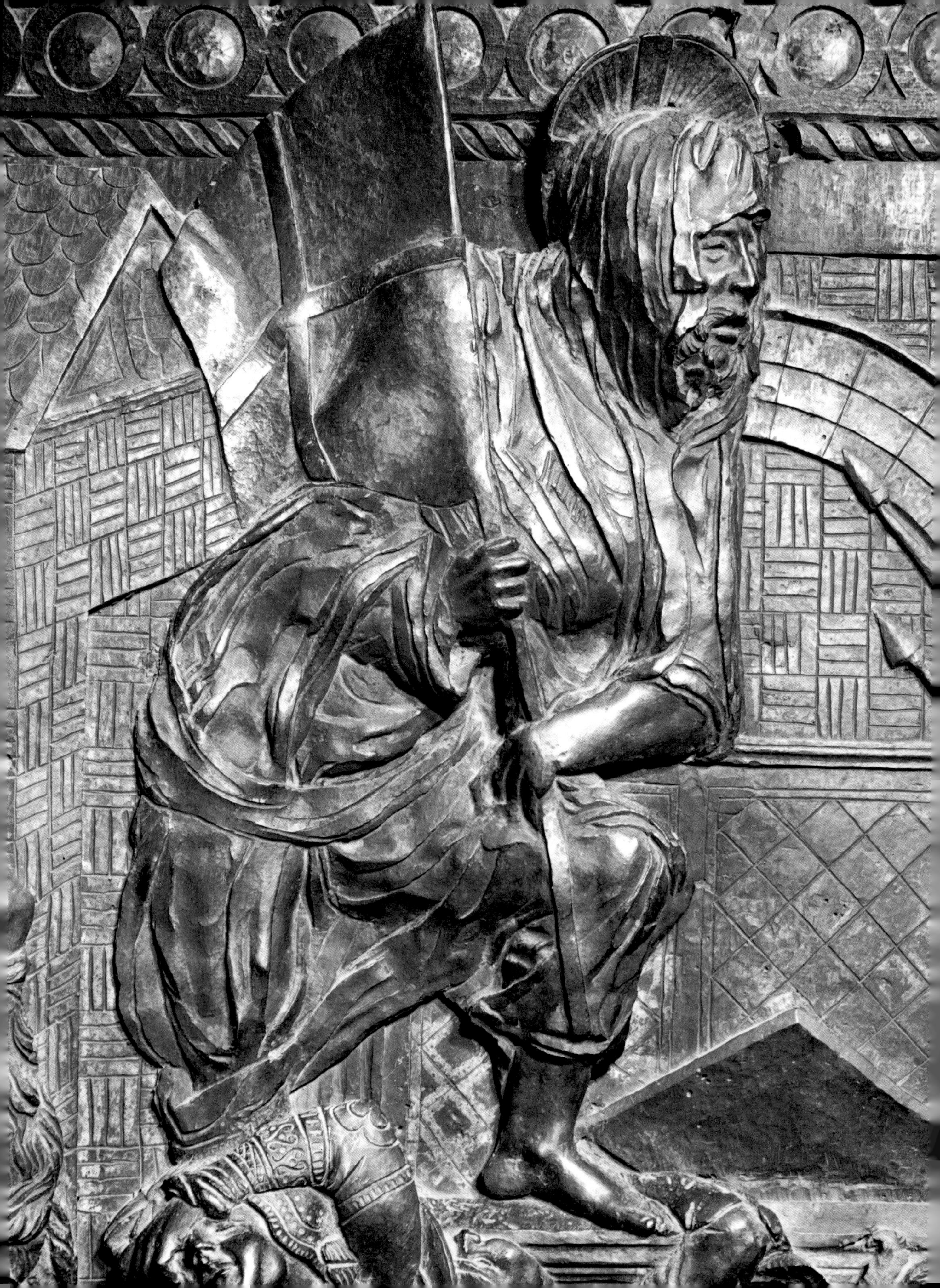

84. DONATELLO. ZMARTWYCHWSTANIE (1460–1470)
85. PIERO DELLA FRANCESCA. ZMARTWYCHWSTANIE (1463–1465)

4

Ten styl zapomniał o tańcu z *Uczty u Heroda;* ale Salome odnajduje swój taniec na freskach, nad którymi Filippo Lippi pracuje w Prato. Choć malarstwo dworskie zrywa z surowym chrystianizmem, od którego ze zbliżaniem się śmierci odchodzi Donatello, jego rzeźbiarska i liryczna linia pojawia się nie tylko u Gozzolego czy Ghirlandaja, ale też we freskach Mantegni, we freskach z pałacu Schifanoia, w obrazach Antonia Pollaiuola, a wkrótce i Botticellego. *Muzykujące anioły* Agostina, *Salome* Lippiego powracają w Gracjach z Florencji; sceny mitologiczne towarzyszą objęciu władzy przez Wawrzyńca Wspaniałego, który bez nich nie uznałby «mistrza Antonia za największego artystę naszego czasu, a może i czasów innych...»

Olimp nie pozostawił ani Biblii, ani Koranu; mity antyczne przekazuje literatura, a przede wszystkim poezja. Włochy odnajdują je niczym Eneidę. Wenus nie przyłącza się do Cezara poprzez swoją boskość, ale jako echo poematów, które natchnęła. Za sprawą zachwycającej fikcji Mit włada Italią, która uważa się za jego spadkobierczynię prawem starszeństwa, jak za sprawą Wagnera Nibelungowie zawładną Niemcami.

Starożytni bogowie nie pretendują do królestwa Boga. Jaki konflikt ich wizerunki mogłyby wywołać w społeczeństwie wciąż chrześcijańskim, które astrologia i filozofia łączą z Przedwiecznym i gdzie odwołuje się do nich zaledwie kilku szaleńców? Jeśli patrycjat florencki nie jest chrześcijański, to po trosze agnostyczny, ale nie pogański. W religię się wierzy, w Mit się nie wierzy. Savonarola potępi nagie postacie i tańce, ale nie ujrzy bóstw w boginiach Botticellego, równie odległych od pogaństwa jak *Fedra* i *Ifigenia*. W Paryżu stosy, na których ma zginąć Vanitas, zapłoną w roku 1426; w Rzymie ogień zapala św. Bernardyn; na stosy florenckie trafią tylko obrazy. Dla malarstwa chrześcijańskiego czarodziejska fikcja jest tym, czym Starożytni dla chrześcijanina Montaigne'a.

Florencja nie modli się do Wenus; studiuje mądrość Platona, dającą się pogodzić z Ewangelią, ponieważ humanizm florencki opiera się na *wierze w zgodność* każdej mądrości i Zbawiciela. Neoplatonicy, owładnięci myślą aleksandryjską, chcą do chrystianizmu dołączyć orszak wtajemniczonych «wiary pogańskiej» od Orfeusza po Apoloniusza z Tiany, a nie na odwrót: Chrystusa do mitycznego pogaństwa. Na Biesiadach florenckich bywa biskup Fiesole; Ficino wygłasza kazania w Santa Maria del Fiore; Poliziano i Pico della Mirandola przez pewien czas idą za Savonarolą.

86. BOTTICELLI. BOSKA KOMEDIA (1492–1497)

Ale filozofia florencka bardziej towarzyszy sztuce, niż przyczynia się do jej powstania; mitologia humanistów i malarzy ma te same postaci, ale nie tę samą duszę. Dla Akademii Florenckiej malarze są jeszcze rzemieślnikami: żaden nie jest jej członkiem. Nie przyjęłaby Leonarda, który nie mówił po łacinie; uznałaby go za uczonego, ale uczeni też nie mieli do niej wstępu. Za cel stawia sobie rozmyślanie nad najwyższymi tajemnicami, żywi się dziełami wielkich wtajemniczonych, które ma objawiać i komentować. Jak jej mistrz Platon niezbyt sobie ceni «złudne czarodziejstwa»: bardziej odpowiada jej rysunek niż malarstwo, temat niż obraz. Światem Akademii jest alegoryczny świat *Boskiej Komedii:* Botticelli rysuje ją z końcem wieku, ale raczej po to, by się spodobać Akademii, niż żeby zilustrować Dantego; nie jest nim irrealność, domena promiennego Mitu «rzemieślników», powstałego na marginesie jej przejrzystego i medytacyjnego Mitu. Nie należą do niej kobiety...

Bardziej niż z tym zamkniętym środowiskiem sztuka złączona jest z namiętną nadzieją, która ożywia Florencję, odkąd kopuła Brunelleschiego zaczęła się wznosić nad miastem. Erudyci łacińscy i poeci mowy pospolitej, której Wawrzyniec jest protektorem, opiewają radość życia; Manetti pisze *Godność i doskonałość człowieka,* Valla sławi rozkosz, inni głoszą inne jeszcze pochwały rzeczy nowych – a wszystko to łączy się w ufności, podobnej do ufności mieszczaństwa w XIX wieku, która przyszłość zamienia w wielką, promienną pustkę; i dzieje się tak dlatego, że Florencja wymyka się ciągłości średniowiecznej, katedralnej strukturze społeczeństwa gotyckiego. Wawrzyńcowi Wspaniałemu, który podziwia talent w robieniu bronią w tym stopniu, w jakim wypada go podziwiać (ani trochę więcej), Parsifal wydaje się zapewne dziecinadą. Przełom rozstrzygający: nie uważa się już, że przeznaczeniem człowieka jest zwycięstwo, ale pokój; Wawrzyniec został nazwany Wspaniałym, ale też Miłującym Pokój. W oczach Rady Republiki krucjata jest plagą, ledwie że mniejszą niż wojna. Po raz pierwszy w chrześcijaństwie zachodnim nad wartościami świeckimi nie górują militarne. Po raz pierwszy te ostatnie przestają być wartościami *ustanowionymi;* podobnie, choć mniej wyraźnie, jest z wartościami religijnymi, które nimi rządzą. Pojawia się nowy typ człowieka, nazwany później intelektualistą; dla tego człowieka kultura, która jest zespołem odpowiedzi, staje się zespołem pytań: człowiek pytania. Trzeba odkryć świat i człowieka – jak ziemię. Podróże umysłu, bardziej jeszcze niż podróże wielkich żeglarzy, łączą się z fundamentalną *ufnością:* studia nad człowiekiem pozwolą odkryć jego wielkość, studia nad światem jego piękno. Dla ludu Florencji, jak i dla jej doktorów, przemianie w dziedzinie przedstawień towarzyszy obietnica nieznanego świata. To, o czym marzy społeczność, przejawia się w jej święcie. Północna szlachta, wierna przeszłości, jest wierna legendzie tej przeszłości także w swoich świętach, organizowanych przez wielkich władców Zachodu; ale w Italii marzenia są już inne.

Od końca krucjat, mimo wojen i zaraz, świętowano coraz częściej. Uroczystości były też coraz bardziej świeckie, choć nie odcinały się od religijności. Anioł zstępował z wieży Notre-Dame, by uwieńczyć Izabelę Bawarską przy jej wjeździe do Paryża. Na książęcych zaślubinach w Burgundii Eclesia pojawiała się w swojej wieży; ale obok niej olbrzymie ciasta, skąd cukiernicza flota kierowała się ku Wyspom Szczęśliwym; figurki dzieci były przebrane za postaci z legend; w swoich fantasmagoriach diukowie Burgundii i książęta Świętego Cesarstwa nie zapominali o kraju, którym władał ksiądz Jan. W czasach, kiedy przedstawienia Przedwiecznego pojawiały się na miniaturach flamandzkich, we Flandrii rozpoczynają się uroczystości świeckie; w czasach Wawrzyńca na miejsce gasnącej Złotej Legendy wchodzą marzenia Karola Śmiałego, maniaka muzyki, który zanim przegrał kolejną bitwę przyzywał do siebie śpiewaków: ale to wciąż jeszcze płomienisty gotyk średniowiecza. Tymczasem Italia bogom nierzeczywistości dedykuje święta, z których oddala się Bóg.

Parady, maski, kawalkady, uroczyste wjazdy zapełniają miasta. Ale w święcie włoskim turniej nie odgrywa żadnej roli, jeśli w ogóle się zdarza. «Gdzie jest napisane, że Cyceron i Scypion urządzali turnieje?» pytał już Petrarka. Zwolennicy Savonaroli oskarżą Wawrzyńca Wspaniałego po jego śmierci, że do pochodów karnawałowych wprowadził rydwany mitologiczne, by przypodobać się ludowi. Bohaterem święta jest marzenie wszystkich: spełnia się, kiedy rydwan Siedmiu Planet i rydwan Bachusa jadą z hałasem przez miasto pośród rożnów z kurczętami i wiwatów żebraków florenckich, których żywią kucharze Medyceuszy. Zaślubiny Florencji z Wiosną (od roku 1446 Bractwo Kwietne pojawiało się na ulicach miasta w strojach koloru brzoskwini haftowanych w obłoki) i Mediolanu, Ferrary, Modeny, Bolonii, Mantui z Królową Maja nie oznaczają wiary w Olimp; podobnie zaślubiny doży z morzem – w których uczestniczy całe miasto – nie oznaczają wiary w bóstwa morskie; jedne i drugie objawiają jednak działanie świata imaginacyjnego, niewiele mniej urzekającego niż wiara. Maskarady włoskie mówią o poszukiwaniu «drugiego bieguna» życia: ludzie nie odwołują się tylko do Boga, by oderwać się od ziemi. Większość ceremonii upamiętnia wciąż jeszcze wielkie wydarzenia religijne, ale święto wiosny czy morza miesza się z Wielkanocą; papież Paweł II wprowadza w Rzymie święta Karnawału i wyścigi konne na Corso; w Tłusty Wtorek sprzedaje się maski pustelników i świętych: w chrześcijaństwie coraz silniejszym głosem przemawia nowe marzenie i gaśnie krzyk cudu. Teatr nie istnieje jeszcze. Jego przyszłe oddziaływanie, porównywalne ze współczesnym oddziaływaniem kina i walki byków na tłum hiszpański, dają pojęcie o sile i trwałości marzenia, nieznanych naszym bezkrwistym ceremoniom.

Maska i czarodziejskie święto, które uwolniły się od Boga, mają za sobą wielką przeszłość; marzenie świeckie rywalizuje z marzeniem religijnym. Rywalizuje z nim, ale go nie zabija, bo od toskańskich świętowań nie pustoszeją kościoły. W rok jednak po śmierci Karola Śmiałego Botticelli zaczyna malować *Wiosnę* i wówczas patrycjat florencki przeciwstawia Mit dziedzicznej legendzie szlachty z tamtej strony gór: boginie urzekające, jeśli są nawet pozbawione boskości; i Florencja przeciwstawia tej legendzie rydwany, na których Wenus pojawia się z dworem cezarów, wróżek, astrologów – przy nich *Triumfy* z pałacu Schifanoia są już średniowieczne; tu znajdą natchnienie rytownicy aż po koniec wieku. Na poszerzającym się wciąż marginesie sztuki religijnej – po sztuce dworskiej i rycerskiej – zjawia się sztuka świecka.

Dejanira Pollaiuola, a wkrótce Flora z *Wiosny* nie przychodzą na miejsce świętych, których malują całe Włochy: zastępują Wenery w stożkowatych czepcach gotyckich, Damy z tapiserii, tak samo jak *Sławni Mężowie* Castagna zastąpili rycerzy. Legendarne postacie z tapiserii, bardzo różne od postaci z miniatur, jak i one należą do świata cudowności, do miłosnych i dziecinnych nieco marzeń cywilizacji średniowiecznej. Pozostają w takim stosunku do wielkich postaci religijnych, w jakim malowniczy «pałac» Karola VI, z podwórzami pełnymi stajen krytych strzechą, pozostaje do paryskiej Notre-Dame. Tapiserie Izabeli Bawarskiej wydają się gotyckimi bajkami Perraulta: Historia zniszczenia Wielkiej Troi, Karol Wielki, Dziewięciu Rycerzy, Garyn z Monglany... Te przedstawienia nieznane wielkiej rzeźbie, należą do dziedziny smaku, jak moda czy umeblowanie; ich formy, zrodzone z tapiserii religijnej, odchodzą od niej jedynie po to, by wejść do świata tak samo składającego się ze znaków jak talia kart. Nie rywalizują z freskami na ścianie kościoła ani z ołtarzami, których skrzydła otwiera się w dni świąteczne. Nie znają fikcji malarskiej; nie były źródłem wzruszeń. I może natura sztuki, która przychodzi na ich miejsce, stanie się zrozumiała, gdy zamiast drobnych postaci z kości słoniowej zjawią się postacie z brązu... Pollaiuolo rzeźbi swego pierwszego *Herkulesa* przed namalowaniem *Porwania Dejaniry*.

Wiek wcześniej nie istniały brązy świeckie. Jeśli rzeźbiarz przedstawiał w kości słoniowej scenę rycerską, to żeby przyozdobić przedmiot użytku, jak miniator albo tkacz: nie dla wzbudzenia podziwu.

Figurki z brązu mają ten sam cel. Franciszek I użyje złotej solniczki Celliniego, żeby solić potrawy, ale do czego może

Wawrzyńcowi Wspaniałemu służyć *Herkules* Pollaiuola czy Bertolda? *To przedmioty do kolekcji.*

Rzeźbiarze wykonywali wiele figur w brązie, kopiując nieliczne i najbardziej cenione rzeźby antyczne, których nie odtwarzano jeszcze w marmurze do pałaców i ogrodów. Oryginały są

88. BERTOLDO. HERKULES (OK. 1480)

również przeznaczone do zbiorów: Wawrzyniec Wspaniały kolekcjonuje *ułomki.* Niepodobna pomylić uczucia, jakiego doznaje wobec okaleczonych posągów, z uczuciem Karola Śmiałego, gdy ogląda swój skarbiec złożony z przedmiotów sakralnych, zbytkownych czy rzadkich. Poza tym brązy nie zawsze odtwarzają posągi; a jeśli je odtwarzają – często z osobliwą swobodą – to rywalizują z przedmiotami pochodzącymi z wykopalisk. I jakże w takich statuetkach Donatella, Pollaiuola, Bertolda (ten ostatni był kustoszem zbiorów medycejskich) nie dostrzec form stworzonych świadomie i tylko dla zaspokojenia potrzeb estetycznych, które wzbudziły dzieła należące do innej cywilizacji i religii, zwyciężających niejako czas; zwycięstwo tym bardziej uderzające, że terenem jego jest kraj, gdzie odcisnęły swoje piętno wszystkie style, od rzeźby Cesarstwa Rzymskiego począwszy...

Quattrocento nie odkrywa rzeźby rzymskiej, jak XVI wiek odkryje – z pogardą – rzeźbę prekolumbijską, ale jak my sztukę świata. A jednak inaczej niż zwykło się twierdzić. Tak samo, jak nasze upodobanie do odległych epok, upodobanie Włoch do antyku nie jest tylko sprawą smaku. Wielkość historyczna, Mit, «tradycja hermetyczna» zgodne są z Ewangelią tylko w świecie symboli Akademii Medycejskiej; przekształcają się wraz z rozwojem cywilizacji florenckiej, z triumfem świeckiego święta, z *Izajaszem* Nanniego, z *Dawidem* Donatella, z *Gattamelatą,* aby w antyku zabrzmiał naglący głos zmartwychwstania. Choć jeszcze niewyraźny, odkrywa wartość fikcji świeckiej, gdy sztuka chrześcijańska od dziesięciu stuleci wyraża wartość opowieści, na których opiera się jej wiara. Jeśli dzieła antyczne w ciągu wieku nie stały się wzorami dla żadnego mistrza, to antyk dla wszystkich po Donatellu był objawieniem potęgi sztuki.

Miniatura, na której centaur w turbanie porywa Dejanirę w koronie, na swój sposób opowiada o porwaniu jakiejś kasztelanki przez piratów saraceńskich; płaskorzeźba grecka czy rzymska, przedstawiająca tę samą scenę, ukazuje epizod z mitu Herkulesa, będąc jednocześnie wspaniałym albo nędznym refleksem tego, co Grecja nazwałaby swoim udziałem w boskości. Antyk nie może się objawić nie ukazując wartości nieznanej średniowieczu i nie dającej się z nim pogodzić. Jego irrealność należy oczywiście do Starożytnych; aż do romantyzmu Mit i Historia wzorowana na rzymskiej pozostaną uprzywilejowaną dziedziną nierzeczywistego; niemniej sztuka grecko-rzymska odsłania formy, dzięki którym nierzeczywiste staje się możliwe i upragnione; wkrótce idealizacja oznaczać będzie ekspresję w stylu antycznym. Ale dla prawdziwych artystów rzecz będzie polegała na rywalizacji, przeczutej przez Donatella, osiągającej jednak inny wymiar w malarstwie. Dejanira Pollaiuola nie rywalizuje z Dejanirą antyczną, której zresztą nie naśladuje: wrażenie wywołane przez *Porwanie Dejaniry* rywalizuje z wrażeniem wywołanym przez płaskorzeźby antyczne: ani tapiserie, ani miniatury (choćby malował je Fouquet, nie zaś rzemieślnik, autor

110

89. HISTORIA OROZJUSZA. PORWANIE DEJANIRY (1390–1410)

Historii Orozjusza) nie pragnęły go wywołać. Dla Marsilia Ficino Eden jest ukrytym rajem, który odkrywa każda miłość, a każde piękno sugeruje; ale to piękno platońskie nie ma modeli. Artysta tworzy w świecie nieznanym dotąd chrześcijaństwu, ponieważ celem jest tu wzbudzenie podziwu. Na tym podziwie, który sprawia, że dzieło teraźniejszości rywalizuje z dziełem przeszłości, opiera się rywalizacja sztuki irrealności z antykiem, a także sztuki świeckiej z chrześcijańską.

Dla chrześcijaństwa średniowiecznego podziw był czym innym od zachwytu wywołanego przedmiotami zbytkownymi czy osobliwymi. Podziw łączył się z czcią: te uczucia budziła Sainte-Chapelle, arabeski z Paryża i Reims, na których miejsce przyszła fikcja religijna Giotta, a nawet gotyk międzynarodowy, choć z końcem XIV wieku narodziły się uczucia bardziej dwuznaczne. Potem *Baranek Mistyczny* zdumiał surowych widzów; początki portretu postawiły zdradzieckie pytania. Ale orszaki dworskie braci Limburg, orszaki religijne w *Baranku Mistycz-*

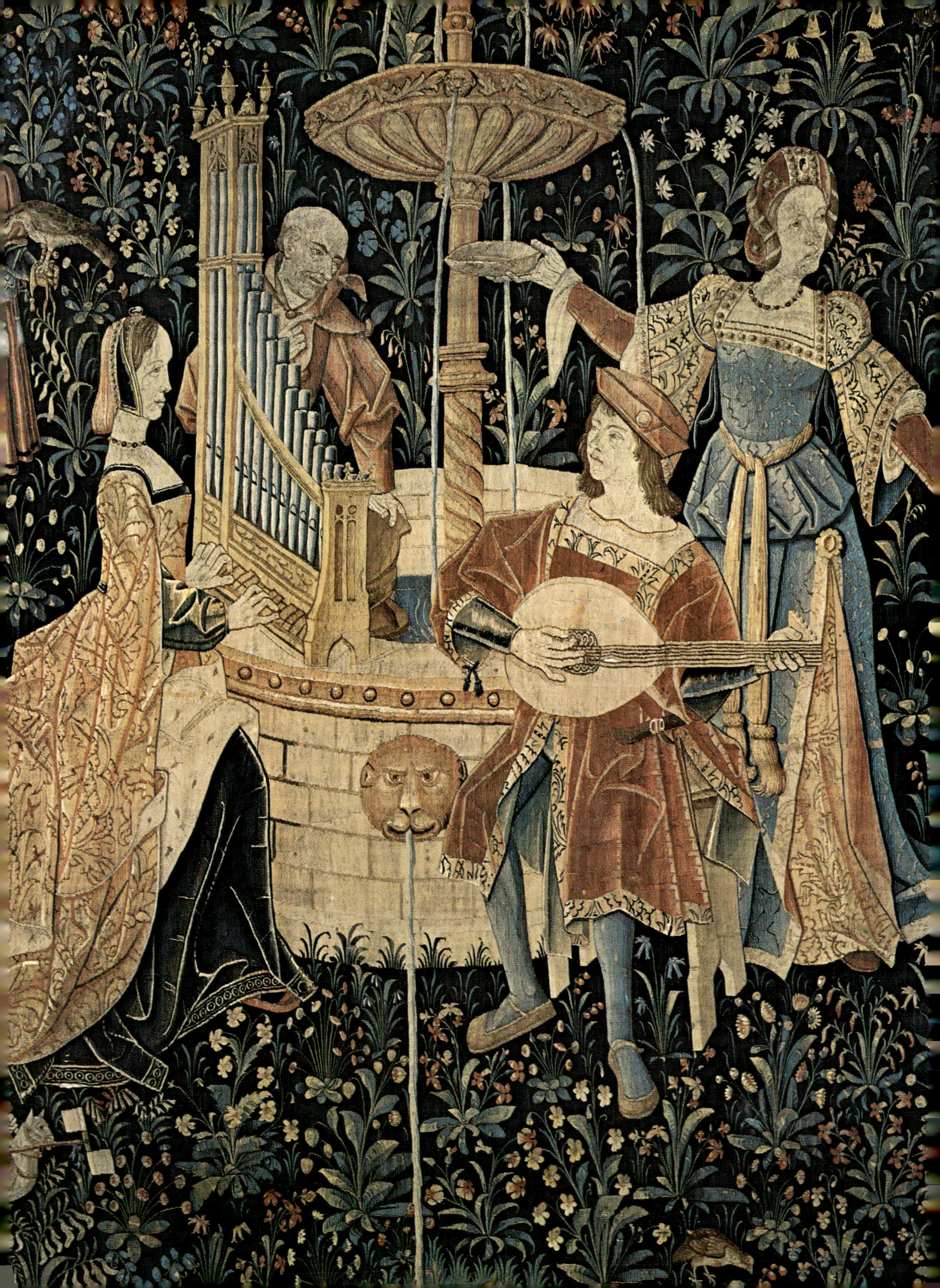

91. TAPISERIA TUREŃSKA. KONCERT (KONIEC XV ALBO POCZĄTEK XVI W.)
92. BOTTICELLI. WIOSNA (1478)

nym, modele do portretów, od Izabeli Bawarskiej po Małgorzatę van Eyck – istniały: jak Trzej Królowie, jak Dawid. Natomiast postacie z Mitu weszły do heraldycznego niemal świata tapiserii, niekiedy do portretu, nigdy jednak do świata rywalizującego z Najwyższą Prawdą. Aż po Orfeusza i Herkulesa, których rzeźbi Bertoldo, Herkulesa i Dejanirę, których maluje Pollaiuolo, Wenus, Florę i Gracje Botticellego...

Marzenie nie jest już miłosne. Choć tło *Wiosny* przypomina roślinne tła z tapiserii – może dlatego, że je przypomina – Florentyńczycy nie mogą pomylić oddziaływania Botticellego z działaniem tapiserii. Obraz jak i tapiseria zdobi mieszkanie; jeśli jednak Choquet wiesza płótna Cézanne'a w swojej jadalni, to nie stają się one przez to talerzami z Rouen. Już *Bitwy* Uccella nie były dekoracją mieszkań, a Leonardo i Michał Anioł malują swoje obrazy do pałaców publicznych. *Wiosna,* nawet umieszczona w prywatnej willi, w odczuciu Botticellego rywalizuje z jego *Pokłonem Trzech Króli* z kościoła, ponieważ należy do nieznanego dotąd świata, gdzie postacie kobiece przestają być kobietami, nie stając się świętymi i przestają być świętymi, nie stając się kobietami. Kiedy Botticelli zaczyna portret, może myśleć, że maluje po to, by naśladować modela (i maluje po to także); kiedy zaczyna *Pokłon* może myśleć, że ukazuje Matkę Boską i że maluje po to, by ją ukazać; kiedy kończy *Wiosnę* wie, że nie namalował obrazu po to, by ukazać Wenus i nimfy; że jego obraz swego istnienia nie zawdzięcza Olimpowi ani «modelom», ale podziwowi, jaki budzi.

Ten podziw, podobny do wywołanego przez antyk i przez antyk uprawomocnionego, kieruje się ku demiurgom po raz pierwszy rywalizującym z chrześcijaństwem, ponieważ po raz pierwszy wyrażają w porywający sposób fikcję świecką; przyzywając do życia sztukę umarłych, przyzywa też sztukę żywych. Florentyńczycy podziw odkrywają poprzez sztukę; podobnie poprzez widok gór objawia się ich majestat. Przez cztery wieki podziw będzie celem sztuki, ale w pełni dopiero wtedy, kiedy pojęcie sztuki złączy wszystkie dzieła ten podziw budzące. Alegoryczny temat *Wiosny,* inspirowany stancami Poliziana, a także jej stylizowana faktura odsuwają wszelką myśl o wiernym naśladownictwie. Przekonywająca fikcja, przestrzeń, światło nieokreślonej pory oddzielają ją od alegorii poprzedniego wieku. Ale środki tego iluzjonizmu nie są środkami van Eycka ani malarza japońskiego czy fotografa; malarstwo florenckie odkryło je w służbie Boga. Obok fikcji religijnej pojawiła się irrealność; mitologie toskańskie są ogłoszeniem jej praw.

Niemniej tematy religijne nadal wiodą dialog z wiernym ludem; fikcja świecka musi dopiero zdobywać widzów. Bo też głębia wyobrażonego świata nie powstaje z wyobrażeń ludzi, ale z tego, co kształtuje w nich wyobrażone; i jeśli artysta ówczesny przez sam temat nie uzyskuje wielkiej mocy oddziaływania, to uzyskuje ją przez ukrytą potęgę irrealności, która przyniosła wcielenia decydujące, a może przynieść inne jeszcze. Geniusz włoski odkrywa swoje postacie: to nie reportaż z Olimpu. Poprzez Starożytność, uprzywilejowaną dziedzinę świata imaginacyjnego i jedyną, która przekazuje mu wielkość, jak i poza nią, sztuka przyzywa dwa bóstwa rodzące podziw: mężczyznę i kobietę, bohatera i Wenus. *Wiosna* jest pierwszym wielkim marzeniem o antyku w ostatnim wielkim marzeniu o cudowności; i jeśli Wenus-Madonna Botticellego nie pochodzi jawnie od Afrodyty, towarzyszące jej nimfy przyzywają nieśmiały jeszcze blask aktu z *Narodzin Wenus,* jak *Gattamelata* przyzywał *Colleoniego.*

Pokrewieństwa obu posągów są wielkie. Różnice również. Colleoni nie zapisał swojej fortuny św. Antoniemu z Padwy, ale Republice; cokół posągu nie jest grobowcem, ale piedestałem. *Gattamelata* sugeruje triumfalny powrót, gdy *Colleoni* wyrusza po zwycięstwo; pierwszy bardziej przypomina władcę niż

93. GIOVANNI BELLINI. KONDOTIER (OK. 1480–1484)

wodza, gdy drugi to kondotier i posąg żywego człowieka. Choć Colleoni też już nie żył, Verrocchio nie rzeźbi jego posągu pośmiertnego, ale pomnik. Nigdy nie widział swego modela i nic go to nie obchodzi. Na medalu wykonanym na zlecenie Senatu Colleoni podobny jest do *Kondotiera* Belliniego, jest może jego portretem. Znamy rzeźbione portrety Quattrocenta, między innymi Verrocchia; Verrocchio nie wyrzeźbił jednak portretu pokrewnego jego *Julianowi Medici*, ale *maskę kondotiera,* ekspresyjną i symboliczną jak maski japońskie i równie mało podatną do przeniesienia w świat realności: nawet gdyby ktokolwiek chciał to uczynić, uznałby pomysł za śmieszny. Czy trzeba na *Colleoniego* patrzeć z daleka? Jak na inne posągi konne. Jest rzeczą pouczającą, że ta epicka postać awanturnika nie pochodzi z XVI wieku, ale z XV, kiedy bić się jak najmniej było pierwszym talentem kondotiera. Verrocchio wie dobrze, że ci zwycięzcy nie są podobni do jego zwycięzcy: widział niejednego. O kondotierach ma zapewne takie samo zdanie jak jego protektor Lorenzo Medici. Żeby przedstawić Trivulzia, nie zmieniłby ruchu ramienia, dzięki któremu posąg symbolizuje zwycięstwo; wątpliwe, czy zmieniłby twarz, którą inspirować się będzie jego pracownia przy *Dariuszu*... W tym samym czasie, kiedy Botticelli maluje Wenus dlatego, że nie istnieje, Verrocchio rzeźbi Colleoniego jakby nie istniał. Nie «upiększa» go, nie przydaje mu twarzy pięknej w życiu. Nie czyni z niego też rywala Cezara: jego postać niewiele zawdzięcza cesarzom, których spokojny majestat jest jej

95. VERROCCHIO. JULIAN MEDICI (OK. 1478)

96. VERROCCHIO. COLLEONI (1479–1488)

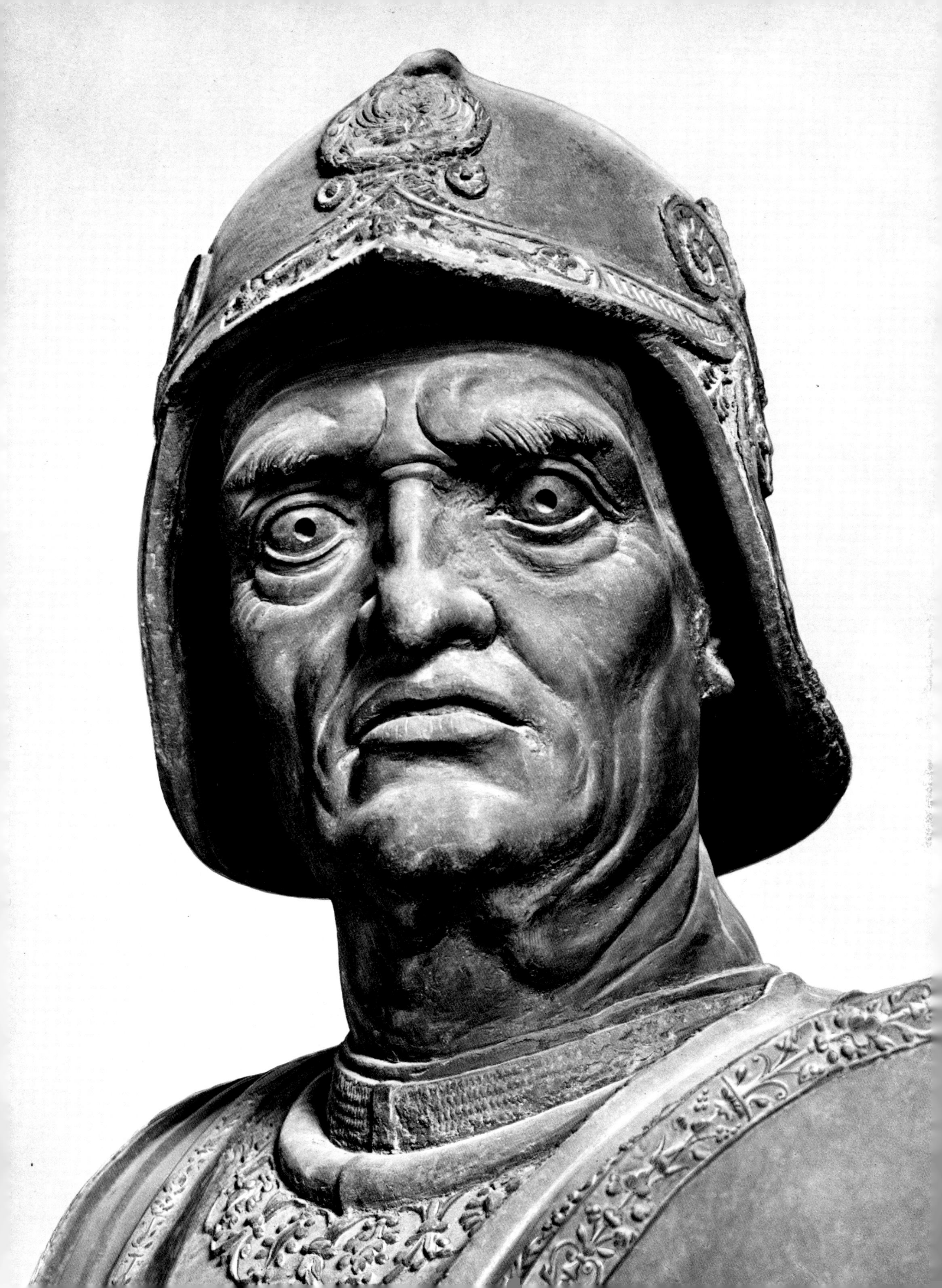

97. BERNT NOTKE. ŚWIĘTY JERZY (OK. 1489)

98. VERROCCHIO. COLLEONI (1479–1488)

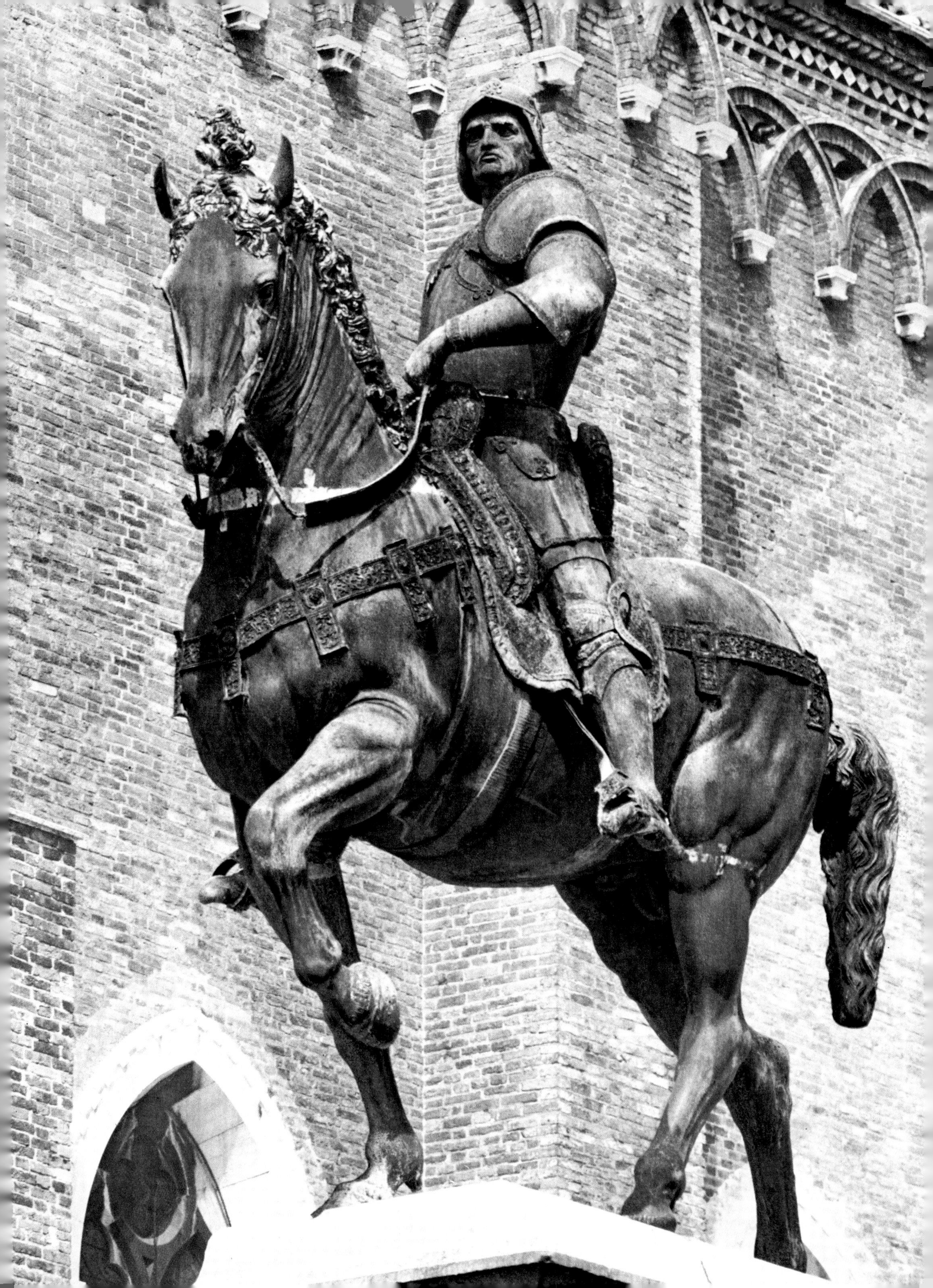

obcy; i nic nie zawdzięcza bogom. Verrocchio nie chce heroizować, kiedy ku chwale tego poślednigo w końcu wodza rzeźbi postać, o jakiej nie śmiałby pomyśleć artysta gotycki, aby uczcić Ryszarda Lwie Serce: znikł prototyp boski, model także. Pozostał symbol.

Ten symbol, a nie Karol Wielki z Luwru – tępa postać na poczciwej, nędznej szkapie – sugeruje nam cesarza Zachodu i przywodzi na myśl marzenia martwego rycerstwa, skoro zestarzeli się Zygfryd i Roland... O takim wizerunku bezwiednie marzył Karol Śmiały. Ale książęta Burgundii po śmierci stawali się leżącymi figurami albo donatorami, gdy *Colleoni* jest posągiem przeznaczonym na plac św. Marka, gdzie nie stanie nigdy. W kościele zdawałby się świętokradztwem, nawet Karolowi Śmiałemu. Artysta, który wyrzeźbił Du Guesclina, ujrzałby w nim pomnik pychy. Północne chrześcijaństwo upamiętniało zwycięstwa ofiarowując Bogu posąg św. Jerzego; nie rzeźbiono wizerunków wodzów ku ich pamięci. Kiedy Verrocchio umiera wyrzeźbiwszy *Kondotiera,* największy rzeźbiarz północny, Bernt Notke, kończy do kościoła św. Mikołaja w Sztokholmie *Świętego Jerzego;* walka tego świętego ze smokiem, najeżonym rogami renifera, wieńczy niejako grobowiec średniowiecza. Jeździec z Wenecji byłby równie niepojęty dla Notkego, jak dla rzeźbiarzy figur leżących: tylko nierzeczywiste pozwala artyście chrześcijańskiemu wyrażać wielkość nie odnoszącą się do Boga. O Colleonim Verrocchio mógłby powiedzieć to, co Michał Anioł powie o Julianie Medici: *«za pięćset lat nikt nie będzie pamiętał jego twarzy...»* Podobny do figur z kaplicy Medyceuszy, spokrewniony może z greckimi Zwycięstwami, ale nie z portretami cesarzy, przodek Balzaca Rodina i syn Gattamelaty, Colleoni wyraża kształtem ludzkim i ku chwale człowieka potęgę nie całkiem ludzką: grób stał się pomnikiem, leżąca postać bohaterem.

Ta maska bohaterskiej Italii urzeknie ostatniego dyktatora włoskiego na balkonie Palazzo Venezia; ale nie będzie pamiętał o modelu...

Verrocchio umarł, zanim odlew *Colleoniego* był gotów, a może zanim ujrzał postać, której sława przyrówna bóstwo do jego kondotiera: w roku 1485 Botticelli kończy *Narodziny Wenus*.

Wenus nie jest bohaterką, a przecież kobiecą figurą bohatera, z nim sprzymierzoną, a nie z Marsem. Wciela promienną kobiecość, siostrę irrealnej męskości bohatera. Sztuka przydaje jej formę, jak wszystkim swoim postaciom, przekształcając formy wcześniejsze, przede wszystkim Ewy: żeby uczynić dla niej miejsce, archanioł Masaccia wygnał świat średniowieczny razem z rozpaczliwie nagimi pierwszym mężczyzną i pierwszą kobietą... Ale Ewa toskańska, jak wszystkie jej siostry, jest jeszcze przeznaczona do kościoła albo sceny chrześcijańskiej. Żeby przemieniła się w Wenus, nie może już odwoływać się do Boga, co nie znaczy, że staje się kobietą. Ta Wenus nie jest jednak boginią, bo nikt się do niej nie modli.

Jeśli nie rozumiemy, jak dalece *Wenus* Botticellego zdumiałaby Praksytelesa, to z przekonania, że Botticelli malował ją tak, jak rzeźbiliby rzeźbiarze antyczni. Praksyteles był «fabrykantem bogiń»; zapominamy zbyt łatwo, że proces Fryne, bardziej niebezpieczny niż w legendzie, był procesem o bezbożność. W Rzymie Wenus należy do nieprzerwanej tradycji; nie przyszła z innej cywilizacji, również w czasach Augusta. Tam, a także w Pergamonie i Aleksandrii, Mit podlegał dziedzicznemu marzeniu, podobnie jak święte w XIII wieku, jak *Francja* z naszych pomników. Postacią, którą malowano we Włoszech, jak Wenus rzeźbiono w starożytności, była Najświętsza Panna. Postacie obce Mitowi nazywano barbarzyńskimi; żaden rzeźbiarz antyczny nie mógłby wyobrazić sobie, jak Botticelli, że jego kunszt wystarczy, by dać im istnienie, ani że sztuka wynalazła tradycję.

Rzeźba rzymska, uprawiana bardzo szeroko, trzymała się przeszłości; nie bez pewnych modernizacji i ozdobników, ale znamy przecież tzw. «renesans Dufayela». Czasem rzeźbiono seryjnie, zmieniając tylko głowy. Kiedy indziej z wielkim staraniem: powstawały wówczas posągi tradycyjne, zwłaszcza zaś repliki sławnych dzieł. Stosunek antyku cesarskiego do przeszłości — nawet kiedy rzeźbiarze nie produkowali bogów do umeblowania i cesarzy dla potrzeb miasta — sprowadza się do wszechpotężnej konwencji; stosunek Włoch do antyku aż do końca XVI wieku to niewyczerpana inwencja. Zamiar i proces twórczy w przypadku Botticellego nie mniej różni się od zamiaru i procesu twórczego rzeźbiarzy Rzymu i Aleksandrii niż rzeźbiarzy z Chartres; stosunek form jego aktów kobiecych do aktu antycznego to

99. BOTTICELLI. NARODZINY WENUS (OK. 1485)

nie stosunek form rzymskich i hellenistycznych do form greckich. Praksyteles rzeźbił Wenus – podobnie jak van Eyck malował Matkę Boską – ponieważ Wenus istnieje; rzeźbiarze Rzymu – ponieważ istniała. Botticelli maluje ją, powtórzmy, ponieważ nie istnieje. Wiele arcydzieł toskańskich przemawia do nas bardziej bezpośrednio niż *Narodziny Wenus,* ale akty Botticellego ogłaszają odkrycie świata, który sztuka zagarnie lub wprowadzi na miejsce duchowego świata całego XV wieku: w tym świecie sztuka wyzwala od losu ludzkiego postacie kobiece, nie zawdzięczając tego wyzwolenia Bogu. Wyzwolenia niewiele jeszcze wówczas pewniejszego niż w kilku postaciach z płaskorzeźb Donatella. Pomyślmy o Wenus, potężnej chłopce z *Parnasu* Mantegni; o *Prawdzie* Belliniego namalowanej w roku 1494, w dziewięć lat po *Narodzinach Wenus*. Ale w tym samym roku Botticelli namalował swoją Prawdę w *Potwarzy Apellesa*.

Chociaż postać Belliniego jest częścią alegorycznego cyklu, należy do dziedziny bliskiej miniaturze, a bardziej jeszcze do flamandzkiego świata «tego, co istnieje». Ten akt prawdopodobny można utożsamić z Prawdą dzięki atrybutom. Postać Botticellego jest arbitralna – ramię, proporcja członków – a jednak dość przekonywająca, by obejść się bez atrybutów.

Jest bowiem, jak powie wiek XIX, «aktem idealizowanym».

Należy przez to rozumieć przede wszystkim, że może oczarować widza. Oto raz jeszcze dwuznaczność, z którą zetknęliśmy się przy boginiach i dziewczynach Fidiasza, przy Madonnach Donatella. Kobiety Botticellego stały się ładne dopiero wówczas, gdy uznała je moda (gdy skończyła się moda, mieszkanki Florencji przestały być do nich podobne); Florze z *Wiosny* przyszło to nie bez trudu. Nie zapominajmy, że prawdziwa publiczność – ta, która chodzi do kina co tydzień, a do Luwru raz na całe życie – bardzo wrażliwa na idealizację fotograficzną, bardzo jest mało wrażliwa na idealizację w sztuce; we wszystkich wielkich dzie-

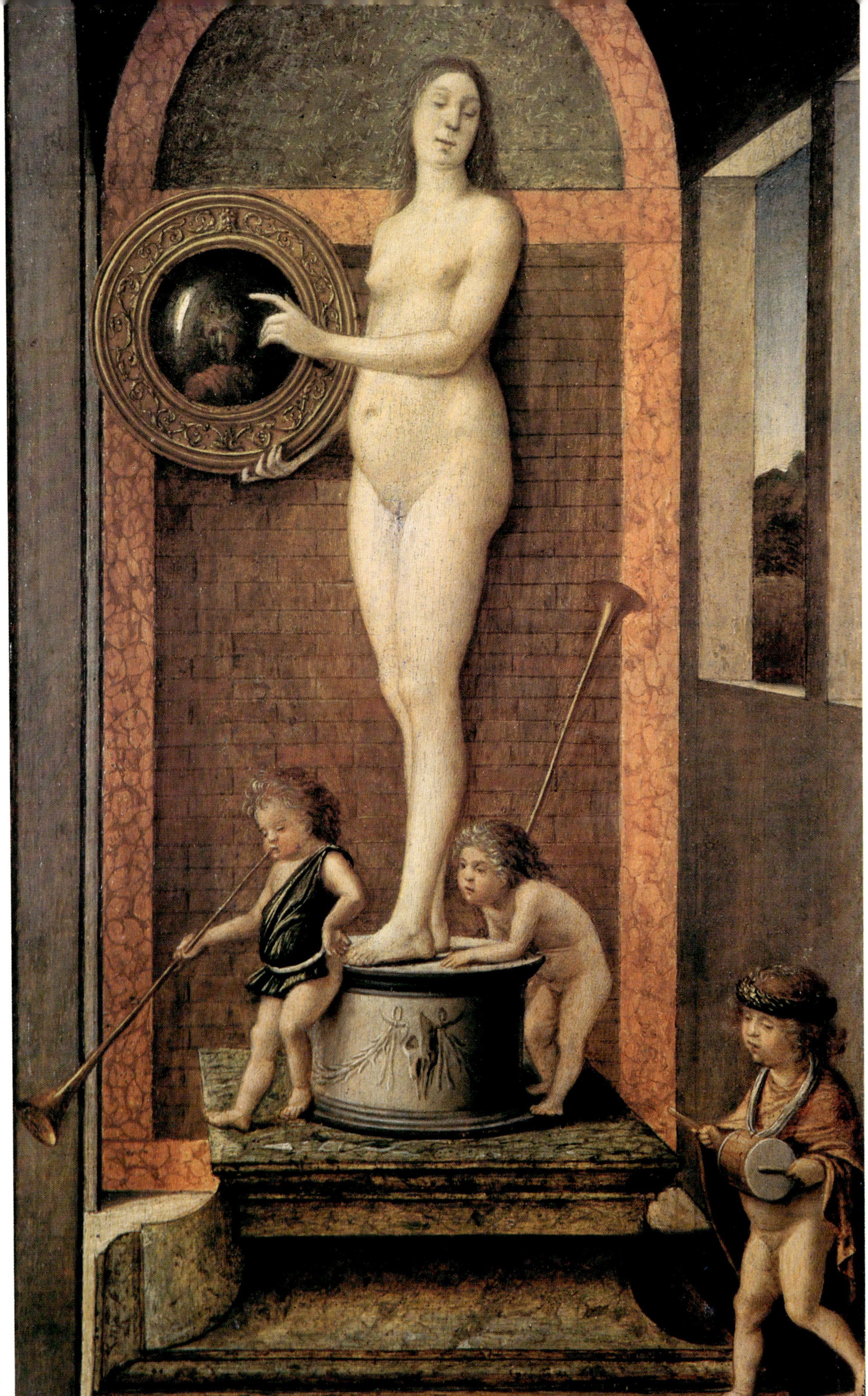

100. GIOVANNI BELLINI. PRAWDA (OK. 1494)
101. BOTTICELLI. POTWARZ APELLESA: PRAWDA I WYRZUT SUMIENIA (OK. 1494)

łach, od Wenus z Milo, poprzez Giocondę i kobiety Tycjana, aż po odaliski Ingres'a, widzi idealizację modeli «jednakowo szpetnych»; malarstwo stosunkowo późno stało się sposobem produkowania ładnych kobiet. Italia w służbie nierzeczywistości szuka tajemnicy Wenus w pięknych Toskankach z placu Signorii, w dziewczynach, które wracają znad Tybru niosąc na głowie dzbany jak te z Panatenajów, w bogactwie włosów, które w Wenecji schną na wietrze Adriatyku, by można je było przemalować na jasne... Jeśli nawet założymy, że *Prawda* była «upiększoną kochanką malarza», to nie byłaby piękna w świecie żywych; nie naśladuje królowych piękności, i nie ma nic wspólnego z sąsiadką przemienioną w taką królową.

Przez «akt idealizowany» wiek XIX rozumie również akt w stylu antycznym, myląc zresztą często pastisz z Praksytelesa z woskowymi figurami u fryzjerów. *Prawda* to ani hellenizowana, ani upiększona kochanka malarza. Przestano w niej widzieć młodą Florentynkę przemienioną w boginię, odkąd nie uważa się przedstawień Quattrocenta za nieumiejętne; a jeśli nie są nieumiejętne, jakże uwierzyć, że akty Botticellego naśladują boginie greckie czy rzymskie, skoro posągi, które można by sobie na ich podstawie wyobrazić, mało byłyby do nich podobne? Boginie nie są modelami do tych aktów, ale tym, co je *wyzwala od aktu chrześcijańskiego*.

Nie ulega wątpliwości, że renesans, jak to utrzymuje tradycja, wprowadza akt kobiecy na miejsce rozebranego ciała; wątpliwe jest jednak, czy po to, by wyrazić zmysłowość. Akt, odrodzony w sztuce, był w życiu znany. Kościół nie wzbraniał żywych obrazów. W Italii, we Flandrii, we Francji Sądy Parysa, syreny, boginie i nimfy towarzyszyły wjazdom książęcym. Kościół obawiał się pokusy, ale czy przedstawienie nagiego ciała koniecznie musiało być bardziej zmysłowe niż przybranego w strój? Kiedy dominikanin Bernard z Owernii pisał, że *«każde nagie ciało jest szpetne dla oka»*, dodawał, że ciału trzeba ubrania, «by przydać mu wdzięku». Nagość średniowieczna wiąże się nie tylko z grzechem, ale także z kąpielą – kiedy kąpiel oznacza łaźnię, a nie życie rozwiązłe – z raną, z trumną. Czasem była erotyczna, jak nagość na Dalekim Wschodzie; ale, jak tam, nie miała czaru. Kobieta naga to tyle co pozbawiona stroju, jak mężczyzna kolczugi. Nagie ciało średniowieczne było ciałem ogołoconym. Malarze toskańscy z pierwszej połowy Quattrocenta przeczuwali (mniej wyraźnie niż rzeźbiarze) szlachetność nagości; ale dla Masaccia, dla Andrei del Castagno, dla Piera della Francesca nagość nadal oznaczała *stan naturalny*.

Posąg atlety wyobrażał wpierw zwycięskiego atletę. Sława aktu greckiego, złączonego z zachwycającą sprawnością, mniej zawdzięcza naśladowaniu wyćwiczonych ciał – jakie znaleźć można jeszcze w przedstawieniach pięściarzy aleksandryjskich – niż swemu triumfalnemu akcentowi; ten wywodzi się z Igrzysk Olimpijskich, ale bardziej jeszcze z boskości. Akt antyczny podobny jest do człowieka, lecz staje się aktem, a nie ciałem przez to, co go od ciała różni; podobnie dzieje się z cesarzami przemienionymi w bohaterów. W Indiach tak samo jak w Grecji nagość staje się promienna, kiedy odbija światło bogów.

Akt kobiecy, odległy od zwycięstw ze stadionów, narodził się z Afrodyty i z niej miał suwerenność. Jej – a nie naśladownictwa czy idealizacji rozebranej, kuszącej kobiety – szuka Botticelli w osłoniętych jeszcze woalami Gracjach z *Wiosny* i w swojej morskiej Wenus; i znalazłby ją może, gdyby nie powrócił do wiary... Istota Wenus włoskiej nie jest w subtelnym czy zuchwałym uwolnieniu się od wstydliwości chrześcijańskiej, podobnie jak istota *Afrodyty z Knidos* nie jest w jej nagości. Widać to wyraźnie w malarstwie północnym, gdzie Wenus nie zna refleksu boskości: Wenus Cranacha, naga jak Wenus Tycjana, jest sobą tylko dzięki ikonografii. Wenus w toczku Cranacha ma w sobie grzeszną zależność, tak samo jak przedstawienia Wenus w stożkowatym czepcu gotyckim, nawet jeśli Cranach rywalizuje z Botticellim wymyślną linią. Na wpół nagie Gracje, akt z *Narodzin Wenus,* akt Prawdy, to już nie stan naturalny. Tę Wenus, dla nas średniowieczną pod wieloma względami, Florencja przyjęła ze zdumionym zachwytem, jak Rzym przyjął *Parnas* Rafaela; Prawda Botticellego, której gest przyrzeka gest kobiety z amforą z *Pożaru Borgo* Rafaela nie zapowiada scen sielskich, ale *Śpiącą Wenus*. Sztuka włoska, od *Gattamelaty* usiłująca wyswobodzić istoty śmiertelne od przyrodzonego im stanu, nie zawdzięcza tego wyzwolenia scenom sakralnym; niepewne bóstwa Botticellego należą do świata irrealności: bardziej niż *Gattalemata* i zmierzając do symbolu jak *Colleoni*.

Ale Botticelli nie maluje Gracji, Wenus czy Prawdy; maluje *Wiosnę, Narodziny Wenus* i *Potwarz Apellesa*. Jego postacie nie są posągami; trzeba im otoczenia i zgody z otoczeniem. Nikt nie może wprowadzić ich do domu van Eycka; pod drzewami malarzy niemieckich toskańskie boginie staną się boginiami Cranacha. Perspektywa, wspaniałe środki prawdopodobieństwa, które Toskańczycy odkryli w służbie prawdy, nie są mniej skuteczne w służbie irrealności.

Botticelli stwarza dla Wenus skomponowaną wokół niej «naturę», jak Piero Francesca swoją dla *Historii Krzyża*. W oczach naszych współczesnych z Dalekiego Wschodu ta Wenus jest równie fantastyczna jak anioły Fra Angelica i czarownice Goyi; feeria renesansu powstaje z jedności wymyślonego świata malarskiego: należą do niego drzewa, kolumny, dekoracje, Madonny, a nawet portrety...

Chociaż sztuka egipska nadawała kształt wieczności, Egipcjanie wiedzieli, że wieczność istniałaby bez niej, jak świat Allacha istnieje dla muzułmanów bez obrazów. Mistrz z Moissac widział w swym dziele jedynie świadectwo pobożności, kiedy rozmyślał o dniu Przyjścia Pańskiego. Świat Boga jest najwyższą realnością; irrealność, podobnie jak bogowie greccy, nabiera kształtu poprzez sztukę, jak światło przez to, co oświetla. W naturze nie ma ani aktów Botticellego, ani cienia van Eycka, ale kobiety, słońce i lampy; nie ma ich też w marzeniu. Malarz nie przekłada na język wyobrażeń snów ludzkich (nawet własnych); przynosi ludziom świat, którego pragną, pod warunkiem, że rozumieją język malarstwa – jak przynosi go muzyka pod warunkiem, że się ją słyszy. Sztuka religijna jest w służbie przedstawień, które swej wartości nie czerpią ze sztuki, gdy sztuka świecka nadaje wartość pozorowi i jakoby go naśladuje. Każda Madonna romańska jest Madonną; Wenus bez sztuki jest *niczym*. Podziw kieruje się ku niepodzielnemu dziełu, gdzie scena, którą malarz zdaje się naśladować, staje się obrazem, jak ciało aktem, a może istnieć tylko przez sztukę. Wyobrażana fikcja zaczyna wymykać się Stwórcy; ale nie poprzez iluzję niewidzialnego, ani dlatego, że pochwycone zostały obrazy z marzenia, ale dlatego, że włada siłą niezależną od stwarzanej iluzji: nie jest nią umiejętność naśladowania «zewnętrzności idealnej», lecz odnalezienie w pozorze, dzięki kreacji spójnego i ukierunkowanego zespołu form, świata, który przychodzi po świecie Boga. Pod portretem stylizowanym nie w mniejszym stopniu niż stylizował Modigliani, Neroccio napisał: «Ja, człowiek śmiertelny, usiłowałem sztuką współzawodniczyć z bogami». Historia napisze to zdanie pod wszystkimi arcydziełami toskańskimi. Bogini, która jawi się w pracowni Botticellego pomiędzy nie ukończonymi Madonnami, to bogini sztuki; poznaje swoje imię i dzwonią wszystkie dzwony florenckie.

Marzenie utraci ostatnie barwy Pokłonu Trzech Króli; taniec Gracji (nie znany Salome gotyckiej, która swymi «skokami i piosenkami» zdobyła głowę Jana Chrzciciela) odrzuci w przeszłość złoto Neroccia, cudowność Francesca di Giorgio, ostatnich spadkobierców Trebizondy; suwerenne akty w przeszłość zepchną akty nazbyt ludzkie z alegorii Bellinego i Mantegni, jak

Gattamelata leżące posągi i malowanych kondotierów z katedry florenckiej. Po śmierci Wawrzyńca Wspaniałego Florencja przygasa pod władzą Savonaroli; Watykan Juliusza II wysuwa się na pierwsze miejsce we Włoszech; sztukę zaczyna się uważać za środek stwarzania świata, który przyzywa zmartwychwstanie Rzymu, jak Wenecja przyzywa Arkadię Giorgione'a. I papież zleca poprzednikom Rafaela wykonanie fresków w Watykanie: nawet wyśniony świat mitologii toskańskich uchodzi w cień przed snem papiestwa.

5

Ośrodki handlu starożytnościami znajdowały się dotychczas w Północnych Włoszech. Kolekcje Quattrocenta przyszły z wolna na miejsce skarbców: kamee, gemmy, monety zajmowały w nich znaczne miejsce. Odpowiednikiem płaskorzeźb z ruin były zbiory niewielkich rozmiarami płaskorzeźb; w ważnych ośrodkach sztuki, to znaczy w Toskanii, ruiny były zresztą nieliczne.

Rzym nie rywalizował z Florencją przed pierwszą dekoracją Sykstyny. Ale artyści jeździli do Rzymu: *Triumf Cezara* Mantegni ostentacyjnie rywalizował z triumfami na wielkich kolumnach Wiecznego Miasta. Posągi były tu jeszcze dość rzadkie, wyjąwszy popiersia; sztukę rzymską odnajdywano pod niebem, sztukę hellenistyczną w ziemi. Wspaniały program Watykanu pobudzał także do wykopalisk: i obok dobrze znanych płaskorzeźb wyrósł las posągów.

Apollo Belwederski zdumiałby wśród postaci z Florencji i Arezzo, z pierwszych fresków Sykstyny, a nawet wśród centurionów Mantegni: czy byłoby inaczej, gdyby się znalazł wśród postaci z kolumn triumfalnych? Kiedy został wykopany około 1500 roku, zdawało się, że przywraca do życia wszystkie posągi, które zapełnią sale Watykanu; i marzenie, gdzie obok bohatera jawią się postacie z Arkadii, znajduje swój najwyższy ton w tym zmartwychwstaniu posągów: Italia zachowa z niego wizerunki cesarzy, a nie przodków, i Wenus, a nie matron. Znika wpływ realistycznych popiersi rzymskich, tak przecież licznych, na rzeźbę Quattrocenta.

Forma przywrócona życiu kryje w sobie zawsze wyraz, ale nie zawsze ten, jaki miała u swych narodzin, a nawet w chwili odrodzenia. Nie należy zanadto przybliżać sztuki antyku i dojrzałego renesansu; pamiętajmy jednak, że w naszych muzeach mieliśmy «naiwną sztukę egipską, niniwską czy meksykańską», zanim przydaliśmy nowy sens sztuce Egiptu, Mezopotamii czy Meksyku; podobnie dzieła antyczne znajdowały się w zbiorach włoskich, zanim młody Michał Anioł zaczął je kopiować – a było w tym wyzwanie. Rzeźba Starego Państwa to dla nas nie to samo, co dla Baudelaire'a «naiwność egipska». Zmieniliśmy Egipt. Italia w XVI wieku zmienia antyk.

Co widział w antyku kolekcjoner Mantegna, spadkobierca malarzy, którzy używali jeszcze złotego tła, ale i spadkobierca Donatella? Rzym mówców i triumfów – cyzelowane zbroje, hełmy, trofea – ale pod berłem Gattamelaty. Nie stworzył jednak własnego *Gattamelaty*. Chociaż Rzym tyle dla niego znaczył, triumfującego Cezara przemienił w ascetę, Minerwę w łowczynię. To kobieta, jak Wenus z jego *Parnasu,* jak *Prawda* Belliniego; jej zbroja przemawia, ale równie jest odległa od muz Rafaela, jak uroczysta architektura *Szkoły ateńskiej* od blankowanej architektury Mantui. Boginie Mantegni osiągają boskość dzięki przebraniu; wystarczy im to przebranie odjąć, by odzyskały dobroduszną albo zdumioną naiwność. Zmartwychwstanie posągów natomiast przynosi nagość suwerenną.

Mantegna, malarz wspaniały – ale ta książka nie jest historią sztuki – łączył na swój sposób antyk i gotyk, jak Bellini, Botticelli, artyści z Ferrary. *Umarły Chrystus* Mantegni włada jeszcze z ukrycia jego triumfami i mitologią. Przemiana widzenia, trwająca przez całe Quattrocento, kończy się w Rzymie, gdy zmartwychwstają posągi: przez trzysta lat – dla Rafaela tak samo jak dla Ingres'a i Delacroix – słowo antyk oznaczać będzie sztukę rzymsko-hellenistyczną, w której akty Apolla, atletów, Diany pozostają w zgodzie z togą, jak znieruchomiały blask Wenus jest w zgodzie z gestami cesarzy. Ta sztuka za archaizm uzna wszelkie porozumienie z gotykiem. Epoka, którą XIX wiek nazwie renesansem, a więc epoka Juliusza II, nie rozpoczyna się z odkryciem przez Włochy dzieł antycznych, studiowanych od dawna, ale z chwilą, kiedy przestaną one oczekiwać od form

102. MANTEGNA. MARS, DIANA I WENUS (KONIEC XV W.?)

dopełnienia własnej przeszłości; kiedy po raz pierwszy ujrzą w nich kres przeszłości, choćby traktowanej z szacunkiem; kiedy papież każe zniszczyć fresk Piera della Francesca, żeby zrobić miejsce dla Rafaela.

Stając się «czuła na to, co godne podziwu», Italia odkryła w antyku sztukę stworzoną dla podziwu; odkrywa w nim też bezwiednie sztukę zrodzoną z podziwu, a więc z fundamentalnego uczucia, które Grecja wprowadziła na miejsce sakralności. Posągi greckie zrodził podziw, zanim jeszcze geniusz Grecji przeznaczył je dla podziwu; podobnie geniusz Wschodu powodował się czcią, zanim stworzył posągi czci przeznaczone. Dla Rzymu odkopane posągi – nawet te, co zdobiły wille i ogrody – są czymś więcej niż refleksem dzieł hellenistycznych (o których akademizmie nie wie): kryją w sobie akcent, jaki formom przydaje odwieczny dialog z duszą ludu. Atena, zanim stała się Minerwą, zachwycała miasto; Apollo i Wenus nie zawdzięczały mniej podziwowi pogańskiemu niż Madonny gotyckie modlitwom chrześcijańskim. Piękno dzieł powstało po to, by złączyć ludzi z bogami. W upragnionych przedstawieniach ciała ludzkiego artyści widzą nie tylko umiejętność czy talent rzeźbiarzy antycznych, ale także wyraz fundamentalnej relacji człowieka ze światem. Mniejsza o to, że nie znają rzeźb Partenonu; pod rzymskim popiołem odnajdują boskie ognie, ponieważ w irrealności, którą wprowadzają na miejsce Prawdy, wołanie o podziw odnajduje wołanie o bogów.

Jeśli jednak bogów podziwiano, to do nich także się modlono. Pięknem nazwano znak ich boskości; ale ich przedstawienia, pozbawione boskości, nie stają się przez to przedstawieniami pięknych mężczyzn i kobiet: straciły swoje znaczenie religijne, nie swój suwerenny akcent. Nie ten sam Grecja zawdzięczała narodzinom bogów, a schyłek starożytności ich ostatnim odbłaskom. Posągi antyczne suwerenność mają z bo-

103. APOLLO BELWEDERSKI (REPLIKA RZYMSKA WEDŁUG LEOCHARESA)

gów, lecz *ona bogów już nie dotyczy.* Bogowie umarli, posągi z polichromowanych zamieniają się w białe, a boskość w irrealność.

W posągach nie objawiają się już bogowie, należą do świata irrealności jak postacie z *Wiosny;* zwyciężyły czas, uchodzą przed nimi orszaki czyśćcowe. Są *obecne,* i nie tylko jako przedmioty, na wzór waz etruskich czy posągów egipskich, znajdujących się w ówczesnych kolekcjach; są obecne nie w naszym umyśle, jak prehistoryczne narzędzia z kamienia, ale w naszym uczuciu, jak malowidła z grot. Należą do swoich zamierzchłych czasów, ale również do teraźniejszości podziwiającego je artysty: podobnie święci należeli do czasu swojego życia, ale również do teraźniejszości modlącego się do nich człowieka. Zniknęły państwa, których nazwy są w Biblii jak szmer uschłych liści, nikt nie wie, gdzie jest grób Aleksandra, ale Michał Anioł położy dłoń na okrytej jeszcze ziemią Afrodycie, jak na twarzy braterskiej. Afrodyty przetrwały dzięki tym, którzy je rzeźbili, i niczemu więcej.

Zmieni się sens słowa: piękno. Średniowieczne piękności, nawet takie jak księżniczka Trebizondy, miały urodę stylu, urodę perską. Refleks na portretach gotyckich pochodził z twarzy Madonny; lecz Piero di Cosimo malując Simonettę, a Leonardo Monę Lizę, przydali im czegoś innego: ten refleks nieznany, przeczuwany u końca Quattrocenta, przywodzi na myśl refleks na ukochanej twarzy. Bo też chodzi o miłość: jej szuka z upragnieniem piękno platońskie. W mieście, gdzie Dante jako dziecko usłyszał przy spotkaniu z Beatrycze głos, który mógł usłyszeć też Tristan: «Oto Bóg silniejszy od ciebie przyszedł tobą zawładnąć», to piękno, w rozumieniu filozofów i kilku wielkich artystów, przemieniło obdarzone nim kobiety w znaki czarodziejskie: w nich objawiała się tajemnica świata. Kiedy w ukrytym raju, którego sugestią jest wszelkie piękno, Ficino odnajdywał Eden utracony, zastępował wartość przynależną do świata duszy przez transcendentną wartość piękna: kontemplacja ukochanej twarzy stawała się modlitwą. Ale ani Florentyńczycy, ani większość ich artystów nie byli subtelnymi teologami i Savonarola oznajmiał wielkim głosem, że kuszeniem Boga jest szukanie go w pięknej twarzy. Wenus nie miała już swoich świątyń, ale rodziła się na nowo w duszach ludzi. Malarze patrzyli na kobiety, jak nigdy nie patrzyli na nie chrześcijanie, i malowali je inaczej. Kobiety i świat...

Dzieło sztuki łączy jednak człowieka z kosmosem w sposób pewniejszy i trwalszy niż żywe ciała. Geniusz Ficina – mniej widoczny w jego dziele niż w namiętnie głoszonym słowie, z którego narodził się «klub platoński» – opiewał nieuchwytne Piękno Najwyższe i jego ulotne refleksy. Michał Anioł nie odkrywa w Rzymie ulotnych refleksów, ale naturę władzy, którą przeczuwał jako chłopiec, patrząc na dzieła starożytne w ogrodzie Lorenza Medici; dla niego, jak dla Rafaela, a wkrótce i dla Tycjana, Rzym ogłasza jej nieśmiertelność.

Nieśmiertelność na ich oczach wynurza się z ziemi. Antyk został wydarty śmierci: marmurowe posągi odnajduje się razem z trumnami, posągi z brązu są pokryte patyną. Białe figury, pełna rzeźba cesarska zmartwychwstają w kolorowej Italii. Są w opozycji nie tylko do koloru, jakim następcy Giotta pokryli kościoły, oraz do barwnej mozaiki, ale też do polichromowanej rzeźby toskańskiej i do mnóstwa dzieł różnobarwnych i werniksowanych, wciąż niejako przynależnych do architektury kościoła. W tym wtargnięciu antyku artyści usłyszą potężny głos, dobrze znany naszej cywilizacji nasyconej przeszłością: zwyciężonej śmierci. Posągi, które w snach widzi Michał Anioł, które ma w rękach, których pastisze robił we wczesnej młodości, z trudem rozpoznaliby ich autorzy. Renesans woli marmur od koloru, patynę – którą w Grecji ścierano – od oczyszczonej powierzchni, przywrócenie do życia od życia. Donatello, Jacopo della Quercia, Verrocchio polichromowali jeszcze rzeźby; ale nie Michał

Anioł. Abstrakcyjność brązu uwalniała *Colleoniego* od jego modela: monochromiczny posąg jest bardziej posągiem. Pragnienie nieśmiertelności skłania wpierw Juliusza II do zamówienia grobowca, zbyt wielkiego, by mógł go pomieścić jakikolwiek kościół Rzymu; potem do budowy kościoła św. Piotra, by grobowiec mógł w nim stanąć; wreszcie do zapomnienia o grobowcu, odkąd zdał sobie sprawę, że największa bazylika chrześcijaństwa lepiej zapewni mu pamięć. Postacie, które Rafael maluje naprzeciw Chrystusa w Stanza della Segnatura – bogowie, muzy, poeci, filozofowie – i które nazywamy świeckimi, to postacie nieśmiertelne. W czasach, kiedy chrześcijaństwo północne pobożnie grzebie swoje dawne Madonny – ich zniszczenie byłoby świętokradztwem – ponieważ od ich form już odeszło, formy stworzone ongi przez pogańskich artystów usuwają w cień Madonny toskańskie. Wszystkie rzeźby antyczne ze zbiorów watykańskich mówią Michałowi Aniołowi, że może wyrzeźbić młodego chrześcijańskiego Herkulesa imieniem Dawid; i odbijając młotem kawały marmuru «dzielące go od posągu», wchodzi w przyszłe wieki.

Michał Anioł nie urodził się w Rzymie; ani Rafael, ani żaden z malarzy, którzy przyniosą sławę papieskiemu miastu. Z Rzymu nie pochodzili również autorzy fresków malowanych za Sykstusa IV; blask Florencji przyćmił jednak te freski. Kiedy Juliusz II zleca malowanie sklepienia Sykstyny Michałowi Aniołowi, Wawrzyniec Wspaniały nie żyje. Nie żyje też Savonarola, a nie ma jeszcze mowy o Lutrze. Watykanu niepodobna porównywać z jakimkolwiek ze wcześniejszych pałaców włoskich: jego galerie i podniebna kaplica zapewnią mu wyjątkową pozycję, Watykan znać będą wszyscy artyści i większość władców Italii, a wkrótce i Europy; w cień usunie rywalizacje lokalne i stanie się symbolem cywilizacji chrześcijańskiej, jak pałace wielkich monarchii symbolami cywilizacji narodowych, a Wersal – cywilizacji zachodniej. Tradycja toskańska nie napotyka w Rzymie innej tradycji – inaczej niż w Wenecji; mistrzów, których gromadzi Juliusz II, we współzawodnictwie z Toskanią jednoczy zmartwychwstanie posągów. Rzym szuka posągów, ale znajduje w nich więcej, niż szuka: porywającą dziewiczość. Michał Anioł, podobnie jak papież, bardziej doceniłby kolumnę Trajana, gdyby ją odkopano, a mniej *Tors Belwederski,* gdyby zdobił jakiś łuk triumfalny. Sztuka umarłych jest częścią życia, jak sztuka żyjących; Juliusza II tak samo zachwyca odkryty świeżo *Laokoon,* jak kartony ukończone przez Rafaela do Stanza della Segnatura. Zespół posągów promieniuje światłem zrodzonym z ich spotkania, podobnie jak wspólnym światłem promieniują nasze wielkie wystawy; posągi, na które to światło nie pada, pozostają z boku. Kolekcja starożytności Wawrzyńca Wspaniałego zdaje się skromna w zestawieniu z twórczością florencką; w zbiorach watykańskich jest więcej posągów niż postaci Michała Anioła na sklepieniu Sykstyny.

Zmartwychwstanie posągów w mieście, gdzie perspektywy wyznaczają jeszcze ruiny cesarstwa, żąda dla nich przestrzeni; ta przestrzeń przeciwstawia starożytność chrześcijaństwu, przeciwstawiając plac rzymski czy portyki Aleksandrii głębi katedry. Piza, Florencja, Pienza nie potrzebują już placu przed katedrą, ale przestrzeni wspaniale udekorowanej, skupiającej miejskie życie, pokrewnej przestrzeni przed świątyniami, gdzie odbywały się greckie uroczystości; tę przestrzeń Michał Anioł znajduje na Kapitolu. Przyzywali ją *Gattemelata i Colleoni;* jest odmienna od wyznaczonej przez skróty Mantegni, bliskie płaskorzeźbie, a także od perspektywy toskańskiej; w niej ramię może się wyciągnąć ruchem antycznym; ten ruch usiłował znaleźć Masaccio; ruch malarzy Quattrocenta niemal zawsze zdaje się przy nim bezruchem. I w czasie, kiedy posągi o rozwartych ramionach ukazują się Michałowi Aniołowi i Rafaelowi, Italia poznaje przestrzeń Leonarda.

Vasari uważa Leonarda za pierwszego mistrza «nowego

malarstwa», który skończył z «twardym i ostrym stylem»; tę tradycję odrzucają dziś specjaliści twierdząc, że jest to zasługą Antonella da Messina, Flandrii, całej wreszcie reakcji antytoskańskiej we Włoszech w imię sposobów przedstawiania. Może jednak Vasariemu chodzi o niepodzielny świat przez nie stworzony. Jakkolwiek przekonywające były te sposoby od Giotta począwszy, musiały zmienić się radykalnie, by móc służyć irrealności. *Małgorzata van Eyck* nie należy do tego samego świata co *Gioconda*, a mniej jeszcze niż *Leda*. Świat, w którym *Leda* i *Jan Chrzciciel* Leonarda zjawiają się po *Wenus* i *Janie Chrzcicielu* Botticellego, jest obcy Antonellowi da Messina: Wenus u Antonella zdumiałaby niemal tak samo, jak w *Baranku Mistycznym*. I jeśli można uważać Antonella z *Pala di San Cassiano* za inspiratora Giovanniego Bellini, a nawet wczesnego Giorgione'a, to nie za inspiratora *Śpiącej Wenus* Giorgione'a – obrazu, który jest innym rodzajem przedstawienia niż *Leda,* ale należy do tego samego świata irrealności. Leonardo odkrywa arbitralne środki wyrazu: *sfumato,* cień, »impresjonizm« skał, osobliwy ruch w *Bitwie pod Anghiari,* rysunek: wszystko to znajduje potwierdzenie w działaniu na widza. Jego dale nie pochodzą ani z iluzjonizmu flamandzkiego, ani z perspektywy toskańskiej: przestrzeń traktuje równie władczo jak rysownicy Dalekiego Wschodu i z równą swobodą, z jaką jego wielcy poprzednicy florenccy traktowali formę. Pokonana przestrzeń, stosunek przestrzeni do postaci kładą kres «twardemu i ostremu stylowi» i uwalniają go jednocześnie od pewnego rodzaju frontalności, którą następne wieki przypiszą nieudolności malarzy, gdy jest ona może ostatnim znakiem świata przynależnego Bogu. *Boże Narodzenie* Piera della Francesca, który żył jeszcze, kiedy Leonardo malował *Pokłon Trzech Króli,* nabiera przy nim monumentalnego charakteru płaskorzeźb egipskich. Malarstwo nie zna przestrzeni niezależnej od form i kolorów, *określa ją ich stosunek wzajemny;* stosunek wzajemny środków wyrazu Leonarda (jego własności, nawet jeśli nie odkrył wszystkich), przynosi przestrzeń irrealną, różną od głębi flamandzkiej; symbolizuje ją irracjonalny iluzjonizm jego dali i ręka wyciągnięta ku widzowi w *Madonnie wśród skał*. Przynosi również malarstwu niezależność postaci, przeciwstawiając «znieruchomiałemu ruchowi» Quattrocenta nieskończone możliwości ruchu, na modłę wynalezionych przez Praksytelesa i Lizypa; co sprawia, że naiwny widz powiada: «te postacie zaraz się poruszą». W tym sensie, w jakim Cézanne, przed Gauguinem i Picassem, przyzywa współczesne zmartwychwstanie rzeźb sakralnych – Cézanne, którego te rzeźby nie obchodzą – Quattrocento u swego końca przyzywa zmartwychwstanie rzeźb antycznych, tak przecież od jego form odległe i równie obojętne na związki stworzonych przez siebie postaci z pokrewnym duchem hellenistycznym, jak Cézanne był obojętny na związki pewnych płaszczyzn ze swoich portretów z płaszczyzną romańską czy gotycką. Leonardo bardziej odwołuje się do Natury – jego Natury! – niż do Praksytelesa. Ale ręka *Madonny wśród skał* (wcześniejszej od *Narodzin Wenus*), palec anioła, który przemieni się w wyciągnięty palec z kartonu do *Św. Anny Samotrzeciej*, a potem ze *Św. Jana Chrzciciela*, pogodny układ gestów, które nie całkiem są gestami ludzi, a już nie są gestami postaci z Państwa Bożego, w przestrzeni nie przynależnej ani do ludzi, ani do Boga, oznaczają pojawienie się irrealności, równie obcej Francji, jak niepojętej dla Piera della Francesca i Antonella da Messina, i pojawienie się świata, gdzie hellenistyczna Afrodyta staje się Ledą, a nie Wenus Botticellego; świata, który Michał Anioł i Rafael muszą odkryć, żeby namalować Adama z Sykstyny i Platona ze Stanza della Segnatura, skoro ani ten świat nie został im podpowiedziany, ani ta przestrzeń dana.

Tej przestrzeni irrealnej, a mimo to iluzorycznej, w której znajdą się postacie rywalizujące z posągami antycznymi, nie znało malarstwo starożytności.

Trzeba z naciskiem podkreślić, że nowe malarstwo współzawodniczy tylko z rzeźbą. Nie zna miniatur hellenistycznych, gardzi malarstwem ściennym, często spotykanym w ruinach, którego barwna rozmaitość zgoła nie przekazuje dziedzictwa bogów. W cesarskim Rzymie malarstwo nie było złączone z rzeźbą w taki sposób, jak w Toskanii Quattrocenta, ale w taki, jak w XVIII wieku ścienne dekoracje wnętrz mieszkalnych z rzeźbą klasyczną. Mistrzowie włoscy studiują groteskę, ale mało ich obchodzą inne ornamenty, nawet jeśli odnajdują je w pałacu Nerona. Nie znali zapewne sztuki ambitniejszej, której symbolem może być *Menada* z Muzeum w Neapolu, bardziej zdumiewająca niż *Chiron i Achilles* i *Telefos* z Herkulanum, czy *Dzieciństwo Dionizosa* z Farnesiny. «Wielkie malarstwo», niemal w całości utracone, górowało bez wątpienia nad mnóstwem dzieł rzemieślniczych (w dobrym i złym znaczeniu słowa), odnalezionych w Pompei, tym pogrzebanym Monte Carlo. Było prawdopodobnie równie rzadkie w Rzymie, jak w naszych muzeach; duch posągów zdaje się w ruinach nieobecny. Gdyby artyści włoscy znali *Menadę,* byłaby im niemal tak samo obojętna jak malarstwo rzemieślnicze: za «sztukę wspaniałą», niezwykle wypracowaną, uważali rzeźbę cesarstwa, gdy we wszystkich cesarskich malowidłach widzieli dzieła prymitywne, bo pozbawione przestrzeni, a bez przestrzeni nie istniało dla nich prawdziwe malarstwo.

Przestrzeń malarzy antycznych, kiedy uprawiali wielkie malarstwo, była spokrewniona z przestrzenią rzeźby w tym sensie, że zaznaczone objętości głównych postaci odcinały się od tła autonomicznego i pozbawionego horyzontu. Niechaj nie zmyli nas architektoniczne tło pompejańskie: jego głębia – ta sama co w pejzażach bez powietrza i abstrakcyjnych tłach – jest pustką oddzielającą aktorów od dekoracji, przed którymi grają. Jak u Giotta. Ale Giotto używał pełnego tła, niby w płaskorzeźbie, utwierdzającego scenę na ścianie kościoła: skały, drzewa, domy miały gęstość odziedziczoną po dekoracji bizantyńskiej. Nie sposób wyobrazić sobie, by Giotto mógł namalować scenę podobną do *Dzieciństwa Dionizosa* (Madonna i Dzieciątko na pierwszym planie, dwie święte na drugim), gdzie niebo nie byłoby nieprzejrzyście błękitne, drugoplanowe postacie nie miałyby ciężaru, architektura nie rysowałaby się wyraźnie; w malowidle rzymskim dwie kobiety mniej zgodne są z Leukoteą z pierwszego planu niż z zanikającymi pilastrami i całym tłem.

145

104. FRESK POMPEJAŃSKI. MENADA I SATYR (POŁOWA I W.)

Malarstwo antyczne, nawet w dziełach pomniejszych, tak rozmaitych i tak swobodnych, nie znało ani «skonstruowanej» przestrzeni Quattrocenta, ani łączności postaci z otoczeniem, co jest wówczas troską Wenecji. Żeby zrozumieć jego różnice z malarstwem włoskim, wystarczy porównać boginie tradycyjne czy ludowe z *Ledami* Leonarda, ze *Śpiącą Wenus* Giorgione'a; albo antyczne tła z architekturą ze *Szkoły ateńskiej*. Przeciwstawiając się freskom Quattrocenta, Italia żąda od rzeźby antycznej form i gestów niepodległego człowieka; przeciwstawiając się antykowi, żąda od swego malarstwa świata, który by je przyjął – następcy świata postaci chrześcijańskich. Pejzaż *Śpiącej Wenus*, nawet w partii przemalowanej przez Tycjana, stanowi ciąg dalszy aktu, niczym wyciszona muzyka. Niepodobna tu sobie wyobrazić czarnego tła z *Wenus* Cranacha: obraz jest fragmentem Arkadii. *Szkoła ateńska* także.

Jeśli zestawimy *Szkołę ateńską* z zespołem posągów – albo *Śpiącą Wenus* czy *Koncert sielski* z którąś z odkrytych wówczas Wener – zrozumiemy dlaczego rywalizacja malarzy z antykiem odczuwana jest przez nich jako triumf i zdobycz. Nigdy, nawet u Rafaela, nawet u Michała Anioła, nie może być mowy o poddaniu się antykowi: to braterski i buntowniczy zarazem dialog z bezpośrednimi mistrzami i z Leonardem, dumne współzawodnictwo Juliusza II ze wspomnieniem Augusta. Wielcy malarze XVI wieku z pasją stawiają antykowi pytania, ale żaden z nich go nie czci. Jego prymat, jego «niedoścignioność» pojawiają się później. Ilekroć malarstwo włoskie, od Trecenta począwszy, odwołuje się do Starożytnych, bierze stronę Nowożytnych. Poussin powie, że «w porównaniu ze Starożytnymi Rafael jest osłem»; ale nie tak myśli Vasari o Michale Aniele. Filozofów ze *Szkoły ateńskiej* ani aktów ze sklepienia Sykstyny nikt nie uważa za pastisz. To, co wyrażają mistrzowie Watykanu, a Leonardo w *Ledzie,* Giorgione w *Śpiącej Wenus,* Tycjan w swoich alegoriach i mitologii, jest bardziej jeszcze obce zmartwychwstałym posą-

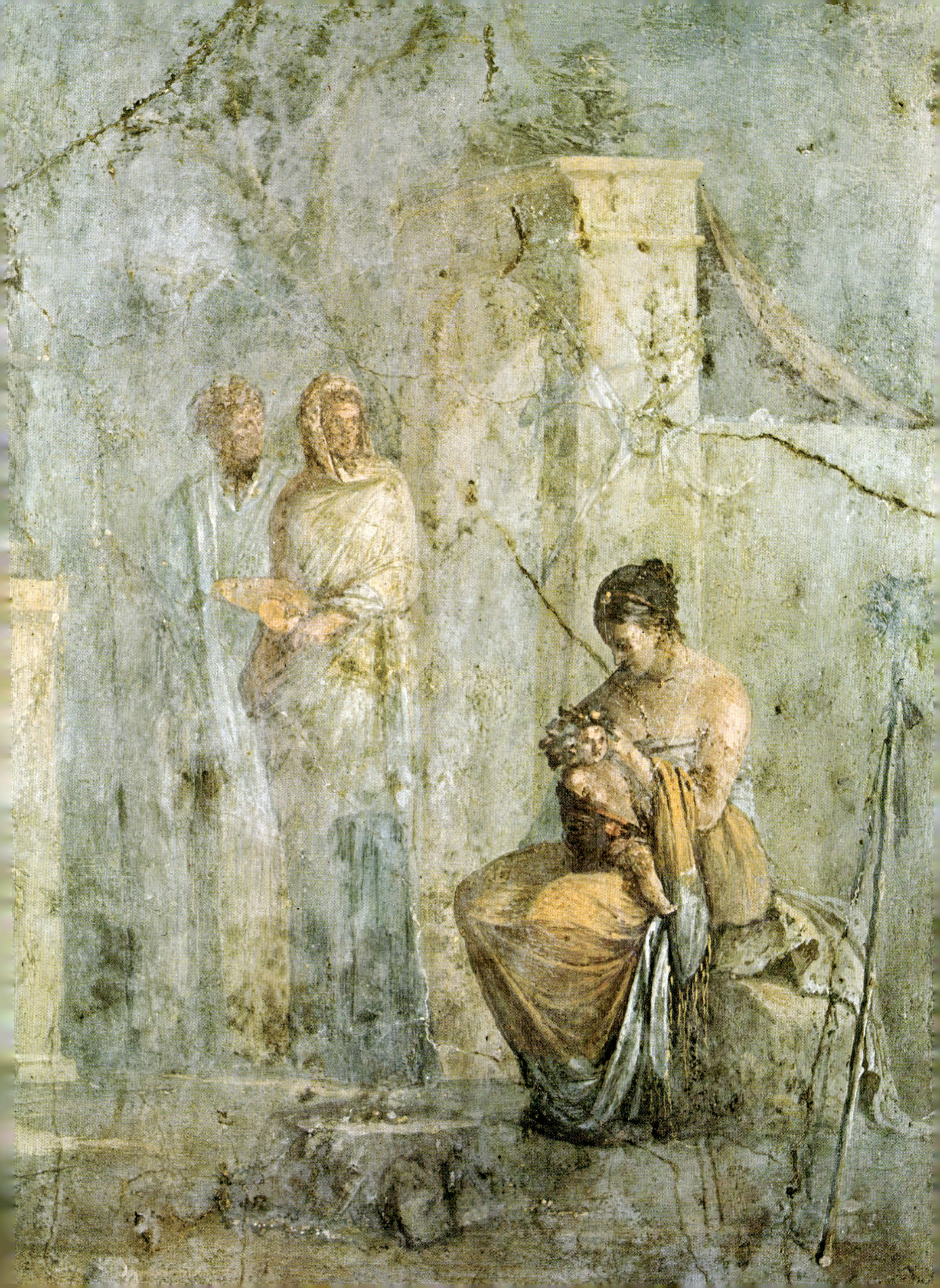

gom niż Wenus Botticellego płaskorzeźbom, nawet tej z płaskorzeźb, która była mu może natchnieniem. Posągi nie są dla malarzy modelami, ale ciągłą konfrontacją – doświadczenie Delacroix w Luwrze – i uświadomieniem sobie władzy nad nieśmiertelnością. Braterskо zbuntowani chcą kontynuować i zarazem zniszczyć antyk, jak Michał Anioł – Donatella, Rafael – Perugina, Delacroix – Wenecjan, Cézanne – Delacroix, aby zjednoczyć się z urzekającą ich sztuką na tajemniczej ziemi, gdzie jej zwycięstwo nad czasem jest obietnicą wieczności.

Postaciom antycznym ofiarowują świat ich godny. Ten wielki dar stanowi ich bogactwo, ale nie tylko on; posiadają wszystko, czego w ich rozumieniu brak zbiorom watykańskim – przede wszystkim wyraz uczuć. «Posągi Starożytnych nie mają duszy», powiedział św. Jan Nepomucen; tę duszę artyści Juliusza II otrzymali od Chrystusa i Donatello powiada im, że

106. GIORGIONE. ŚPIĄCA WENUS (OK. 1508–1510)

tchną ją w dzieło. Michał Anioł mniej podziwiałby *Laokoona,* gdyby nie przeczuwał swoich *Niewolników...*

Dlaczego grupę, która została wykopana na wzgórzu Eskwilińskim, uznano za «cud»? Bo jest to greckie dzieło *dramatyczne,* a więc szczególnie spokrewnione z dziełami chrześcijańskimi. Twarz Laokoona, tak bliska Homerowi aleksandryjskiemu, może przywołać twarze Goliatów z Quattrocenta; ale ciało? W świecie chrześcijańskim postacie z tej grupy przedstawiałyby potępionych, a tacy potępieni na pewno byliby świętokradztwem, skoro zostali wyobrażeni w stylu tego, co boskie; sztuka chrześcijańska, która nie zna ofiar boskiej zemsty, a tylko odtrąconych na Sądzie Ostatecznym, nie mogłaby kojarzyć Laokoona z Chrystusem. Czy Michał Anioł wie o tym, czy nie wie, nie podziwia w tej rzeźbie kapłana trojańskiego, ale Prome-

107. FRESK POMPEJAŃSKI. WENUS W MUSZLI (OK. 79)

teusza. Akcent odziedziczony po gigantach z Pergamonu przez kilka wieków nazywano bohaterskim; czy nazwiemy go inaczej dziś, nawet jeśli jest nam obcy? Bohaterstwo nie dotyczy tutaj odwagi; w grę nie wchodzi bohater w nowoczesnym rozumieniu słowa, ale półbóg. Zapomnijmy o naszym spoufaleniu z *Laokoonem,* spróbujmy się wyzbyć pewnej irytacji, jaką w nas budzi; wyobraźmy go sobie w Sykstynie pierwszych fresków, w Orsanmichele, a nade wszystko przy ostatnim wielkim cyklu florenckim, który dobrze znał Michał Anioł: przy błogich freskach Ghirlandaja w Santa Maria Novella. Jasne staje się wówczas, że ten marmur urzeka Rzym dlatego, bo nagie ciało zostało uwolnione od przyrodzonego stanu – nawet w agonii; jest suwerenne niczym ciało Afrodyty, i tę suwerenność będą miały wszystkie postacie ze sklepienia Sykstyny, w odróżnieniu od wszystkich postaci Andrei del Castagno i Signorellego. Jak potężne wołanie kryło się w zmartwychwstałych posągach rzymskich i jak wielkie było odczucie ich patosu – obcego duchowi rzymskich płaskorzeźb – mówi sława tej grupy antycznej. Sztuka hellenistyczna proponuje sztuce chrześcijańskiej swoją heroizację cierpienia. Ale cierpienia fizycznego byłoby nie dość, by przydać duszę *Laokoonowi.* I jeśli Michał Anioł jest poruszony do głębi tym powszechnie podziwianym dziełem, to może bardziej jeszcze myślą o «wzniosłym Donatellu», którą mu ono nasuwa. Nie znał takiego aktu w rzeźbie chrześcijańskiej i uważa, że ma prawo oddać go w służbę Boga. Aż do śmierci wyrażać będzie wielkość ludzką i wielkość Przedwiecznego; wielkość jest tak zakorzeniona w jego sercu, że sam Bóg jej nie unicestwi. Na sklepieniu Sykstyny do przodków Chrystusa i proroków nie dołącza jeszcze przeobrażonego ludu; ale wkrótce jego Łazarz, odwieczna figura grobu, stanie się bratem Adama ze *Stworzenia człowieka,* bohaterem o spojrzeniu, w którym jest jeszcze wieczność. Jego Chrystus tłumaczy te zjawy obce ziemi i Państwu Bożemu, po raz pierwszy chwalące Boga...

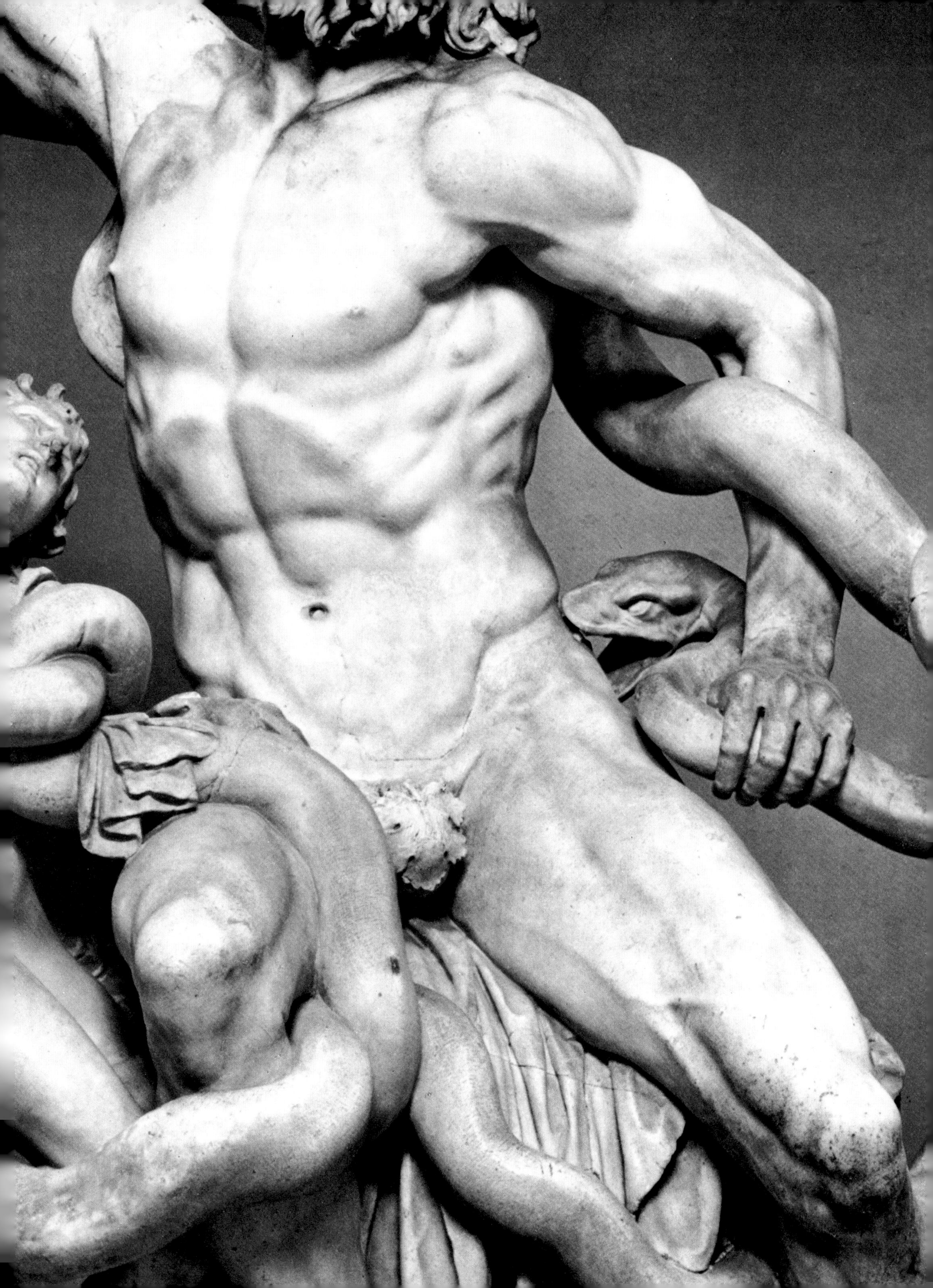

Michał Anioł, nawet malując, pozostaje ostatnim genialnym rzeźbiarzem chrześcijaństwa, a są to czasy, kiedy rodzi się prymat malarstwa. W epoce rywalizacji malarzy z «posągami bez duszy», umniejsza się w sztuce władza duszy chrześcijańskiej; wielu spośród nich «życiem» nazywa duszę, którą chce przydać antykowi. Sukces Stanza della Segnatura to oczywiście sukces sztuki Rafaela; ale rzecz w tym, że Rafael nadludzkim postaciom ze sklepienia Sykstyny przeciwstawia nie tylko utrafioną szlachetność, a wielkości – wdzięk; przeciwstawia również arbitralnemu kolorowi i abstrakcyjnemu tłu «ziemię idealną», która jest obsesją Włoch od pięćdziesięciu lat. Nagie postacie z *Pożaru Borgo* podobne są do aktów Michała Anioła, który się tym chełpi; ale jaką scenę Michała Anioła mógłby przypominać ten pożar? Bardziej niż portretom, a nawet Madonnom, Rafael zawdzięcza swoją niebywałą sławę «wielkiemu stylowi», którego objawieniem jest *Szkoła ateńska,* jego przyszły symbol; ten styl uważa się za mniej dostojny niż styl jego rywala, ale zagarnia obszary, którymi Michał Anioł gardzi...

Styl to bardziej odosobniony w dziele Rafaela niż styl sklepienia Sykstyny w dziele Michała Anioła; tak dalece, że jeśli wyłączymy go z dziejów malarstwa – pozostawiając przecież portrety i Madonny – zmienią się te dzieje i manieryzm przyjdzie po sztuce Perugina. Zachwyt i olśnienie, z jakimi została przyjęta *Szkoła ateńska,* przypisuje się «ukrytemu kunsztowi»; a jednak kunszt widać tu wyraźniej niż w dziele Leonarda, a także w większości dzieł samego Rafaela. Podziwu nie budzi sztuka utajona, ale oczywista przewaga: irrealność, której przestrzeń jest tym w stosunku do przestrzeni Leonarda, czym przedsionki panteonów w stosunku do głębi grot: przestrzeń uroczysta, przeciwstawiająca *Szkołę ateńską* ozdobnej legendzie z *Zaślubin Aleksandra,* nawet jeśli znaczne fragmenty *Szkoły* malował Sodoma. Ta przestrzeń, przeczuwana przez zdumiewającego Perugina, mistrza młodziutkiego Rafaela, zapowiada Saint-Sulpice i tak dalece wybiega poza mury, że w jego sykstyńskim fresku *Przekazanie kluczy św. Piotrowi* postacie zdają się oddzielone od architektury polami śniegu. Ale Perugino nie zna owej zgodności ludzi-posągów z arkadami jak u Piranesiego, i z tym wszystkim,

109. MICHAŁ ANIOŁ. GŁOWA ŁAZARZA (1510–1511)

co Baudelaire wyrazi w słowach: «Długo mieszkałem pod rozległymi portykami...», a Claude Lorrain w ogromie skomponowanej przestrzeni malując uroczysty bukiet drzew. Nawet Michał Anioł jej nie zna: podbija przestrzeń, ale jej nie porządkuje. Sklepienie Sykstyny na swój sposób orkiestruje freski toskańskie: przechodząc z tej kaplicy do stanz widać, jak nowy jest ład Rafaela. Sztuka uwolniona od konturów florenckich i od egipskiego ciężaru Piera della Francesca, przynosi Italii architekturę, o której ona marzy. Architektura ze *Szkoły ateńskiej,* tak racjonalnie oniryczna, może budzić zazdrość w Leonardzie...

Sen wielkiego architekta? Przekształcona bazylika Maksencjusza, która górowała wówczas nad Rzymem, jak dziś nad Forum, i którą przywodzi na myśl *Szkoła ateńska?* Kościół św. Piotra, jak go sobie wyobraża Bramante? Ale kościół nie jest jeszcze zbudowany. Postacie ze stanz, postacie ze sklepienia Sykstyny nie zgadzają się z architekturą tak, jak postacie gotyckie z katedrami, ale jak postacie Botticellego i Mantegni z ich wyimaginowaną architekturą. Rafael nie bierze pod uwagę ścian Stanza della Segnatura; Michał Anioł tworzy w Sykstynie sklepienie własnego pomysłu. Jego *Dawid,* kolejno zewsząd wypędzany, znalazł się w końcu w muzeum; największy rzeźbiarz Italii i jeden z jej największych architektów rzeźbił dla pustki albo dla grobu; bazyliki wyśnione przez najsławniejszych malarzy Rzymu zostaną zbudowane przez ludzi baroku.

Rozmowy posągów ze *Szkoły ateńskiej,* ich zgodność z wyimaginowaną architekturą wznoszą starożytność na wysokość Olimpu, nadają scenie rangę wyniosłej fikcji. Italia oczekiwała od sztuki ucieleśnienia irrealności, nie zaś oddania realności: renesans – preklasycyzm francuski i klasycyzm europejski – to także romantyzm historyczny. Rafael nie przedstawia dysputy światłych ludzi na placu ateńskim, jak Giraldi i wielu innych przed sześćdziesięciu laty; ani wyrysowanych i gęsto rozmieszczonych postaci, jakie mogliby namalować Botticelli i

Mantegna. Ukazuje ludziom, co są wokół niego, ich niepochwytne marzenie; te szlachetne gesty w wielkiej przestrzeni cudownie przywołują Arkadię, o której śni Rzym Juliusza II, podobnie jak o męstwie i postaciach cesarskich. Wzorem współczesnych Michała Anioła łączymy z nim pojęcie wielkości; ale przy Rafaelu mówimy o «niewymuszoności» zapominając, że sugeruje ona również wolność. Ta wolność, cokolwiek Rafael zawdzięczałby Leonardowi, nie mniej porusza Italię jak wielkość Michała Anioła; Stanza della Segnatura, prócz legendarnej starożytności w *Szkole ateńskiej* i *Parnasie,* wyraża sen świata, który przychodzi po świecie snu.

Freski Rafaela są w opozycji do fresków Botticellego w takim samym stopniu, w jakim w opozycji do kobiety z amforą z *Pożaru Borgo* jest kobieta z wiązką chrustu z *Oczyszczenia trędowatego.* Sztuka zdobywa wreszcie suwerenność przeczuwaną przez artystów – od Donatella do Botticellego – współzawodniczącą z suwerennością, jaką antyk przyznawał pochwyconym barbarzyńcom i pokonanym Galatom tak samo jak bogom, ciału Laokoona zwyciężonego przez Apolla i ciału Apolla: suwerenność odróżniającą postać z wyboru artysty od istoty, którą on wyobraża i od wszystkich innych istot. W niej każdy widzi obietnicę nieśmiertelności. *Szkoła ateńska* budzi podziw, jak i sceny mitologiczne Botticellego; ale podziw ten nade wszystko ma swoje źródło w akcencie rywalizacji z antykiem, któremu odjęto boskość, z najwyższą i nieznaną wartością, która właśnie boskość gwarantuje. Stanza della Segnatura to ani cykl religijny w rozumieniu Quattrocenta, ani feeria czy opowieści, jak w innych stanzach, ale uświęcenie wielkich możliwości ludzkich: poezji *(Parnas),* sprawiedliwości *(Dekretalia),* wiedzy o twórczości i Stwórcy *(Szkoła ateńska* i *Dysputa o Najświętszym Sakramencie).* Wszystko w tym samym stylu, na tym samym planie. Programy, które Watykan proponuje czy narzuca Rafaelowi i Michałowi Aniołowi, mają rozległość programów katedr i sztuka wieńczy sny Quattrocenta snem, w którym człowiek widzi siebie panem.

«Należy malować ludzi takimi, jakimi powinni być», mówi Rafael na długo przed Corneille'em. Dla rzeźbiarza gotyckiego rzeźbić «ludzi» znaczyło złączyć ich z Bogiem. Rafael chce, żeby malowani przez niego ludzie także należeli do innego świata, którego stworzenie jest głównym celem sztuki Watykanu; jeśli pragnie malować ludzi takimi, jakimi powinni być, to po to, żeby stworzyć *świat taki, jaki powinien być*. Malarstwo pokaże ten świat później niedwuznacznie: w pewnych pejzażach Annibale Carracciego, Domenichina, Poussina człowiek zajmie

110. GIRALDI, SZKOŁA ATEŃSKA (1448)

111. RAFAEL. SZKOŁA ATEŃSKA (1509–1510)

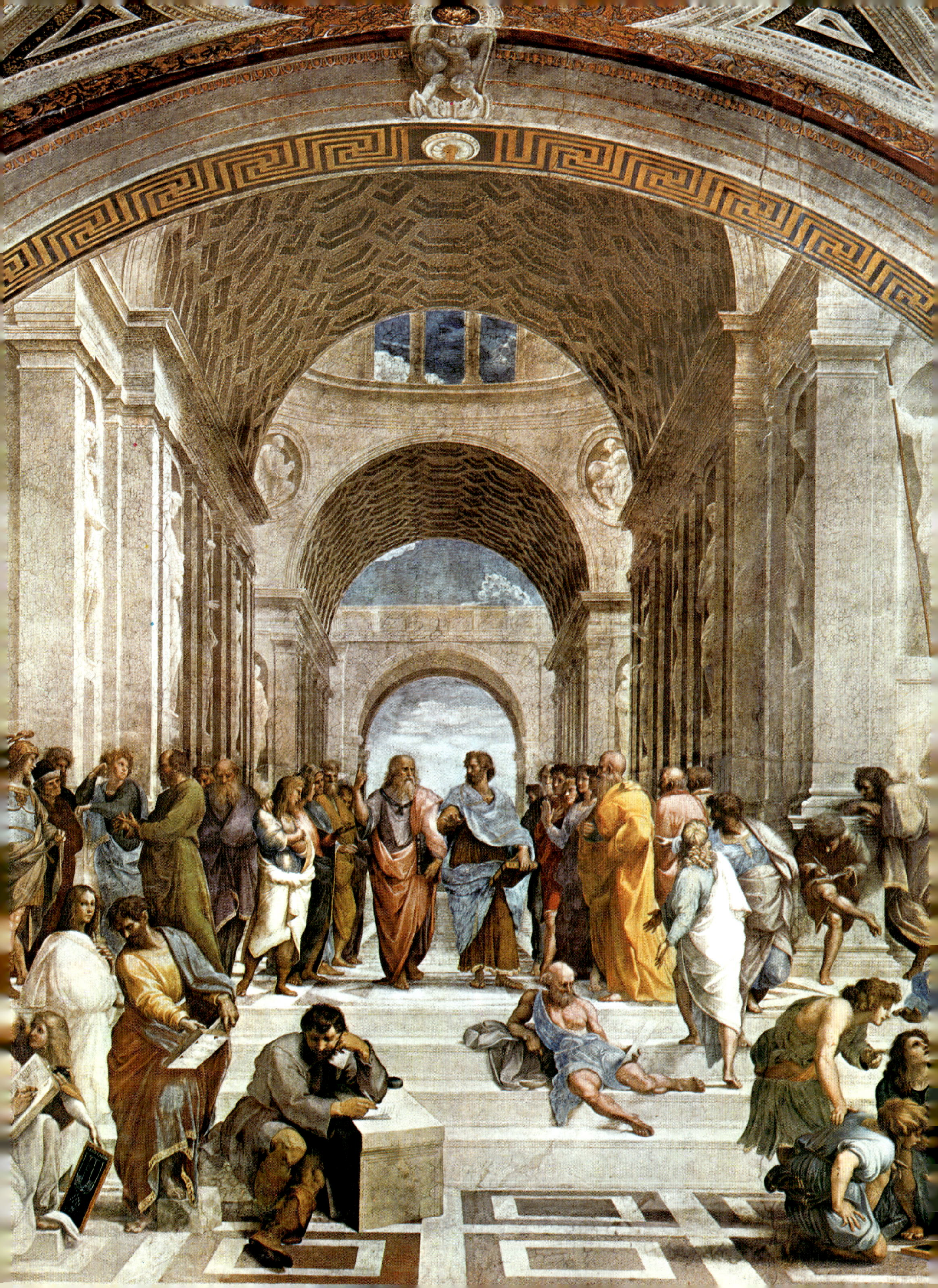

miejsce podrzędne; sława pinii rzymskich Claude Lorraina będzie jednym z symboli wspaniałej sztuki.

Rafael to pierwszy malarz chrześcijański, którego sztukę wyraża – czy symbolizuje – słowo: doskonałość. Jest rzeczą oczywistą, że doskonałość kobiety z amforą, pewnych postaci ze *Szkoły ateńskiej* (wszystko jedno, czy namalował je sam Rafael, czy kto inny, skoro on je stworzył), kobiety klęczącej niczym piękność antyczna przed Chrystusem z *Przemienienia Pańskiego*, doskonałość sławiona przez trzy z górą wieki, jest nieodłączna od irrealności malarskiej: te postacie, jak postacie z *Wiosny* i *Narodzin Wenus*, mogą istnieć tylko poprzez malarstwo i w malarstwie. Ich doskonałość «nie z tego jest świata»; jest z innego i ten świat inny to nie tylko ucieleśnienie pragnień; w Stanza della Segnatura zachwytu Italii nie budzi jedynie niezwykle harmonijna dekoracja. To świat «wielkiego stylu», odróżniającego doskonałość Rafaela od późniejszej doskonałości Vermeera – Arkadia stworzona dla niepodległego człowieka i dla podziwu, lecz nie przez transcendentnego Boga, który stał się człowiekiem: przez boga, który zawsze był bogiem. Dlatego powiedziano, że po Bogu, który stał się człowiekiem, przyszedł wówczas człowiek, który stał się bogiem. Czy Człowiek stał się Przedwiecznym, Stwórcą i Sędzią, czy też pozyskał nieśmiertelność tworząc postacie niekiedy wolne od Sądu? Jakkolwiek szybka i głęboka jest w Rzymie ewolucja wiary, sztuka nie towarzyszy jej budując świat, gdzie człowiek rzeczywiście byłby władcą: odkrywa możność stworzenia świata *irrealnego* – jedynego, gdzie człowiek nim się staje.

Od wieków każdą twarz rzeźbiono czy malowano zgodnie z dialogiem, jaki wiodła z Bogiem: świętego z jego świętością, donatora z jego pobożnością, człowieka z jego grzechem ukrytym czy wyznanym. Król nie miał swego królestwa: nikt nie był królem w obliczu Boga. Ale spojrzenie Boga jest zakryte. Zdumiewająca wolność umarłych: zamiast spoczywającego Lorenza II – *Myśliciel!* O porządku ludzkim decydował Sąd – ostateczna groźba czy ostateczna Prawda? Choćby Bóg miał przebaczyć wszystkim w Dniu nad dniami, świeckie czary przywodzą na myśl dziecięce zabawy. Ani próby rycerskie, ani te czary nie

159

112. BOTTICELLI. OCZYSZCZENIE TRĘDOWATEGO (1481–1482)
113. RAFAEL POŻAR BORGO (1514)

mogłyby zniszczyć, nawet w oczach najbardziej zatwardziałego grzesznika, chrześcijańskiego wyobrażenia Sprawiedliwego: niewzruszonemu porządkowi Boga odpowiadał niewzruszony porządek człowieka.

Oba porządki zniknęły. Przed Juliuszem II, wielkim człowiekiem, choć pośledniejszym kapłanem, Rzym przez dziesięć lat znajdował się pod rządami Aleksandra VI. Bez wielkiej szkody dla wiary; ale nie dla porządku duchowego, którego śmierć symbolizuje sam fakt objęcia pontyfikatu przez kardynała Borgię; nie przywrócą go ani energia Juliusza II, ani wysoka kultura Leona X. Pierwsze suwerenne przedstawienia człowieka rodzą się w epoce chrześcijaństwa, bezpośrednio następującej po tej, kiedy ów porządek był równie słaby, a czyny tak samo oddalone od wiary, jak w najgorszych czasach Bizancjum. Savonarola, ogłaszając Chrystusa królem Florencji, w niewiele mniejszym stopniu przywodzi na myśl Bizancjum niż Aleksander VI, choć nie o to samo Bizancjum chodzi...

Wbrew temu, co myśli wiek XIX, wizerunki człowieka nie przedstawiają osób. *Colleoni* nie jest podobny do Bartolomea Colleoni, *Myśliciel* do Lorenza II; Michał Anioł przemienia Juliusza II w *Mojżesza,* a Rafael Leonarda w *Platona:* nie zapominajmy tu o jego niechęci do portretów osób żyjących. *Virtú* nie przychodzi po cnotach teologicznych w postaci nowej cnoty, jak byłoby w przypadku stoicyzmu czy miłości ojczyzny, jej przedmiot bowiem nie jest ustalony. *Virtú* znaczy mniej więcej tyle, co moc; dzięki niej uprzywilejowana jednostka budzi podziw albo urzeka. W wieku katedr jednostka mogła budzić jedynie podziw utajony albo grzeszny (istota najbardziej godna podziwu, święty, musiała odznaczać się pokorą), a człowieka nie podziwiano wcale. Teraz człowiek podziwia swoje czyny, umysł, możność odkrywania świata: wszystko to nie ma odniesienia do Boga, choćby pochodziło od Boga. Podziw, który jednostka namiętnie pragnie wzbudzić, dotyczy dziedziny wzbronionej ludziom od wieków. Sława Cezara Borgii nie wynika oczywiście z jego cnót, ale nie ma też źródła w jego zwycięstwach. Ten wódz bez zwycięstw, podobnie jak liczni awanturnicy bez władań, zawdzięcza swój blask fantazmom: należy do świata wyimaginowanego.

A jednak na portretach Cezar Borgia nie wygląda jak symboliczny książę ani jak demon czy bohater romantyczny, ale jak patrycjusz, kuzyn *Baltazara Castiglione*. Na miejscu zwierciadła chrześcijańskiego («Oto, Panie, oblicze, któremu możesz przebaczyć...»), zwierciadła Quattrocenta, w którym odbijały się jeszcze pierwsze modele Rafaela, ukazuje się tajemnicze zwierciadło: w nim Leonardo staje się *Platonem* ze Szkoły ateńskiej.

Nierzeczywiste sąsiadowało już, a nawet rywalizowało ze światem Boga przynajmniej w pracowniach malarzy. Mantegna jednak nie malował *Chrystusa umarłego* tak, jak malował *Parnas;* ani Signorelli *Ukrzyżowania* jak *Pana*. Quattrocento nie zrezygnowało ze św. Jerzego. Boginie Botticellego wywodziły się może z jego Madonn, ale Madonny nie wywodziły się z Wener; gdyby namalował *Szkołę ateńską,* byłaby to dysputa owych humanistów, którzy szli przez stulecie miarowym krokiem i komentowali Platona pośrodku niewielkich placów toskańskich. Jego gloryfikacja Eucharystii należałaby do świata Stwórcy, a gloryfikacja filozofii do świata stworzeń.

Filozofowie Rafaela wolni od świata ludzi, obcy światu Boga, należą tylko do sztuki. Jego święci także. I Chrystus. Sam Bóg nawet, który w *Dyspucie o Najświętszym Sakramencie* tylko nimbem różni się od Platona ze *Szkoły ateńskiej*. Ten Platon, podobny do Boga, narodził się w tym samym czasie co Bóg, podobny do Platona, i wraz ze światem, w którym mogli być do siebie podobni. Madonna nie mogłaby mieć nic wspólnego z Parnasem w świecie kanclerza Rolin, tam bowiem napotkałaby Platona podobnego do kanclerza czy św. Hieronima. Czym był kosmos chrześcijański dla wielkiego Flamanda z XV wieku, mówi nam wyraźnie jego *Baranek Mistyczny*. Malarze Wawrzyńca Wspaniałego z łatwością wprowadziliby Platona do świata irrealności, który wymyślili, by przedstawiać to, co nie istnieje – ale nie w obliczu Chrystusa. Świat Stanza della Segnatura zagarnia świat Boga.

Czy Leon X, syn Wawrzyńca Wspaniałego, widział w tym – mimo stosu Savonaroli – ostateczny triumf patrycjatu florenckiego nad porządkiem średniowiecznym? Sztuka Rafaela, tak mało feudalna, jest głęboko arystokratyczna w sensie medycejskim: filozofowie i poeci pomyślani są tu jako bohaterowie umysłu; tak samo wszystkie osoby dopełniające postacie świętych. Artyści z całych Włoch przybędą po nauki do Watykanu, jak artyści Toskanii przybywali tam, gdzie mogli studiować freski Masaccia. Ale ani w stanzach, ani nawet w Sykstynie nie ujrzą modlącego się ludu z Santa Maria del Carmine: sztuka jednego z najbardziej czcigodnych miejsc chrześcijaństwa nie jest przeznaczona dla wiernych. Obca pobożności prywatnej, a bardziej jeszcze pobożności liturgicznej, obojętna wobec szatana i cierpienia, zamyka duchową przygodę medycejską wspaniałą pochwałą umysłu, wieńczącą «mit chrześcijański». W katedrze porządek świata ustanawiały czyny Boga, nie zaś marzenia ludzi. *Sąd Ostateczny* pojawi się w Watykanie w trzydzieści lat po *Szkole ateńskiej;* wśród wielkich scen nie znajdzie się Ukrzyżowanie. Na sklepieniu kaplicy Sykstyńskiej wyobrażeni są przodkowie Chrystusa; ale nie ma tu ani Zwiastowania, ani Bożego Narodzenia. W Stanza della Segnatura wysokie władze umysłu ludzkiego przychodzą na miejsce gloryfikowanych tajemnic. Dzieje się to pod rządami Chrystusa; a jednak na fresku, gdzie Chrystus góruje, jak górował na tympanonach gotyckich, wielcy doktorzy zajęli miejsce wielkich symboli. *Dysputa o Najświętszym Sakramencie* uroczyście święci teologię, ale nie jest Ostatnią Wieczerzą; teologia należy do porządku umysłu, jak kler w przyszłości będzie należał do porządku wielkich monarchii. Postacie, które czeka wieczność, mieszają się z postaciami, którym przeznaczona jest nieśmiertelność. W Watykanie, który jakby nie wiedział o Kalwarii, a piekło pozna za lat czterdzieści, wizerunek Zbawiciela góruje nad irrealnością – ale ta irrealność należy do Rafaela.

«Całkowicie jest Bogiem»: na pewno nie; «całkowicie człowiekiem»: także nie; nawet sama wiara wyraża się poprzez irrealność. Po nostalgii św. Augustyna za tym, czym był człowiek przed wygnaniem z raju, i za tym, czym będzie, gdy Bóg przyjmie jego chwalebne ciało, pojawił się kosmos «zgodny z doskonałością boską». Człowiek jest tu koniecznym widzem i niemalże świadkiem. Przekształcona wiara nie zwraca się jeszcze przeciwko Kościołowi. Ani Michał Anioł, ani Rafael, ale największy

114. RAFAEL. SZKOŁA ATEŃSKA: PLATON (1509–1510)
115. RAFAEL. DYSPUTA O NAJŚWIĘTSZYM SAKRAMENCIE: BÓG (1509)

teolog epoki, kardynał z Kuzy, w Chrystusie uznał doskonałość natury ludzkiej; jego *De docta ignorantia*, ogłoszona wreszcie drukiem, mówi o tym Leonardowi. Osiągamy tu apogeum Pojednania, którego chrześcijaństwo szukało od pierwszej krucjaty aż do Trecenta; ale Wcielenie schodzi w cień, jeśli nie w teologii, to w świeckiej pobożności włoskiej. Potężna myśl Mikołaja z Kuzy tylko je objaśnia. *De docta ignorantia* opiera się na Objawieniu, na tajemnicach wiary, na transcendencji boskiej. Transcendencja Boga Ojca, Przedwiecznego z Moissac, uszła z całego chrześcijaństwa, prócz klasztorów; nie dotyczy to jednak Chrystusa, który dla najbardziej realistycznego malarza flamandzkiego, tak samo jak dla Grünewalda i Kuzańczyka, pozostaje osobą nadprzyrodzoną. Dla każdego z nich Syn *stał się* Jezusem; Bogiem, który wydał siebie na pośmiewisko i Kalwarię. Ale kiedy w Stanza della Segnatura zamiast związku Boga z człowiekiem poprzez Wcielenie, pojawia się związek człowieka z Bogiem poprzez wysokie możliwości ludzkie, Jezus jest tylko postacią najwznioślejszą i najbardziej przejmującą: wśród mędrców i poetów jego transcendencja łączy się z tymi możliwościami. Nie przypadkiem Michał Anioł nie wyrzeźbił żadnej Piety dla Sykstyny, a Rafael zamyka swoje dzieło *Przemienieniem Pańskim*: Chrystus, któremu odjęto Boże Narodzenie i Ukrzyżowanie, zna tylko Zmartwychwstanie i jest bohaterem Miłości.

Ale jak Człowiek Doskonały, którego w bezgrzesznym Chrystusie odkrywa najnowsza teologia, mógłby być *grzesznikiem*, który dostąpił doskonałości? Stąd uznanie, jakim cieszy się wówczas «człowiek naturalny»: łączy żyjących z człowiekiem z Edenu. Św. Augustyn zapewne nie chciałby łączyć człowieka sprzed grzechu z człowiekiem uwolnionym od grzechu; oświadczyłby, że stosunek Boga do pierwszego z ludzi wymyka się nam tak samo, jak stosunek Boga do aniołów i nie daje się sprowadzić do relacji z człowiekiem po upadku; że upadek implikuje przemianę, a nie odcięcie; i że w człowieku naturalnym należy widzieć abstrakcję pozbawioną sensu, pułapkę zastawioną na umysł.

Ten człowiek naturalny to człowiek filozofii, który przyszedł po człowieku teologii, a zwłaszcza Objawienia. Humanizmowi przydaje swoje wspólne odniesienie do chrześcijaństwa i pogaństwa; w sztuce czyni prawomocnym nieprzemijające piękno. Już dla platoników florenckich przeszłość nie dzieliła się w sposób zasadniczy na erę chrześcijańską i pogańską. W przykładnym wyobrażeniu człowieka, o którym humanizm bardziej marzył, niż je wypracował, wartości Objawienia – a przede wszystkim świętej miłości – schodziły na drugi plan wobec poszukiwań tego, co uniwersalne. Florencja nie pragnęła świata bez Chrystusa, ale świata chrześcijańskiego, który zagarnąłby starożytność; Rzym odkrywa świat, który zagarnia Chrystusa. Dla całej kultury włoskiej, jak i dla Leona X «urodzonego w bibliotece», niejasna prawda wieczna, którą mają dać studia (Zoroaster, przyprowadzony przez Plethona, figuruje w *Szkole ateńskiej*), zagarnia prawdę Objawienia. Piekło zaś umarło z Savonarolą dla wszystkich – wyjąwszy może Michała Anioła...

Sztuka religijna łączy się wówczas ze sztuką świecką w tworzeniu świata, którego dostojna wartość jest w tym, że stanowi odpowiedź na najwyższe z dążeń ludzkich. Dlaczego najwyższe? Ponieważ ludzie uważają je za takie. Bóg, wciąż jeszcze sędzia ich dusz, a niezupełnie już czynów (odpusty, uwalniające ongi od pokuty, uwalniają teraz od grzechów), nie osądza tego dążenia, które zagarnia go, jak irrealność wizerunek Chrystusa u Rafaela. Wartością najwyższą nie jest już Bóg «jako Bóg», Chrystus jako Bóg wcielony, ale przedmiot dążeń, kosmos idealny, w którym Italia rozpoznaje nieśmiertelną tajemnicę, jak artyści w antyku nieśmiertelne postacie. Rafael, kierujący wykopaliskami, w odnalezionych dziełach odkrywa swoje marzenia. Świat, «jakim powinien być», to zespół form, poprzez które sztuka dowodzi istnienia nadnaturalnego świata, a ten świat tylko ona może pochwycić. Nie było nigdy Szkoły ateńskiej takiej, jak u Rafaela, ani Stworzenia człowieka, jak u Michała Anioła; oba freski należą do świata, który nie przemija, jak posągi z katedr należały do Państwa Bożego. Zmartwychwstanie dzieł, które mają w tych freskach swój udział, jest gwarancją trwania – w blasku sławy czy utajonego – dążeń zagarniających wiarę; to trwanie gwarantuje z kolei zmartwychwstanie dzieł do tego świata przynależnych: głosem nieodpartym, zwyciężającym śmierć, sztuka Partenonu przyrzeka przyszłość Watykanowi. *Szkoła ateńska,* pomyślana jako hołd przez filozofię złożony Bogu, gdzie Platon jest także Leonardem, a Archimedes także Bramantem – na skraju malowidła malarz umieścił siebie, donatora tej irrealności – uwolniona od swego rusztowania, ukazuje triumf nieśmiertelności.

Stając się na powrót pułapką zastawianą na tajemnicę świata, sztuka odnajduje autorytet z czasów, gdy wyobrażała bogów. Madonny i Wenery, przeznaczone dla przyszłych wieków, nakładają się na postacie, poprzez które chciała pochwycić wieczność Państwa Bożego, podobnie jak freski Rafaela nakładają się na freski jego poprzedników. Postacie stworzone przez żywych łączą się ze zmartwychwstałymi w kosmosie uwolnionym od Stworzenia, jak bohater od doli ludzkiej – w świecie sztuki, gdzie razem wyrażają «największe marzenie» i razem wymykają się śmierci. Po rzemieślnikach, których nie chciała Akademia Florencka, po Donatellu, który był dumny ze swego skórzanego fartucha, przychodzą patrycjusz Rafael i palatyn Tycjan.

Słowo: renesans wchodzi do słownika historii, żeby wyrażać złożoną przemianę; do słownika sztuki – żeby wyrażać odkrycie wciąż rosnącej mocy, dzięki której artysta, marzenie świeckie czyniąc rywalem marzenia religijnego, a bohatera rywalem świętego, tworzy zachwycającą irrealność, gdzie razem znika zależność istoty stworzonej i transcendencja Stwórcy. Renesans traci jasno określony sens, kiedy traci więź z tą mocą – choćbyśmy rozumieli go inaczej niż Michelet czy Burckhardt. Możemy datować renesans od Giotta albo przy van Eyckach mówić o renesansie północnym; ale wówczas trzeba go określać przez to, czym *będzie* – a będzie nie tylko porzuceniem malarstwa dwuwymiarowego, ale radykalną zmianą przedmiotu twórczości artystycznej, zmianą świata, do którego ta twórczość się odwołuje, uczuć, jakie budzi, przeszłości wreszcie uznanej przez sztukę za własną.

Odkąd bowiem Italia odkrywa tę moc dającą nieśmiertelność, na miejsce Objawienia wprowadza przeszłość swoich dążeń, na miejsce prefiguracji – filozofów, a na miejsce królów Izraela – bohaterów. Pseudonim Karola Wielkiego to Dawid; papież o imieniu Juliusz przychodzi po papieżu imieniem Aleksander, a ten dla swego syna wybiera imię Cezar. Historia staje się historią «cywilizacji»; Bizancjum zostanie nazwane barbarzyńskim, katedry otrzymają miano gotyckich. Wkrótce dawne formy chrześcijańskie uzna się jedynie za szacowne świadectwa wiary: chrześcijaństwo, które odwróciło się od przedstawień rzeźbionych przez jego prześladowców, odwróci się od przedstawień sakralnych. Sztuka jego przeszłości nie jest już przeszłością jego sztuki.

Dzieła zmarłych artystów trwały dzięki oddziaływaniu na wiernych; marmury zgromadzone w kolekcjach papieskich nie zwracają się już do wiary, a swoją nieśmiertelność zawdzięczają przynależności do świata irrealnego, którego nigdy nie znało chrześcijaństwo; ten świat jest celem malarzy Watykanu, lecz poza nim oddziaływać nie mogą: kiedy kardynał z Tortosy, Wielki Inkwizytor i dawny preceptor Karola V, przychodzi po Leonie X i po raz pierwszy ogląda sklepienie kaplicy Sykstyńskiej, zamierza je zniszczyć.

«Hadrian VI potępiał nagie ciała», pisze Vasari. Surowość aktów Michała Anioła nie pozwala na przypisywanie tego zamiaru samej tylko wstydliwości. Kontrreformacja nie narodziła się jeszcze, a człowiekiem, który najbardziej gardził *Sądem Ostatecznym,* nie był surowy papież, ale Aretino. Botticelli przed śmiercią mógłby zobaczyć znaczne fragmenty malowideł na sklepieniu i w Stanza della Segnatura. Czy możliwe, że ujrzałby w nich tylko idealizację ziemskich widoków, że nie dostrzegłby przeczuwanego zwycięstwa sztuki nad światem Boga – zwycięstwa, któremu wszystkie środki są już podporządkowane? Sztuka chrześcijańska zmienia sposób przedstawiania, ponieważ zmienia świat nadnaturalny; ale nic nie zmieniło się dla nowego papieża, dla którego dziedzina, funkcja i przeszłość sztuki są takie same jak dla Grünewalda: jego *Ołtarz z Isenheim* nie jest jeszcze gotów, kiedy Rafael rysuje kartony do *Pożaru w Borgo.* Czy Hadrian VI lepiej potraktowałby nagich młodzieńców Michała Anioła, gdyby byli ubrani? Co robią w kaplicy ci *Ignudi,* skoro to ani święci, ani aniołowie, ani świadkowie? Świat uprawniający obecność aktów nie istnieje dla Hadriana VI. A gdyby go znał – on, który nie urodził się w bibliotece medycejskiej, ale w skromnym i żarliwym środowisku flamandzkim Braci Wspólnego Życia, potępiłby go mocniej jeszcze: nie rozumiał bowiem, że te heroiczne akty nie przedstawiają osób żyjących, a nie zgodziłby się na hołd złożony Bogu przez świat rywalizujący z boskim.

Michał Anioł przystałby na zniszczenie swego dzieła, gdyby to uznał za konieczne dla reformy Kościoła. Ale nie zmieniłoby to jego woli sławienia człowieka stworzonego przez Boga. Nic nie zwycięży tej woli – podzielanej przez całe Włochy – która wzbroni mu dawać ucha przepowiedniom Lutra, nawet kiedy jego własna wiara nabierze augustyńskich akcentów; kiedy z konfliktu tych akcentów z bohaterskim wezwaniem narodzi się dostojna dwoistość *Sądu Ostatecznego.* Podczas pracy nad ostatnią *Pietą* oznajmi, że każde wielkie dzieło jest pochwałą Boga, bo wszelki geniusz od Boga pochodzi. Myśli tak, kiedy maluje akty z Sykstyny; artyści i społeczeństwo włoskie, z papieżem włącznie, do sztuki stosują wówczas zdanie św. Augustyna: «Piękno jest pochwałą, którą natura kieruje ku Bogu». Ale Michał Anioł wie, że ta pochwała rozbrzmiewa w świecie nieznanym Wielkim Inkwizytorom; i że w świecie, gdzie może malować *Stworzenie człowieka*, może też rzeźbić *Apolla, Brutusa* i *Ledę*; w nim Rafael umieszcza zarówno *Szkołę ateńską*, jak *Dysputę o Najświętszym Sakramencie* i *Galateę*, a Tycjan – *Wenus*...

6

Na miejsce Hadriana, zmarłego po roku pontyfikatu, przychodzi znowu Medyceusz, Klemens VII. Ale chrystianizm medycejski kończy się wraz z chwałą Leona X. Wiadomość o buncie Lutra przyjął z obojętnością, o śmierci Rafaela – z rozpaczą.

Śmierć Piera della Francesca, Verocchia, Botticellego przeszły nie zauważone; żal za Rafaelem jest powszechny. Po raz pierwszy chrześcijaństwo czuje się ograbione śmiercią artysty.

Wraz z Rafaelem znika sztuka Watykanu. Zniknęłaby też, gdyby Rafael żył jeszcze. Przed śmiercią namalował *Madonnę z perłą* zapowiadającą manieryzm; i *Świętego Michała* z Luwru, który wraz z *Ignudi* Michała Anioła poprzedza barok. Przedstawienia Rafaela coraz bardziej były przekonywające – co nie znaczy: coraz bardziej wierne; światło coraz bardziej skontrastowane, ruch coraz bardziej teatralny; wszystko to wiodło od *Sposalizia* do *Przemienienia Pańskiego*, od uroczystych filarów w *Szkole ateńskiej* do Salomonowych kolumn w *Uzdrowieniu chromego*. Ewolucji fresków w stanzach nie przypisujmy za bardzo kontynuatorom Rafaela: gdyby żył, *Zwycięstwo Konstantyna* byłoby lepsze, ale nie byłoby podobne do *Parnasu*. Uważał zapewne, że *Wygnanie Heliodora* i *Uzdrowienie chromego* złączą się z antykiem w nieśmiertelności, tak samo jak *Szkoła ateńska*. Ten sławny fresk przynależy do pewnej epoki w dziele Rafaela, jak *Miłość ziemska i Miłość niebiańska* do pewnej epoki w dziele Tycjana; i nikogo nie zdziwi tu Alcybiades w pióropuszu, który jakby zapowiadał Ariosta; Aleksander Sodomy będzie do niego podobny. Określając *Szkołę ateńską* jako klasycyzm i przydając temu terminowi wiadomego znaczenia, Europa definiuje ją *estetycznie* i łączy ze sztuką Giorgione'a, Correggia, Michała Anioła i Tycjana z okresu ich młodości. W rewolucji, która przyniosła sławę artystom i w sposób decydujący zmieniła pojęcie chrześcijaństwa o sztuce, dojrzy poszukiwanie stylu. Ten styl istnieje; ale sztuką Watykanu nie kierowały wartości, które przyzna się jej dziełom z perspektywy oddalenia, a więc oderwanym od prądu, jaki je zrodził: kierowały nią prawa własnej twórczości, kosmos medycejski, irrealność, odsuwająca w cień Prawdę. Zapewne mówilibyśmy inaczej o włoskiej sztuce klasycznej, gdyby Rafael i Giorgione, dożywszy starości, pozostawili nam każdy swoją *Pietà Rondanini;* gdyby śmierć nie naznaczyła akcentem przepowiedni i przykładu owej równonagi, którą możemy podziwiać w ich sztuce, ale która wyraża pewien ulotny czas ich dzieła.

Styl nazwany klasycznym, zaproponowany, a później narzucony Europie bardziej przez Francję niż przez Włochy, odwoła się do rzeźby wieku Peryklesa; Rafael jej niemal nie znał i jego Ateny, znacznie bardziej antyczne od Aten Giraldiego, nie były przecież antyczne: były hellenistyczne jak Ateny Michała Anioła, Wenecji, Fontainebleau i całego XVI wieku. Mędrcy ze *Szkoły ateńskiej* rozprawiają pod mocno manierystycznym posągiem Apolla. Od Quattrocenta aż do schyłku sławy weneckiej marzenie o antyku, często dzięki malarstwu, a czasem wbrew niemu, przyzywa jakby balet Armidy...

W Michale Aniele, Correggiu, Tycjanie barok ujrzy swoich proroków; *Uzdrowienie chromego* na pewno nie jest klasyczne w tym sensie co *Szkoła ateńska.* Czy Rafael posługiwał się formą klasyczną w tym fresku, czy manierystyczną i już barokową w kartonie do tapiserii, celem głównym i niezmiennym jego sztuki była irrealność, której tylko on mógł nadać kształt. Choć Juliusz II *Szkołę ateńską* widział jako spektakl, który malarstwu zawdzięczał swoją harmonię, doskonałość, a nawet majestat, to Rafaela uważał za twórcę cudownej iluzji, «wielki styl» zaś, w rozumieniu papieża, był w służbie kreacji odpowiadającej «najwyższemu dążeniu człowieka», tak samo z nią złączony, jak sztuka mistrza z Moissac z sakralnością. Pracownia Rafaela tyle znaczyła dla Italii, co gotyckie place budowy dla chrześcijaństwa. Podziwiano *Dysputę o Najświętszym Sakramencie* na równi ze *Szkołą ateńską, Ofiarę złożoną przez trędowatego* na równi z *Parnasem,* ponieważ na ścianach Watykanu styl budził taki sam podziw, jak porzucenie wyobrażeń komunii w mitologii toskańskiej (fikcja medycejska przeciwstawiona Państwu Bożemu).

Jeśli działanie, jakie wywierał ten rodzaj fikcji, wymyka się nam czy nas zdumiewa, to dlatego, że praktykowały ją wieki, a odrzuca ją współczesne malarstwo; również dlatego, że wiąże się dla nas z teatrem. A jednak Giorgione i Rafael niewiele więcej mieli do czynienia z aktorami niż Verrocchio. Wiedząc, ile sztuka zachodnia zawdzięcza teatrowi i do jakiego punktu do-

116. RAFAEL. UZDROWIENIE CHROMEGO (1515)

szła sztuka oficjalna w rezultacie naśladowania teatru, skłonni jesteśmy sądzić, że w mniejszym czy większym stopniu naśladowało go całe malarstwo. Ale dla starożytnego Wschodu, Azji, państw prekolumbijskich, Grecji, a nawet Rzymu istniały przede wszystkim maska i balet rytualny. Aktor występujący w misteriach (poniechanych w dwadzieścia osiem lat po śmierci Rafaela) nie grał roli Chrystusa czy Judasza, ale był nimi; i jeśli rzeźbiarze w misteriach znaleźli elementy reżyserii, to na pewno nie znaleźli w nich twarzy Chrystusa. Sklepienie Sykstyny i Stanza della Segnatura były gotowe, zanim zaczęto w Rzymie traktować teatr poważnie. W alegorycznych spektaklach w Toskanii i Veneto aktor śpiewał albo recytował swoją rolę; kiedy Michał Anioł rzeźbił grobowiec Medyceuszy, wędrowni komedianci ustawiali swoje estrady przed oberżami. Giorgione, Tycjan i Veronese, którzy zdają się wynalazcami opery, umarli zanim otwarto pierwszą salę teatralną w Wenecji. To nie teatr, ale sztuki plastyczne wymyśliły *Colleoniego,* dziedzica Zwycięstw, postacie ze *Szkoły ateńskiej,* balet, który wydłużone figury manierystów północnych będą tańczyły wzorem nimf Botticellego i Mantegni, Wenery nie mające wzoru, *Brutusa,* symbol Brutusa nie istniejącego, postacie z ducha legendy; w sposób mniej prawdziwy niż Prawda – co jednak stało się z Prawdą? – ale bardziej prawdziwy niż natura ukazują one twarze, poprzez które tajemniczy utwór sceniczny, zwany życiem, nabiera akcentu nieśmiertelności.

Ale kosmos, który był dziełem fikcji włoskiej, niedługo miał przeżyć chrystianizm medycejski tak w krajach katolickich, jak w protestanckich. W siedem lat po śmierci Rafaela łucznicy niemieccy konetabla Karola de Bourbon dobrodusznie przekłuli oczy filozofom ze *Szkoły ateńskiej,* idąc w ślady łuczników arabskich, którzy uczynili to samo książętom z fresków sasanidzkich. Rzym przyszedł do siebie jeszcze przed końcem wieku, ale oślepiony świat ze Stanza della Segnatura tak samo nie zaznał kontynuacji, jak przelotna potęga polityczna Juliusza II. Ani w Mantui, ani w Fontainebleau, ani w Wenecji.

Cellini na pewno chwali się tylko, kiedy utrzymuje, że zabił konetabla. Byłoby szkoda! Zabiłby człowieka, który zapewnił sławę jego sztuce. Upadek bowiem potęgi Rzymu i zniszczenie stanz nie otworzą pola malarstwu reformacji, lecz mitologii, dla której wzorem będą *Galatea* i *Psyche* Rafaela, oraz historii wywodzącej się z *Zaślubin Aleksandra i Roksany* Sodomy; przyszłość ma jedyny sławny zespół rzymskiego malarstwa świeckiego, to jest Farnesina, której bezpośrednim dziedzicem jest Palazzo del Tè.

«Wielki styl» przetrwał tylko w dziele Michała Anioła, a nie jest to styl chrystianizmu medycejskiego. Ale oto pojawia się hełm *Myśliciela* – stylizowana paszcza lwa – i jego cyzelowany pancerz... Dlatego *Myśliciel* stał się prekursorem manieryzmu, nad którego kołyską trwa jego milcząca medytacja. Kaplica

117. SODOMA. ZAŚLUBINY ALEKSANDRA I ROKSANY (1512)

Medyceuszy wyraża jednak kosmos, jak Stanza della Segnatura. Zmyślone wizerunki Wawrzyńca II i Juliana, sąsiadujących z Madonną, są dla Michała Anioła ucieleśnieniem Myśli i Czynu. Nie można ich uważać za alegorie, symbole fundamentalnych sił świata, które na swój sposób wyrażał *Colleoni*. Co wspólnego ma *Noc* z aktami, których pozę przybiera? Patrząc na Roksanę i Aleksandra w *Weselu Aldobrandyńskim* można ją sobie wyobrazić – opiekunkę domu Macedońskiego – czuwającą podczas uczt Zdobywcy, o zmierzchu w Persepolis, wznoszącą jego godło ramionami ze scytyjskiego brązu, o świcie, kiedy mają się zjawić indyjskie słonie bojowe... Noc przedstawiano w katedrach, w cyklu Stworzenie Świata, jako figurkę o zawiązanych oczach; *Noc* Michała Anioła przywołuje nieznaną katedrę, sklepienie Kaplicy Sykstyńskiej, gdzie żywioły zajęłyby miejsce proroków. W zniewolonej Florencji rzeźbiarz przyda jej głosu pokonanej Pallady: «Nie budź mnie: mów cicho...»

118. RAFAEL. TRIUMF GALATEI (1511)

119. MICHAŁ ANIOŁ. MYŚLICIEL (1524–1531)

Kiedy Giulio Romano w Palazzo del Tè maluje dzieje Psyche, by przeciwstawić je walkom Tytanów, czy rzeczywiście chce na miejsce Żywiołów wprowadzić Rozkosz i Siłę? Znacznie bardziej niż o ten manicheizm kosmiczny troszczy się o połączenie *Ignudich* Michała Anioła z *Parnasem* Rafaela, a zwłaszcza z freskami z Farnesiny. Otwarcie odwołuje się do mistrzów – *do dzieł sztuki*.

Manieryzm mantuański nie pragnie wyrażać tajemnego porządku świata, odwołuje się do form, które go ukazały. Po porządku watykańskim nie przychodzi nowy porządek chrześci-

120. MICHAŁ ANIOŁ. NOC (1526–1531)

jański czy jakiś porządek duchowy: to narracyjna mitologia, gdzie Chrystus Rafaela musiałby budzić zdumienie; Mit porzuca tu przykładny antyk dla olbrzymów i nimf, a wkrótce dla rycerskiej i łowieckiej starożytności; na tym Olimpie Wenus stąpa w orszaku Diany, łowczyni z Anet. Jest to mitologia, którą geniusz włoski podbije katolicką Europę: formy średniowieczne nie znikną we Francji dzięki sztuce Leonarda (choć jest on w służbie Franciszka I), Michała Anioła, Rafaela czy Correggia, ale Primaticcia i Rossa.

Od Rafaela z Farnesiny do jego ucznia Giulia Romano, od Giulia do jego pomocnika Primaticcia, który dzieło swe zaczyna

121. GIULIO ROMANO. JOWISZ PIORUNUJE TYTANÓW (OK. 1534)

w Mantui – rozciąga się królestwo opowieści mitologicznej, wpierw pod patronatem bankiera Chigi, potem książąt Gonzaga, wreszcie króla Francji. W Mantui, jak i w Farnesinie, a także w Watykanie po śmierci Rafaela, Giulio Romano kontynuuje wiernie ostatnią fazę twórczości swego mistrza, do której odwołuje się też Parmigianino; kiedy posyła jednak Primaticcia (dziedzica zresztą Parmigianina), aby wraz z Rossem, posłanym przez Michała Anioła, wykonał największy cykl fresków świeckich, jaki zna chrześcijaństwo – malarstwo nie wyzwalając się od Rafaela i Michała Anioła, wyzwala się od ich demiurgii.

Demiurgią nazywam władzę, dzięki której wymyślone postacie wielkich artystów irrealności triumfalnie rywalizują z istotami ludzkimi i stają się równie żywe jak one. Tę władzę wiek XIX przypisze postępom naśladownictwa; jeśli jednak akty ze sklepienia Sykstyny są bardziej przekonywające niż akty Botticellego, to nie więcej w nich wiernego naśladownictwa. (Działanie ekspresjonizmu, karykatury polega właśnie na braku wierności.) Otóż manieryści, którzy nie chcą być bardziej wierni niż ich poprzednicy, nie chcą też być bardziej przekonywający. Michał Anioł pragnie sztuki górującej prawdą nad światem zewnętrznym; oni – tylko się od niego różniącej. *Madonna o długiej szyi* Parmigianina, porównana z *Madonną* Rafaela czy Leonarda, wygląda na robotę złotniczą. Jedną z głównych cech manieryzmu we Włoszech, a potem w Europie XVI wieku – jak w każdej cywilizacji – jest wprowadzenie stylizacji w miejsce stylu.

Słowo: manieryzm, jak wiele innych zawdzięczające swój sukces podwójnemu znaczeniu – ponieważ «manieryczny» nakłada się na manierę, sposób – odnosiło się do trzech rozmaitych rodzajów sztuki: do sztuki autorów pastiszy czy epigonów, idących za «manierą» wielkich mistrzów, i można ją pominąć; do sztuki «formalistycznej», czyli Pontorma; wreszcie do sztuki wdzięku i elegancji, którą symbolizują postacie Parmigianina i szkoła z Fontainebleau.

Od kilku lat termin: manieryzm obejmuje całą niemal sztukę włoską czy italianizującą (w tym El Greca), która przyszła po Rafaelu i była na niego reakcją. Otóż jeśli sztuka manierystyczna zjawia się po Rafaelu i Correggiu, zmarłych młodo, to rozwija się jednocześnie ze sztuką Michała Anioła i Tycjana; Pontormo i Rosso czcili Michała Anioła; współcześni Parmigianina, twórcy postaci manierystycznych najbardziej zaraźliwych, zarzucali mu, że przesadza uważając siebie za kontynuatora Rafaela.

Jednakże pewien zakres form i kolorów jest wspólny większości manierystów z Parmy, z Toskanii, z Fontainebleau, nawet jeśli to Flamandowie czy Holendrzy; tą wspólnotą można objąć wiele dzieł El Greca, Rafaela z ostatniego okresu, Tintoretta z pierwszego, a w sposób subtelniejszy i postaci Michała Anioła z Kaplicy Medyceuszy. Niemniej niepodobna pogodzić sposobu przedstawiania Pontorma i Bronzina z Beccafumim; znaczenia El Greca ze znaczeniem malarzy z Fontainebleau; jeśli zaś *Myśliciel* przypomina – bardzo nieznacznie – *Jeana de Dinteville* Primaticcia, to tylko dzięki ornamentom. Michał Anioł, podobnie jak Tycjan, spotyka manieryzm na drodze do najbardziej urzekającej irrealności wieku; El Greco znajduje w nim formy, których użyje do własnych celów. Manieryzm, w najszerszym rozumieniu słowa, przychodzi po klasycyzmie i zagarnia go nie bez wahań, a dzieje się tak dlatego, ponieważ historia sztuki, którą rządzą formy, przychodzi na miejsce historii sztuki, którą rządzą dawne koncepty realizmu i idealizacji. Jeśli jednak historyk form może przystać na manieryzm zaczynający się od Pontorma i kończący się ze śmiercią El Greca (pod egidą kaplicy Medyceuszy?), to intencja, proces twórczy, ambicja malarzy, których symbolem jest Parma i Fontainebleau, radykalnie różnią się od intencji, procesu twórczego i ambicji Michała Anioła, wielkich

Wenecjan i El Greca. Manierystów tradycyjnych – Celliniego, Parmigianina, Pontorma, Beccafumiego, Primaticcia, Jana Matsysa – charakteryzuje zakwestionowanie demiurgii przez stylizację.

Zaczyna się to we Florencji, w dziele Pontorma. Epizodycznie, ponieważ Pontormo, jak tylu innych manierystów, jest eklektykiem, a jego najlepsze obrazy przez długi czas uważano za obce manieryzmowi. Ale kiedy dziedzicząc formy po Michale Aniele używa ich do innych celów, jego zerwanie z demiurgią staje się jednoznaczne, niepokojące zaś tym bardziej, że wiadomo z jaką pasją studiował ryciny Dürera.

To odkrycie Dürera nie powinno nas naprowadzić na myśl, że mistrzowie Quattrocenta nie znali zupełnie sztuki północnej; w roku 1450 w Neapolu więcej wiedziano o Rogerze van der Weyden niż o Masacciu. Ale sztuka północna nie miała ani swojego surowego stylu, ani Donatella, czy później – Botticellego; drogi rozeszły się na długo przed Juliuszem II, kiedy Italia wymyśliła irrealność.

Za bardzo zależało jej na środkach wyrazu, które czerpała ze swej zgodności ze świadectwem zmysłów, by nie dostrzec dzieł powstałych na Północy. Nie możemy jednak porównywać tego, co znała na początku wieku, z okresem, kiedy rozpowszechniła się rycina. Grafika tworzyła wspaniałe formy własne; ponadto przekazywała dokonania innych sztuk, czego nie zdołał uczynić ani drzeworyt, ani miedzioryt włoski. Odkąd jednak Marcantonio Raimondi zajął się rytowaniem głównych dzieł włoskich, grafika włoska zdobyła taką samą popularność co niemiecka. Narodziło się pierwsze Muzeum Imaginacyjne, tak samo różne od kolekcji watykańskich, jak nasze Muzeum Imaginacyjne różne jest od muzeów współczesnych.

Dzięki Raimondiemu wielu artystów odkrywa w sztuce świat znacznie bardziej niezależny od pozoru i od wiary – choćby to była wiara medycejska – niż mogli przeczuwać ich poprzednicy; jeśli bowiem grafika do swych przedstawień wprowadza dziedzinę wspólnych odniesień, to wprowadza je też do reprodukowanych obrazów. Przekłada wszystko na czerń i biel; ta monochromia może być przekonywająca, ale nie łudząca. Rysunek nie budzi jeszcze takiego szacunku, jak później: jest brulionem albo wzorem. *Grisaille* występuje rzadko. I nie jest zresztą sposobem reprodukcji, nie zaciera stylów, jak to podstęp-

122. PONTORMO. ZDJĘCIE Z KRZYŻA (1526–1528)

nie czyni grafika, nawet wierna; czerń grafiki przekształca i jednoczy obrazy, jak biel wieków – posągi...

Ta metamorfoza malarstwa północnego tym bardziej działa na malarzy włoskich, im mniej działa na nich żarliwy dramatyzm Niemców. Ich sztukę uważają za archaiczną, gdyż człowiek według ideału Lutra jest im obcy: kiedy ich własna wiara się pogłębia, staje się wiarą Michała Anioła. Nawet w *Czterech jeźdźcach Apokalipsy,* oryginalnym drzeworycie Północy, nie odkrywają innej wiary, ale charakter pisma, a niekiedy sposoby kompozycji. Formy gotyckie nie są dla nich wyobrażonym światem Prawdy: te formy nie odnoszą się już do Chrystusa, jak formy antyczne nie odnosiły się do boskości. Rysunki krążą; znamy rysunki niemieckie, gdzie czternastowieczna stylizacja w woluty zmieniła się w szczególny sposób. Grafika przekazuje Italii arbitralność i akcent tej zmiany, a kiedy jest ręki mistrzów, liczne przejawy niezależności, które nie zamykają się w sposób dostateczny w określeniu «grafika niemiecka»: w sławnej *Melancholii* sposób przedstawienia psa, daleki od konwencjonalnego gotyku, na pewno nie uszedł uwagi malarzy. Deformacja postaci, która dla Niemców nadal wyraża świat Boży w kościelnej łacinie średniowiecza, prowadzi Pontorma – i nie tylko Pontorma – do odkrycia tego, co van Gogh odkryje w rycinach japońskich, a malarze początku XX wieku w rzeźbie afrykańskiej: swobody, nieznanych możliwości sztuki. Co nie znaczy, że van Gogh był uczniem Japończyków...

Może grafika w sposób pośredni ma udział w wyzwoleniu koloru w Niemczech i w Wenecji, co w nie mniejszym stopniu oddziela Grünewalda i Altdorfera od ich poprzedników, jak Giorgione'a i Tycjana? Miedzioryt, a zwłaszcza akwaforta, przedstawiając obrazy – szczególnie gdy dzieje się to po raz pierwszy – uwrażliwiają widza na to, czego w nich nie ma; potęga wyrazu bieli i czerni, «nieznanych naturze», sugeruje brakujące stosunki kolorów. Paleta manierystyczna wielkich

123. KODEKS CZESKI. ŚW. JAN CHRZCICIEL (OK. 1405–1410)

Niemców z pierwszej połowy XVI wieku i wielkich Wenecjan – a potem widoczne położenie koloru – towarzyszą rozpowszechnieniu się grafiki, jak odrzucenie iluzjonizmu przez malarzy nowoczesnych towarzyszy rozpowszechnieniu się fotografii...

Wielcy artyści cywilizacji wcześniejszych, najstarszych nawet, znali utajoną moc sztuki. Artyści Wawrzyńca Wspaniałego wiedzieli, że podziw dla fikcji świeckiej, dla scen religijnych, które stały się fikcją, nie łączy się całkowicie z podziwem dla przedstawionego na obrazie widowiska, dla wyobrażeń, które ono narzuca, dla opowieści, której służy, dla dekoracji, w której ma udział, dla uznanych wartości, które wyraża; ale wiedzieli to niejasno. Malarstwo Michała Anioła jest jednym z najbardziej arbitralnych w całej sztuce irrealności, ponieważ kolor mało tu się liczy ze świadectwem naszych zmysłów; ale jego akcenty są nieodłączne od wyrazu wielkości, od tego, co nazywano wówczas wzniosłością. Przy pewnych surowych dziełach z pierwszego okresu manieryzmu wydaje się, że twórczość artystyczna gotowa jest odnaleźć cel w samej sobie; zmienia swoją naturę, przynosi *Złożenie do Grobu* z National Gallery: duch tego dzieła, mimo tylu podobieństw formy, nie pozwala przypisywać go Michałowi Aniołowi. *Nawiedzenie* Pontorma nie odwołuje się do wielkości. Czy odwołuje się do wiary? Pomocniczo. Do piękna? Nie w tym sensie, w którym piękno rozumiano. Wkrótce pojawi się rysunek nie spotykany dotąd we Włoszech, gdzie złamana linia z grafiki niemieckiej, ledwie rozpoznawalna, zdecydowanie (jak w draperiach Pontorma) odbiega od form wcześniejszych. Malarstwo znajduje nową wolność, ponieważ zmierza do nowego celu. Nowością nie jest utajony albo jawny dystans między obrazem a rzeczą przedstawianą, albowiem każde wielkie dzieło figuratywne odwołuje się do tego, co przedstawia, i staje się dziełem sztuki przez to, co je od przedstawionego dzieli: nowością jest zamysł przynoszący ten dystans. Malarz nie spodziewa się go już po tym, co odróżniało dzieła wiary czy piękna od świata zewnętrznego; twórczością objawia tajemniczą wartość, której służy.

Manieryści toskańscy nie pragną jednak «formalizmu czystego», autonomii sztuki, nie ośmielają się o niej myśleć. Była zresztą nieosiągalna: żeby powstała, temat musiałby stracić wartość. Mimo zastygłego ruchu, charakteryzującego akty Rossa w *Córce Jetra* (odnajdujemy go w *Rzezi niewiniątek* Poussina), odwołują się one tak samo do dzieła Michała Anioła, jak mitologia z Palazzo del Té; ocenić je mogą tylko ci, co znają sklepienie Sykstyny; z nimi nawiązuje Rosso nić porozumienia. Dla manierystów, jak i dla ich rywali, znaczenie malarstwa nadal łączy się z

125. PONTORMO. NAWIEDZENIE (1530–1532)

irrealnością. Tyle tylko, że na miejsce irrealności poprzedników wprowadzają własną: ich osiągnięciem nie będzie «malarstwo» w nowoczesnym rozumieniu słowa, ale stylizacja, a często oniryzm.

Sztuka manierystów, która pozostaje w takim stosunku do sztuki Watykanu, jak turniej do wojny, i odwołuje się do nowej wrażliwości widza, na inny sposób podlega książętom niż dzieła watykańskie papieżowi. Jeśli zdaje się, że Pontormo – uważany za «umysł osobliwy» i zmarły w obłędzie – maluje niekiedy wyłącznie dla malarzy (tradycja powiada, że podobnie było z Uccellem), jego następcy na dworach książęcych i na królewskim dworze francuskim odkrywają w aktach Bronzina miękką linię

Ingres'a i «dekoracyjną» arabeskę z Fontainebleau. Przekształcając formy stworzone do wyrażania kosmosu watykańskiego, królestwo Francji – bliższe duchem Wawrzyńcowi Wspaniałemu niż Leonowi X – znajduje ukoronowanie dworskiego malarstwa...

Czy sztuka Fontainebleau mniej jest związana z blaskiem Walezjuszy niż malarstwo na złotych tłach z marzeniami i świętami Medyceuszy? *Porwanie Prozerpiny* Niccola dell'Abbate to orkiestracja *Porwanie Dejaniry* Pollaiuola... A jednak stylizacja, poprzez którą Primaticcio wprowadza sztukę arabeski na miejsce sztuki Watykanu (odwołuje się do niej), zmierza w odwrotnym kierunku niż Botticelli, kiedy po świeckiej sztuce gotyckiej malował *Wiosnę:* przypomina stylizację, która po postaciach z katedr przyniosła proroków o brodach układanych w woluty. Odegra rolę łaciny poetów, nie zaś łaciny Kościoła.

Najlepszym tłumaczeniem włoskiego słowa *maniera* byłby styl indywidualny (w tym sensie, w jakim mówimy o stylu Botticellego, a nie o stylu gotyckim). Wszyscy manieryści są stylistami w tym rozumieniu, jakiego nabiera określenie w zastosowaniu do poetów, szczególnie symbolistów, łączących «pismo» z marzeniem. Parmigianino ma w sobie coś z Mallarmégo, jak on urzeczony łabędziem, cyzelatorską robotą, twórczą deformacją... Malarz rozporządza pełną świadomością nowej władzy, którą symbolizuje dłoń-kwiat Madonny w *Madonnie o długiej szyi:* jest nią stylizacja bryły; nie taka, jak u mistrzów surowego stylu, czy nawet u Pontorma, w tej dziedzinie ich spadkobiercy: Parmigianino chce niejako przymusić objętości do tworzenia arabeski – nadać im giętkość, ozdobność, bogactwo, gdy styl surowy wygładzał je i upraszczał. Ten sposób widać tym wyraźniej, że Parmigianino nie stosuje go w portretach. W *Madonnie o długiej szyi* twarz anioła z lewej strony to twarz z portretu *Antea*, zmieniona przez traktowanie włosów i lekką arabeskę, wyraźną już w twarzy Madonny: w porównaniu z

127. ROSSO. CÓRKA JETRA (1523)

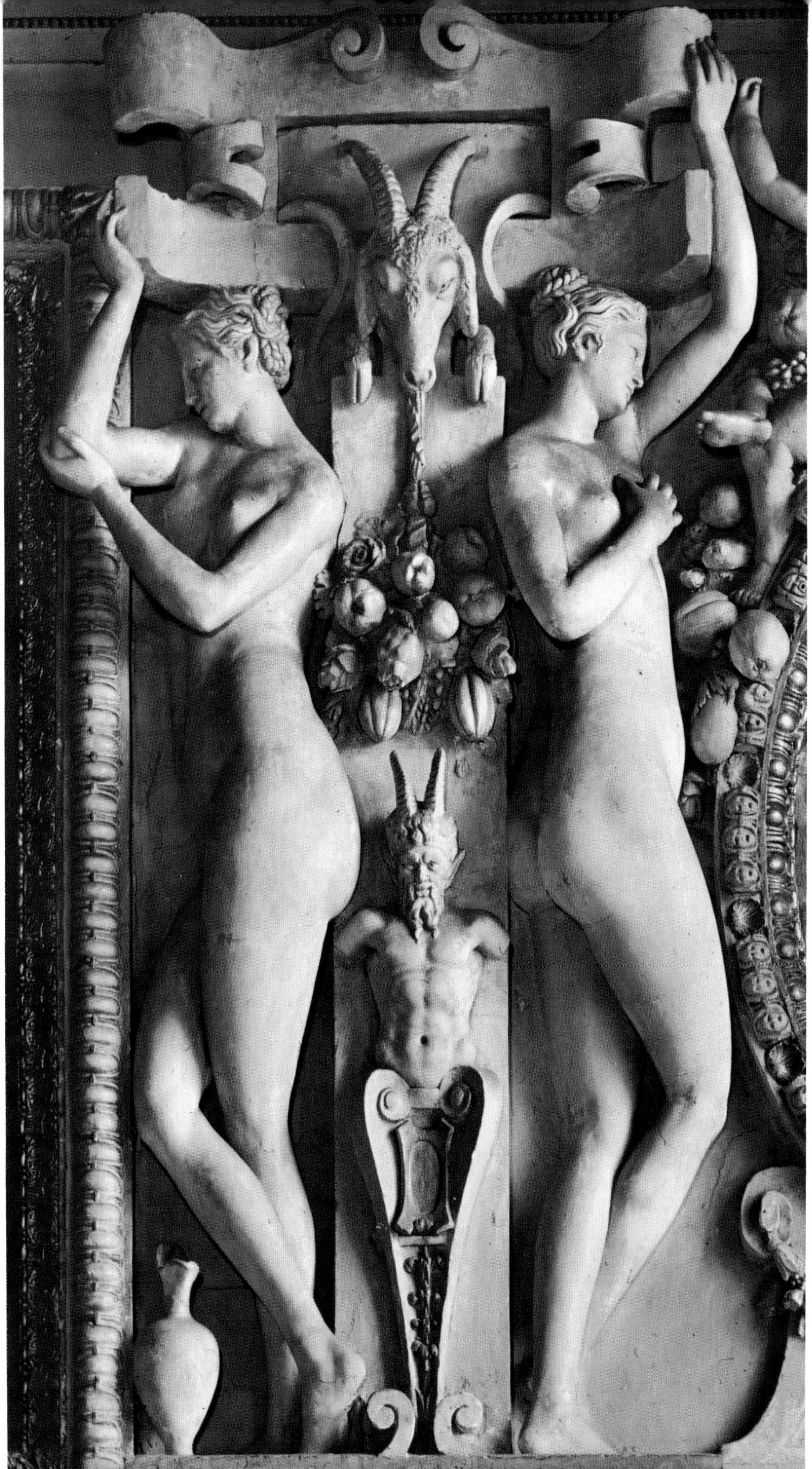

Anteą to robota cyzelatorska. Artysta ma tu na celu stworzenie świata zintelektualizowanego, jak u Leonarda pełnego niejasnych sugestii, onirycznego niemal; zna potęgą jego poezji, jak zna potęgą deformacji. Michał Anioł nauczył jej całe Włochy i można powiedzieć, że Parmigianino oddaje ją w służbę wdzięku, gdy Michał Anioł w służbę siły. Ale siła jego aktów nie jest w naśladowaniu ciał atletów, podobnie jak skrajnie wydłużonych postaci Parmigianina nie jest w naśladowaniu czarujących kobiet; to wydłużenie stanowi element stylu, jak element stylu stanowi twarz z ikony. W sławnych obrazach Parmigianina świat jest jeszcze iluzjonistyczny: cień i przestrzeń wywodzą się z Correggia i z późnego Rafaela. Inaczej jednak we fresku. Parmigianino (zmarły w 1540), jego następcy, a zwłaszcza Primaticcio, który modeluje w stiuku, odnajdują niespotykaną dotąd zgodność pomiędzy arbitralną kreacją i arbitralną przestrzenią fresku.

128. PRIMATICCIO. NIMFY Z FONTAINEBLEAU (OK. 1535)
129. PARMIGIANINO. «DŁOŃ-KWIAT» (OK. 1535–1540)

130. PARMIGIANINO. MADONNA O DŁUGIEJ SZYI (OK. 1535–1540)

Artyści włoscy, którzy do Fontainebleau przybyli w trzy lata po Sacco di Roma, w służbę dworu Francji oddali nowy koloryt. Kolorytu manieryzmu toskańskiego nie tłumaczy arbitralna paleta Michała Anioła, ale użycie światła; Beccafumi nie naśladuje jednak oświetlenia, lecz wymyśla stylizację efektów świetlnych; od stylizacji żąda oddalenia obrazu od sceny przedstawianej, gdy jego rywale żądali tego samego od linii i koloru. To nie światło, ale sztuka tłumaczy liliowe czy zielone akty, które maluje Rosso, jak tłumaczy deformacje nimf malowanych przez Primaticcia i Niccola dell'Abbate w sali balowej w Fontainebleau. Elementy tej palety, dysharmonijnej i wyrafinowanej, która urzeknie Hiszpanię, można by znaleźć wcześniej – od

131. PARMIGIANINO. ANTEA (PRZED 1535)

132. PARMIGIANINO. MADONNA O DŁUGIEJ SZYI, FRAGMENT

pewnych dzieł gotyckich począwszy aż po freski Botticellego; ale niepodobna znaleźć stosunku wzajemnego tych elementów, który prowadzi malarstwo od gamy dur do moll: ani też akordów bladych żółci i szarości niemal liliowej, bieli i ostrej zieleni oraz błękitu, które zapamięta sobie Poussin; ani wreszcie niezależności koloru nie tylko we fresku (przykładem *Pietà* Rossa z Luwru i wiele innych obrazów sztalugowych), z której twórczość wenecka wydobędzie tak potężne efekty.

Innymi jednak środkami i dla innego celu. Irrealność bowiem, do której zmierza Wenecja w swoich świeckich dziełach – szukał jej Giulio Romano nawet w Mantui, Rafael nawet w Farnesinie, i Leonardo i Giorgione – ogranicza się do wyszukanego hieratyzmu, jaki stylizacja manierystyczna wniosła do Mitu. Nimfy, kusicielki, które poezja Parmy powołuje do życia w tylu miejscach Europy – od malowanych przez Parmigianina do *Betsabe* Jana Matsysa – Wenery z Francji, z Antwerpii, z Holandii, wreszcie *Eva prima Pandora,* swoją arabeską, swoją pogardą dla iluzjonizmu przestrzennego zdają się przywoływać freski irańskie (pomyślmy o zwartej i reliefowej linii Cranacha, o gwałtownych skrótach weneckich); kompozycje, gdzie się zjawiają, nabierają podobieństwa do rycin, a może nawet do tapiserii. Zastygły ruch Uccella przypisywano nieumiejętności; podobną zastygłość bogiń, trudną do pogodzenia z ich miękkim wydłużeniem, przypisuje się nieumiejętności raz jeszcze: czas zrozumieć, że chodzi o ważny środek stylizacji, który pojawi się w *Wenus* Tycjana, a nawet w *Zuzannie* Tintoretta. Kopie i odlewy dzieł antycznych oraz mistrzów włoskich zapełniają Fontainebleau; ale malarze mniej odwołują się do nich niż do rzeźbionych kamieni szlachetnych. Leżące albo tańczące nimfy z fresków często są postaciami z ciętych wklęsło gemm. Cellini olśnił dwór francuski. Przedmioty, składające się na paradny rynsztunek, znajdują większe uznanie u wojskowej arystokracji francuskiej niż we Florencji czy w Rzymie, choć hełmy rysował

Leonardo; boginie ze srebrnych tarcz przywodzą na myśl czarodziejkę o twarzy kamei z *Eva prima Pandora*. Ten obraz, w którym kosmos jest nieobecny, prowadzi niejako ze średniowiecznego marzenia do oniryzmu: daleki śpiew ze schyłku wieków średnich napotyka tu śpiew Leonarda i Piera di Cosimo, Dossi – opowieść antwerpską, pamiętającą Karola Śmiałego, bóstwa Nervala chronią się pod opadającymi gałęziami germańskich drzew; wydaje się, że królewska sztuka francuska – w tym samym czasie, kiedy światło, kolor i demiurgia Wenecji olśniewają Europę – szuka w tym oniryzmie innej demiurgii. Marzenie, które dla *Nawiedzenia* Pontorma wybrało miejsce jak z malarstwa Chirico, dla postaci Carona otworzy się na Salwatora

134. ROSSO. AMOR UKARANY PRZEZ WENUS (1536–1537)

Dali i uczyni Ewę z obrazu Cousina, wspartą na trupiej czaszce odziedziczonej po przedstawieniach Vanitas, bardziej siostrę Morgany i Kirke niż rywalkę księżniczki Trebizondy.

Kiedy Jean Cousin i Mistrz Flory malują swoje nimfy, Tycjan ma już za sobą najsławniejsze Wenery; kiedy Caron maluje *Sybillę z Tiburu*, Tycjan nie żyje; śmierć Tintoretta i Carona są siebie bliskie. Manieryzm i geniusz wenecki rozwijają się razem. Ale *zastygły* ruch manierystów toskańskich, malarzy z Fontainebleau, i ruch, który Tintoretto dziedziczy po Michale Aniele – tak odmienne – implikują nie dające się ze sobą pogodzić wyobrażenia przestrzeni. Manieryzm gardzi odkryciami iluzji

135. JEAN COUSIN. EVA PRIMA PANDORA (PIERWSZA POŁOWA XVI W.)

i ekspresji, ponieważ przekształca w stylizację demiurgię watykańską, podczas gdy Wenecja nie tylko chce ją zachować, ale z nieznaną dotąd mocą oddać w malarstwie. Choć wydłużone postacie Parmigianina są u narodzin postaci Tintoretta, ich manieryzm to rzecz drugorzędna w sztuce wielkich Wenecjan. Demiurgia stworzy *Bachanalie* Tycjana, jego nieruchome portrety, charcią linię Ottavia Farnese, kiedy pochyla się przed Pawłem III, a nawet *Nimfę i pasterza; Brutusa* Michała Anioła i *Pietà Rondanini*, arabeskę *Zuzanny* Tintoretta i patetyczną przekątną w jego *Ukrzyżowaniu*, a wkrótce niespokojny hieratyzm ostatnich płócien El Greca. Michał Anioł i Tycjan górują nad manieryzmem, jak górują nad stuleciem. Franciszek I nie sprowadzałby Rossa, gdyby Michał Anioł zgodził się przyjechać do Francji; portrecistą królów i cesarza nie jest Bronzino, ale Tycjan.

Opowieść mitologiczna jest dostatecznie zaraźliwa, by oddziałać nawet na mistrzów weneckich. Ale kiedy manieryzm podbija Europę Zachodnią, transcendencja zagarnia Michała Anioła. Mimo to Bóg św. Augustyna nie odejmie *Sądowi Ostatecznemu* – najbardziej augustyńskiemu dziełu, jakie powstało we Włoszech od zerwania z Bizancjum – akcentu Argonauty. «De profundis clamavi!» woła wskrzeszając zmarłych, podobnych do zwisających chorągwi, których jego herkulesowe anioły wloką ku Sędziemu; ale malując *Sąd Ostateczny* rzeźbi *Brutusa*. Symbolem Brutusa o nikomu nie znanej twarzy staje się wielkość (podobnie jak w przypadku *Colleoniego*, tym razem jednak bez żadnej dwuznaczności), której duszę i rysy wymyśla, jak wymyślił duszę i rysy *Nocy* i *Myśliciela*. Droga od *Niewolników* do *Myśliciela* i od *Myśliciela* do *Brutusa*, podobnie jak od *Miłości ziemskiej i niebiańskiej* Tycjana do jego *Danae*, a potem do *Nimfy i pasterza*, przywiedzie w końcu obu mistrzów ku ostatniej *Pietà* każdego; tak odkrywają swoją autonomiczną potęgę; gdy Michał Anioł i Tycjan umrą, będzie się mówiło, że zamknęli dzieło szkicami...

Malarstwo staje się uprzywilejowaną sztuką demiurgii; dlatego po Tycjanie przyjdzie jedna z najwspanialszych epok malarstwa w historii, gdy wielka rzeźba chrześcijańska kończy się z Michałem Aniołem. Fontainebleau, gdzie stiuk ustępuje miejsca freskom, ogłasza panowanie Diany na dworze królewskim; ponieważ arabeska manierystyczna rozwija się także w architekturze, sztuka Wersalu przyjdzie po sztuce pałacu Farnese; podobnie jak wielkie umysły ze *Szkoły ateńskiej* oddawały honory Chrystusowi Rafaela, odziedziczony po Walezjuszach Olimp oddawać będzie honory Królowi-Słońce. Ale demiurgia wenecka jest równie wolna od tego, co zewnętrzne, jak stylizacja manierystyczna; i chociaż na Północy nazywają Fontainebleau drugim Rzymem, nie zamek w Fontainebleau przyjdzie na miejsce Watykanu, ale pałac Dożów.

136. MICHAŁ ANIOŁ. BRUTUS (1539)

7

Giorgione urodził się w rok tylko po śmierci Karola Śmiałego. Rzym był złupiony; marzenia, które ostały się po wojnach, chronią się w porcie Marco Pola i tu odnajdują wielki sen Zachodu. Wenecja, a nie Florencja, zamówiła u Florentyńczyków złoconego *Gattamelatę* i bohaterski wizerunek Colleoniego. Nie posągom rzymskim, ale czarodziejkom, zgromadzonym wokół kołysek malowanych przez mistrzów z laguny, zawdzięczać będzie Monteverdi Błaganie Orfeusza, a Tycjan bursztynowe drżenie, które moc uszczęśliwiania przydaje jego Wenerom... Wenecja nie jest cywilizacją, ale więcej niż miastem: jak Aleksandria, jak Bizancjum. Może warto pomyśleć o tym, że dłużej niż jakiekolwiek inne żyło w święcie i umarło w masce.

Rzym papieży usłyszał w swoich ruinach głos cesarstwa, który nie całkiem był w zgodzie z miastem często bezbronnym, gdy Wenecja potrafiła poprzestać na urokach commedii dell'arte. Ale poezja, którą wciąż włada na równi z Konstantynopolem i Pekinem, nie ogranicza się do wdzięku Guardiego. Bellini i Carpaccio malowali kominy w kształcie tulipanów, mosty – w kształcie oślego grzbietu; kto wzniósł większość budowli malowanych przez Canaletta? Symbolem Wenecji jest morze widziane z okien pałacu Dożów. Longhi namaluje jego wnętrza, wśród nich to, gdzie nosorożec, ciemny jak trójgraniaste kapelusze, kontrastuje z plamami różu, niczym u Maneta... Nosorożec, maski, suknie; stary Gozzi, który sprowadza do Wenecji księżniczkę chińską Turandot; karnawał, o którym duma Musset patrząc na opustoszały Canale Grande z wolno płynącą pustą gondolą; wieczór, który spada zimą na witryny z marionetkami, gdzie odbijają się placyki bez turystów i czarno-biały kot Scaramuccii – wszystko to są ostatnie cienie nie kończącego się święta, najbardziej urzekającego, jakie znała Europa; i zdaje się niekiedy, że słychać echa jedności upajającej i szalonej, dzięki której ludzie wymykali się ongi czasowi i samym sobie.

Wenecja zawsze była osobliwa i uchodziła za taką. Wschód, który się w niej przegląda, nie istnieje nigdzie – ani w Konstantynopolu, ani w Damaszku, ani w Bagdadzie, ani w Trebizondzie. Czy Bizancjum miało dzwonniczki w kształcie asa pikowego jak bazylika Św. Marka? Persję, Tysiąc i Jedną Noc nawiedzają równie nie istniejące Chiny. Pałac Dożów jest gotycki, jak marzenia ostatnich templariuszy, którzy śnili o ogrodach Mosulu. Kiedy po wyblakłych już bohaterach don Kichota przychodzi królestwo automatycznych lwów Leonarda, gryfów, słonia, którego Wawrzyniec Wspaniały pożycza u papieża do *Triumfu Camillusa*, Wenecja wymyśla Regaty Garbusów, statki przemienione w potwory morskie, akrobatę o skrzydłach anioła po sznurze wspinającego się – nad tłumem – na dzwonnicę Św. Marka; wymyśla taniec ambasadorów karnawału, którzy w obecności ambasadorów prawdziwych królestw i cesarstw «wdzięcznie» składają hołd w imieniu swego kolegi, ambasadora Pigmejów, Królowi Nieobliczalnemu, potrząsającemu srebrnymi grzechotkami. Statki cudzoziemskie przypływają do Wenecji w porze, kiedy kobiety suszą włosy na słońcu: marynarze holenderscy pozostawią zachwycony opis Canale Grande, przystrojonego tymi blond flagami. Z potężnego Państwa Zachodu pozostaje tylko wspaniały szkielet, który San Yuste oddaje w dziedzictwo Eskurialowi: kto wówczas jest spadkobiercą dzielnego księcia i szalonego króla, floty o złotych linach, Balów Muzyki, gdzie pojawiano się w srebrnych strojach haftowanych w nuty z pereł, jeśli nie to miasto, które artyści malowali przybrane, gdy przyjmuje Kościół, i nagie, gdy podbiło Ocean? Jakież inne oświadczyłoby u swego schyłku, że ma stu osiemdziesięciu siedmiu żebraków i jedenaście tysięcy kurtyzan?

137. LEONARDO DA VINCI. PROFIL WOJOWNIKA (OK. 1480)

Marco Polo przywiózł Wschód wśród swoich dukatów i Wenecja zajmując miejsce Rzymu, staje się schronieniem ptaka snów, który z Italii wyfrunął na Europę.

Z poszukiwania feerii jest w pismach Leonarda ów akcent młodzieńczy, czy nawet dziecinny, w tak doskonałej będący zgodzie z jego «niewzruszoną ścisłością umysłu». Stroje i gryfy, które rysował, nie zaspokajały jego głębszych marzeń: jak Rafael

138. LEONARDO DA VINCI. CHIMERA (OK. 1480)

i tylu innych (z Velazquezem włącznie), był organizatorem świąt; zajmował się nimi tak samo, jak machinami wojennymi, a bardziej skutecznie. W Amboise zaprojektował rozmaite urządzenia na ślub Wawrzyńca II z Francuzką, która miała zostać matką Katarzyny Medycejskiej. Niezliczone godziny poświęcił na obmyślanie przebrań i dekoracji: «Lew kroczący, który otwiera pierś pełną lilii» (dla króla Francji); «Zwierzęta wzlatujące, kiedy się na nie dmucha» (dla Leona X); i wiele jeszcze innych. «Kupił jaszczurkę, której przydał skrzydła, ogromne oczy, rogi i brodę, a oswoiwszy ją, nosił w pudełku, skąd ją wypuszczał, by przerazić przyjaciół.» I wszystko to po to, by największy obserwator natury mógł wymyślić Chimerę!

Zdobiące hełmy zwierzę bajeczne czuwa nad światem, który od Leonarda przechodzi do Giorgione'a. Jest ono w doskonałej zgodzie z Wenecją, gdzie łódź zastępuje konia, Otello – Trivulzia, armator – kupca, doża zaślubiający morze – księcia biorącego swe ziemie w posiadanie; z miastem, które w najwyższej cenie ma «cech organizatorów świąt»; z władcą nie pól, ale fal. Milcząca muzyka Giorgione'a, ostatni mieniący się blask Tycjana, mocne położenie plamy u Tintoretta łączą się ze śpiewem cienia: dzięki niemu Leonardo zapowiada Wenecję. Dowodzi tego *Gioconda*.

Tło u Belliniego jest pejzażem; ale czy pejzażem naprawdę jest tło *Giocondy?* Uczniowie Leonarda nie są tego pewni, kiedy malując jego góry, przydają im flamandzkiej dokładności, rozróżniają i porządkują plany aż do horyzontu. Mona Liza – w przeciwieństwie do postaci Rafaela – nie jest umieszczona na tle ogromnej przestrzeni, jak to sugerują wierzchołki skał w głębi. Dolina z prawej górnej strony obrazu ginie w przestrzeni innej niż przestrzeń, ku której kierują się plany pobliskie. Lekki połysk światła na wodzie, nie całkiem zrozumiały przy bezchmurnym niebie, umożliwia położenie szerokiego pasa cienia (na wyso-

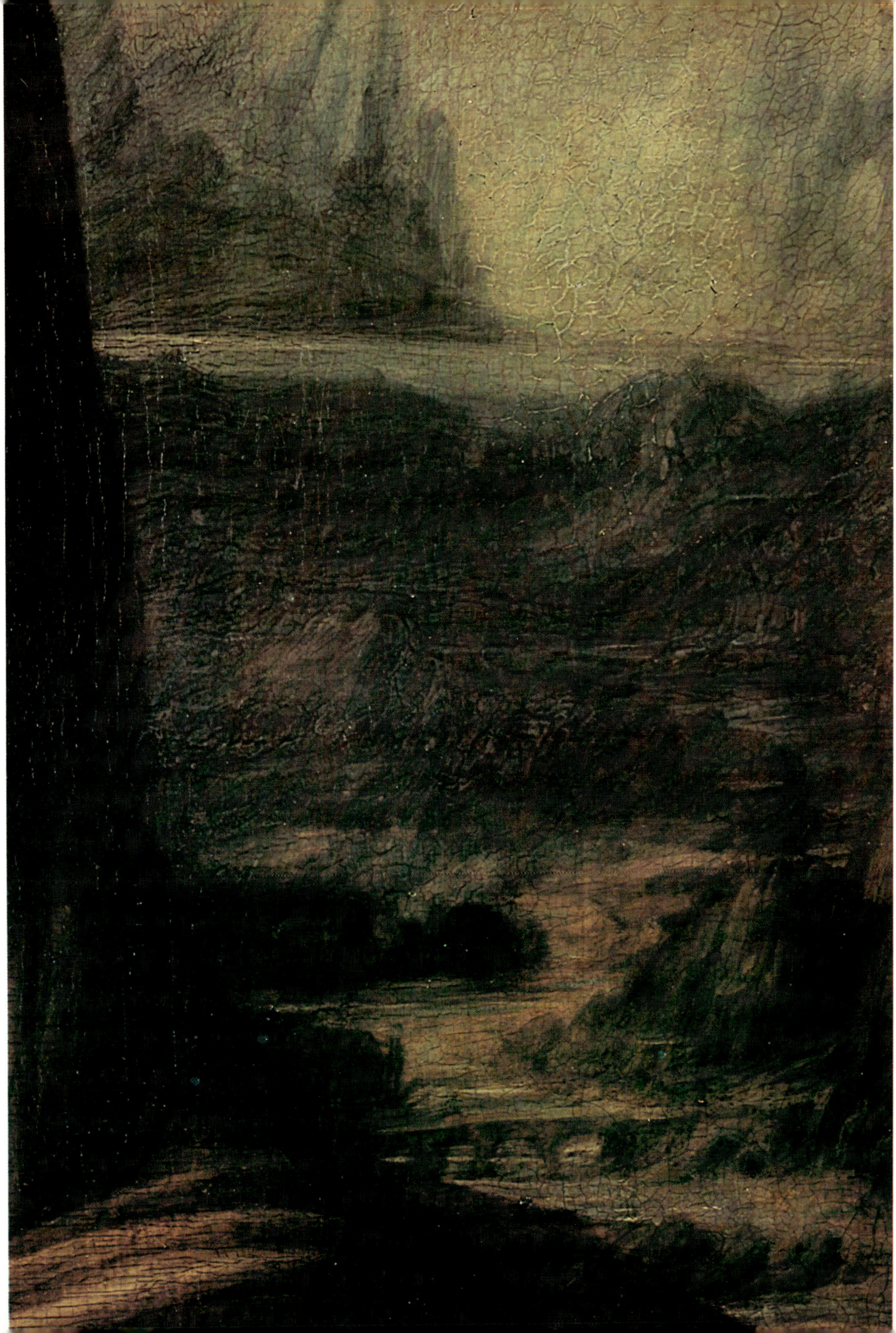

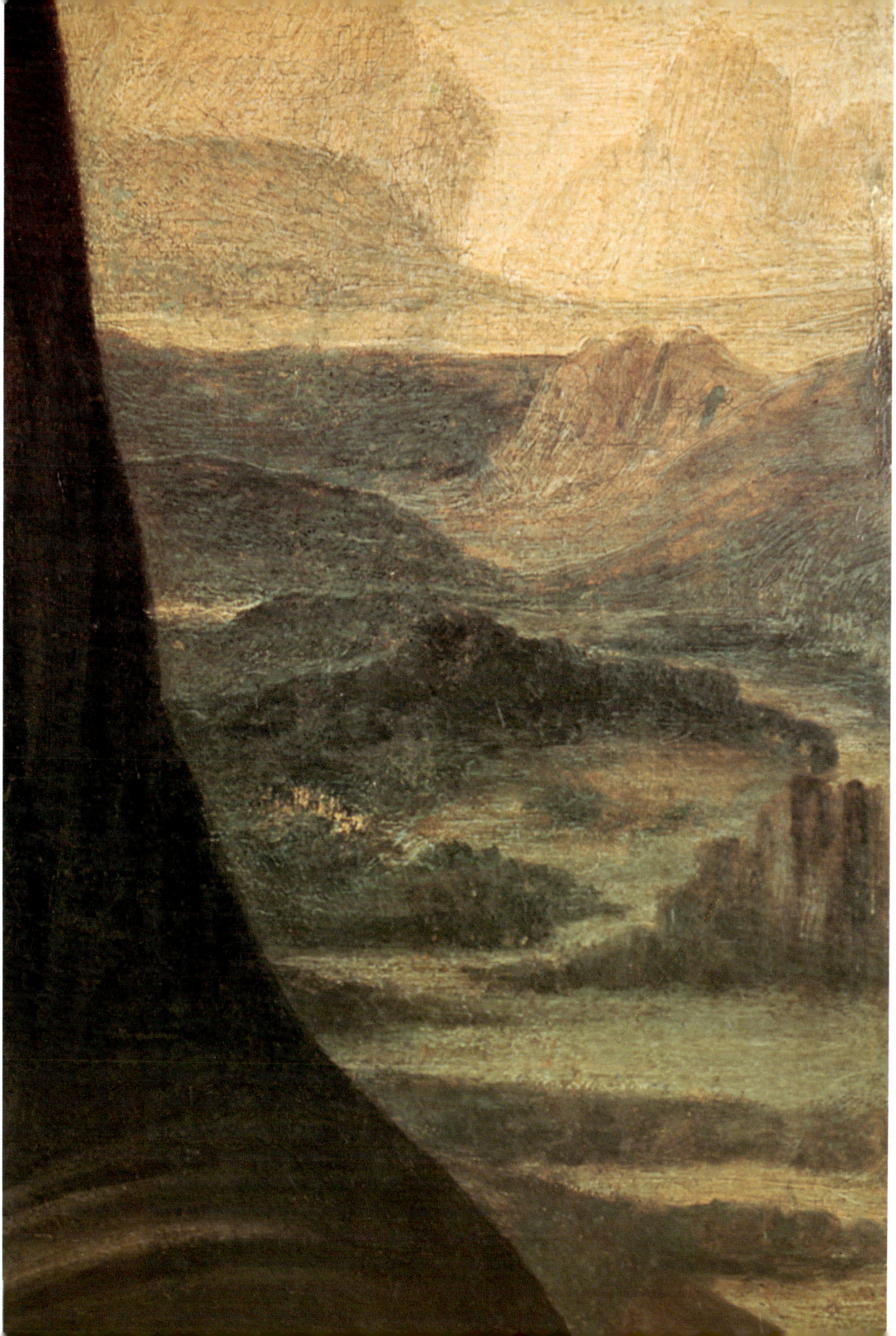

141. LEONARDO DA VINCI. GIOCONDA (1503–1506)

142. KOPIA FLAMANDZKA GIOCONDY (XVI ALBO XVII W.)

143. PIERO DI COSIMO. SIMONETTA (OK. 1480)

kości nosa), co przydaje dolinie irrealności i sprawia, że twarz nie odcina się od bezkresu, ale łączy z nieskończonością. Porównanie *Giocondy* z jej kopią rzymską, gdzie malarz zastąpił tło Leonarda «prawdziwym pejzażem», odsłania jego tajemnice. Leonardo znał dal, znacznie przyczynił się do jej odkrycia, posługiwał się nią, ale się jej nie podporządkowywał. Tło Leonarda tak samo należy do świata poezji, jak tło *Simonetty*, zupełnie zresztą odmienne; to symbol duszy Mony Lizy i dlatego obraz nie jest tylko portretem. Wystarczy umieścić góry Leonarda w prawdziwej przestrzeni (jak to zrobił autor kopii), rozjaśnić dziwną chmurę Piera di Cosimo, aby oba obrazy zmieniły naturę; góry są namalowane równie arbitralnie jak chmura. *Gioconda* jest pierwszym sławnym portretem, gdzie tło spowija postać, jak *Madonna wśród skał* jest pierwszą sceną religijną, gdzie cień sugeruje nieskończoność. Nie chodzi ani o udoskonalenie światłocienia, ani o to, jak *sfumato* stosuje Andrea del Sarto, ani o flamandzkie sposoby odziedziczone przez Wenecję: chodzi o śpiew cienia.

Dla Leonarda cień był uprzywilejowanym środkiem wyrażania tajemnicy wszechświata, której nic nie zdradzi. W ramach tej fundamentalnej zagadki stawiał czy rozwiązywał problemy. Odkrycie krążenia krwi nie tłumaczy racji istnienia człowieka; ani malarstwo. Leonardo nie spodziewał się po malarstwie, że wyjaśni tajemnicę świata, ale że ją ukaże, że znajdzie jej symbole; Pico della Mirandola spodziewał się tego po myśli. Nawet kiedy Leonardo mówi o cieniu jako o sposobie przedstawiania rzeczy widzianych, pozostaje dla niego «tym, co łączy człowieka z naturą», to znaczy z wszechświatem; cień przydaje sztuce Leonarda głębokich brzmień nocy, której nie malował nigdy. Wymyślił cień i dal, żeby móc pochwycić owe rzeczy widziane lepiej niż ktokolwiek przedtem; ale też, by odsłonić sens w nich ukryty. Od monochromatycznego *Pokłonu Trzech Króli* z Uffizi aż do *Św. Jana Chrzciciela* cień jest dla Leonarda zasadniczym środkiem wyrazu. Jak u van Eycka nie oddaje ani barw przedmiotów, ani ciemnych powierzchni; jego tony nie istnieją w naturze. Oddaje stopnie głębi, która nie służy tylko – albo nie służy wcale – do wydobycia duchowości chrześcijańskiej: dzięki temu Madonna i Mona Liza znajdują się w świecie, którego demiurgiem jest on sam. Cień sugeruje malarzom azjatyckim, znającym Europę, duchową perspektywę naszych katedr, o których Bogu nic nie wiedzą. Zapowiada środki przedstawiania, którym jego istota pozostanie obca, ale bliski będzie Wenecjanom. Muzyka Tycjana nie orkiestruje muzyki Leonarda w świecie zewnętrznym, ale w tajemnym świecie, gdzie Mona Liza jest kochanką doży...

Bellini i Carpaccio nie lekceważyli światła: ich nabożne zmierzchy, ich statki widziane z Riva degli Schiavoni mają rozsiane światło, znane w malarstwie od Flamandów począwszy. Ci, co po nich przyjdą, nie odkrywają więc światła ani jego przewagi nad przedmiotem, które spowija. Począwszy od Giorgione'a, dodają do «poważnych tonów» i «spowicia» Leonarda potęgę dźwięków, bez wątpienia mu obcą, i wydobywają z nich melodię koloru, nakładającą się na półmrok zorkiestrowany i świetlisty: *Gioconda* staje się przy tym bezbarwna. Leonardo podświetla niejako kolorem jak malarze chińscy, z którymi w sposób szczególny spokrewnione są jego rysunki «gór i wód» oraz smoki; jak inny mistrz cienia, Rembrandt, odrzuca chromatyzm. Może liryczny cień, nieznany dotąd, służył mu do podporządkowania sobie koloru; ale Wenecja zdobędzie nad nim władzę królewską.

W kolorze, od tak dawna obecnym w Wenecji, nowością nie było nasycenie: i przedtem nasycony kolor miała Ferrara, Siena, Bizancjum. Mozaiki i ikony są liczne w miastach nad Adriatykiem. Malarstwo flamandzkie znało tłuste bogactwo koloru, tak trudne do pogodzenia z freskiem, a tak łatwe z malarstwem olejnym, znało też głębię czerwieni i ciemnych niebieskości. Lecz nawet w czasach, kiedy utajony dysonans, który Wenecja wnosi do malarstwa zachodniego, pójdzie w zapomnienie, a «kolor wenecki» stanie się symbolem wspaniałego ciała na spływającej draperii z brokatu, niepodobna pomylić tego koloru z wcześniejszym. W malarstwie weneckim podziwiamy olśniewający spektakl; czy jednak Zachód zachowa, czy odrzuci jego wkład do barokowej opery, zdobędzie nową władzę nad kolorem.

Ta władza jest tak złączona z Wenecją, że zapomina się o osiągnięciach niemieckich w dziedzinie koloru, od roku 1515 począwszy. Poszukiwania na pewno były odmienne. Bursztynowa mgła, zacierająca kontury weneckie, zdaje się światłem słonecznym, gdy u Niemców kontury znikają pod działaniem nadprzyrodzonego światła: Grünewald i Altdorfer otaczają nim zmartwychwstałego Chrystusa; dziwna tęcza, muzykujące anioły w *Ołtarzu z Isenheim,* zjawy i nimb w *Madonnie ze Stuppach,* to także światło, które daje niespotykaną swobodę w operowaniu kolorem. I nie tylko zaciera kontury przedmiotów, ale buduje: nieba Grünewalda, przytłaczające i krwawe niebo ze *Zmartwychwstania* Altdorfera, góry i niebo z jego *Bitwy Aleksandra;* pozwala malarzom przeczuć ich niezależność. Wraz z tym światłem pojawiają się palety bardzo różne od poprzednich, plama i akcent tym dziwniejsze, że istnieją wespół z drobiazgowym traktowaniem pewnych elementów, na przykład drzew. Czy te odkrycia – związane z poszukiwaniami innej natury, ponieważ Altdorfer maluje pierwsze autonomiczne pejzaże niemieckie – a także Wenecji i manieryzmu mówią o wspólnym wyzwoleniu? Manieryści nadal jednak troszczą się o kontur; mistrzowie niemieccy, nie porzucając zawęźlonej linii swego kraju, wprowadzają do obrazów partie, których liryzm płynie z

144. GRÜNEWALD. KUSZENIE ŚW. ANTONIEGO: FRAGMENT PEJZAŻU (1510–1516)

145. ALTDORFER. ZMARTWYCHWSTANIE (1518)

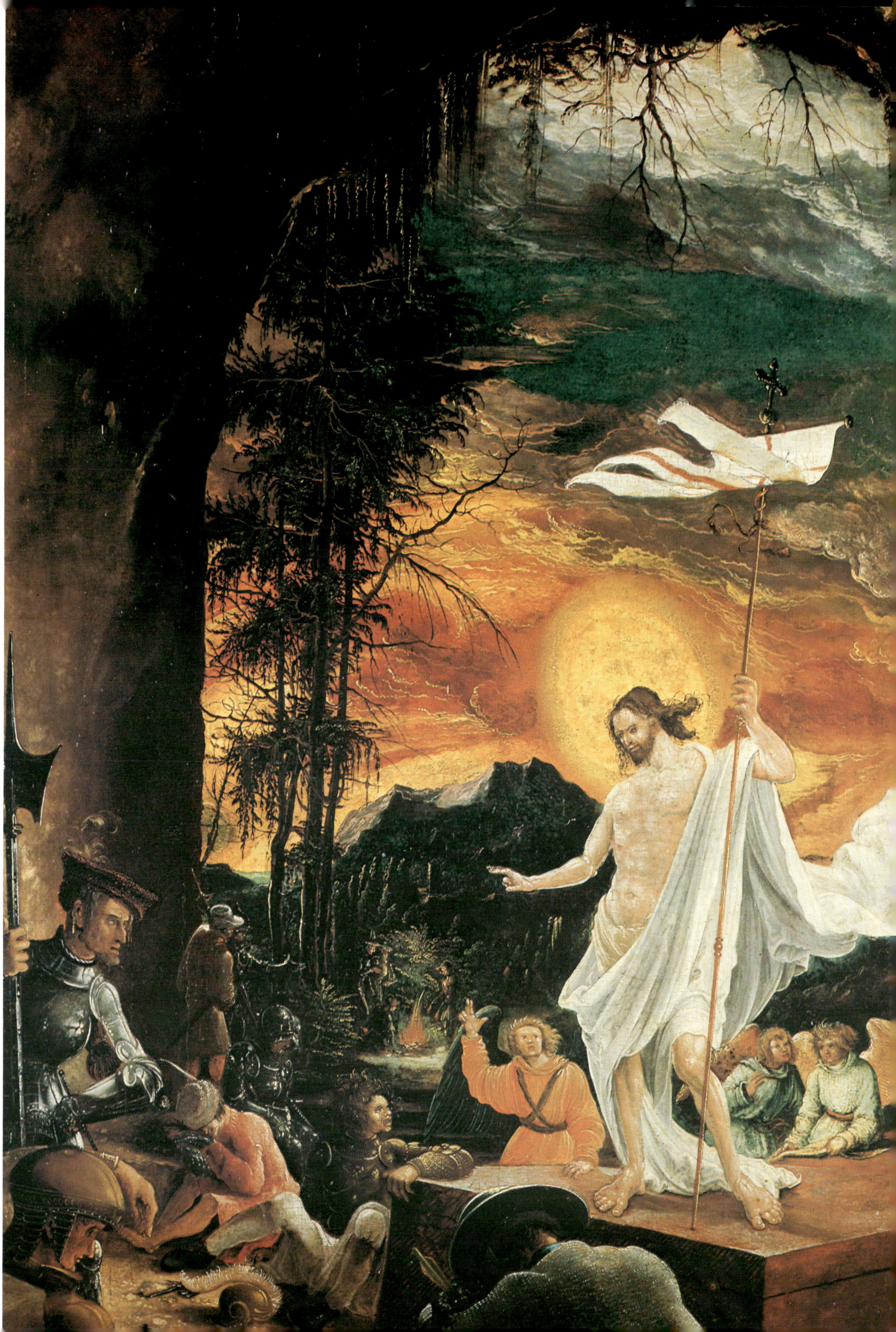

nasycenia koloru wolnego od iluzjonizmu; jego działanie przywodzi na myśl szkic malarski lub wręcz van Gogha. Czy ten kolor potrafi zagarnąć obraz i w ten sposób stworzyć nową sztukę? Nie wystarczy na to czasu: geniusz gotyku północnego nie zdoła przeżyć wtargnięcia irrealności i po śmierci Tycjana żaden malarz nie namaluje Wenus na modłę Cranacha. Wielkie malarstwo niemieckie zniknie; losy koloru rozegrają się w Wenecji.

Ale inne będą drogi i inne cele, ponieważ światło Wenecjan to nie to samo co światło Niemców.

Bellini nie doprowadził do końca *Uczty bogów,* a pewne jego późne dzieła (zwłaszcza *Mit,* gdzie alegoryczny las jest jakby dalszym ciągiem lasów z miniatur) mówią nam, czym byłaby *Uczta,* gdyby Tycjan, który ją kończył, nie przemienił jej w obraz wzruszający: tak wzruszałby Masaccio ukończony przez Piera della Francesca, czy van Gogh przez Rouaulta. Prześwietlona *Uczta* ukazuje pod wielkimi cieniami Tycjana starannie malowane listowie, któremu odpowiadają ptak na drzewie i gładkie pnie z prawej strony, wyraźnie rysując się w zmierzchu jak z Quattrocenta. Ale kiedy zamiast nieba, które Bellini maluje w manierze van Eycka i Botticellego, chrześcijanin Tycjan wprowadza ciemny majestat chmur, a na wzgórzu kładzie spóźniony promień słońca, wydaje się, że wygnał z obrazu światło Chrystusa. Już w świetlistej wibracji Giorgione'a Mit nabierał akcentu Raju utraconego... Od dawna sztuka wzrusza nas zaklęciem, które promienie wieczora kierują ku nieskończoności; może człowiek znał je zawsze, ale żadna poezja na miejsce wiecznej obecności nie wprowadzała wiecznego powrotu...

Gdyby Tycjan umarł po przyjeździe do Rzymu (prawdopodobnie miał wówczas sześćdziesiąt lat), widzielibyśmy w nim tylko trochę bogatszego następcę księcia Giorgione. Tycjan z tego okresu (tylko taki jest w Luwrze) nie zrywa z kosmosem

146. GIOVANNI BELLINI. UCZTA BOGÓW (OK. 1514). (OBRAZ UKOŃCZONY PRZEZ TYCJANA)

medycejskim, podobnie jak jego poprzednik; jak on, nostalgię przemienia w Arkadię, która przeczuwa niejako «wspaniały świat» Poussina; jego *Bachanalia* zapowiada wyraźnie *Królestwo Flory*, a pejzaż w *Wenus z Pardo* – pejzaż z *Apolla i Dafne*. Długo jeszcze za apogeum geniuszu weneckiego uważać się będzie sztukę, która od *Śpiącej Wenus* zmierza do *Wenus z Pardo*.

W dziele wczesnego Tycjana kolor odgrywa taką samą rolę jak w dziele Giorgione'a. Ale przed *Bachanalią*, na dwadzieścia lat przed *Wenus z Pardo*, Tycjan maluje *Wniebowzięcie*. W Santa Maria gloriosa dei Frari wiadomo, co przeciwstawia tę Matkę Boską *Przemienieniu Pańskiemu* Rafaela. Entuzjazmu Wenecji na widok płomienistej Madonny nie budzi iluzja. Przychodzi na myśl zachwyt Florencji i Sieny na widok pierwszych Madonn toskańskich. Choć Madonna Tycjana nie należy do świata Boga – jak one czy Madonny z katedr – to przecież nie należy do ziemi. Odwieczny język koloru – którym we Flandrii przemawiał van Eyck i autor *Ołtarza Portinarich* – w Italii przygłuszył Leonardo swoim *sfumato* i cieniem; we *Wniebowzięciu* kolor odnajduje liryzm ikony, choć Bizancjum uznałoby je za świętokradcze.

Ten poryw koloru znajduje wytłumaczenie w temacie obrazu. Tycjan dowiódł już w *Mężczyźnie w stroju niebieskim*, bardziej niż Giorgione w portrecie z Berlina, co potrafi wspaniała plama koloru; ale tam chodziło o atłas kaftana i z pewną rezerwą można by porównać ten portret z ostatnimi portretami Rafaela. Kiedy po kaftanie przychodzi suknia z obrazu *La Bella*, niebieska plama nie naśladuje sukni, nie odwołuje się już do natury. Czy podobnie było z Madonną z *Ołtarza Portinarich*? Lecz tam kolor należał do Matki Boskiej, gdy tu – do Tycjana. Tak samo jak fiolet *Hipolita Medici w stroju węgierskim*. Kardynał brał udział w walkach Węgrów z Turkami, stąd strój, ale jest rzeczą oczywistą, że chodzi przede wszystkim o jego walory malarskie. Te portrety są równie odległe od portretów Rafaela, jak *Wniebowzięcie* od *Madonny Sykstyńskiej;* nie podziwiamy w nich tego samego, co w *Baltazarze Castiglione*.

Łatwo możemy wyobrazić sobie kardynała Medici namalowanego przez Rafaela i harmonię amarantów równie subtelną jak harmonia szarości w *Baltazarze Castiglione;* ale gdyby Rafael namalował kardynała w tym samym stroju i oświetleniu,

147. TYCJAN. WNIEBOWZIĘCIE (1518)

różnica między dwoma obrazami nie sprowadzałaby się tylko do różnicy dwóch osobowości. Ujrzymy to lepiej jeszcze, jeśli wyobrazimy sobie dwa autoportrety Tycjana, portret Aretina czy cesarzowej Izabeli, namalowane przez Rafaela czy jakiegokolwiek malarza wcześniejszego od Tycjana, nawet Leonarda lub Giorgione'a. Żeby portrety z wyimaginowanych mogły stać się portretami prawdziwymi, musi się zmienić świat malarski. Zmieniło się nie tylko nasycenie koloru, ale i jego funkcja.

Wszystko, co łączy sztukę młodego Tycjana ze sztuką Giorgione'a, wszystko, co poemat wenecki zawdzięcza *Śpiącej Wenus* i promiennym aktom z *Koncertu sielskiego,* przesłania nam istotę odkrycia, które czyni z Tycjana nie tyle prekursora impresjonizmu, ile tej malarskiej dziedziny, gdzie ostatnie pejzaże Renoira są odpowiedzią na pejzaże Rubensa: widać to szczególnie jasno, kiedy *Danae* czy *Diana* Tycjana znajdzie się na jakiejś wystawie nie tylko blisko Giorgione'a i jego uczniów, lecz nawet *Wenus z Pardo*. Po nostalgicznej i muzycznej poezji przychodzi uniesienie; po poszukiwaniu «atmosfery» i tonów – dzięki którym Giorgione, odrzucając to, co Leonardo odziedziczył po malarzach toskańskich, otacza postacie powietrzem, jak Leonardo cieniem – irracjonalne władanie kolorem. Rewolucji, jaka w połowie wieku dokonała się w malarstwie weneckim, towarzyszy przemiana w dziele Tycjana, porównywalna z przemianą Goyi, gdy od kartonów do tapiserii przeszedł do *Rozstrzelania powstańców madryckich,* czy Halsa, gdy po *Cygance* namalował *Regentki*. Wpierw były płomienne zaręczyny ze starożytnością, teraz są zaślubiny; chrystianizm medycejski ustępuje przed zagrożeniem protestanckim, zaczyna się sobór trydencki. Tycjan udaje się do Augsburga i Rzymu. Dzięki pierwszej podróży zostaje oficjalnym malarzem najpotężniejszego władcy Europy, co umacnia autorytet, a przez to i wolność artysty. Jeśli idzie o Rzym, to może musiał się tam znaleźć, żeby w pełni zdać sobie

148. TYCJAN. WENUS Z PARDO (OK. 1560)

sprawę z tego, co od Rzymu go dzieli... Możliwe też, że te podróże grają rolę epizodyczną. Nagłe przemiany są często udziałem mistrzów w ich starości, przede wszystkim Michała Anioła. Czy Tycjana urzekły dzieła młodych malarzy, zwłaszcza Tintoretta? Kontakty między Wenecjanami, Niemcami i manierystami przyczyniły się z pewnością do rewolucji koloru, mniej zależnego od miejsca urodzenia niż rysunek, mniej «narodowego», a przy tym nie odwołującego się do posągów... Kiedy w roku 1550 Arkadia z aksamitu i bursztynowego światła ustępuje miejsca chromatyzmowi, Wenecja żąda od koloru tego, czego żadna cywilizacja, nawet chrześcijańska, nie spodziewała się nigdy po nim.

Odkąd malowane postacie oderwały się od miejsca kultu, żeby wejść do fikcji malarskiej, ich niezależność od otoczenia wciąż rosła; sztuka w Italii i na północy coraz bardziej podporządkowywała się zmysłom. Wiele mówiono o tym, że prymitywi malowali raczej to, co znali, niż to, co widzieli; powiedzmy krótko: usiłowali widzieć to, co znali. Ale czy inaczej postępował Rafael – choć mniej naiwnie – kiedy malował olejno? Jeśli wyrazem kosmosu medycejskiego była Stanza della Segnatura, wyrazem fundamentalnego stosunku chrześcijanina do świata były przedstawienia wspólne Rafaelowi i van Eyckowi, które wydawały się jedyne; i pozostały jedyne do chwili, kiedy Zachód odkrył, że są równie arbitralne jak egipskie, greckie czy chińskie. Wiemy bowiem dzisiaj, że każdy wielki styl figuratywny implikuje odrębny sposób przedstawiania; sposób przedstawiania, oddzielający postacie od tego, co je otacza – tak jak ludzi żywych i posągi – dla Michała Anioła, Rafaela i całego Rzymu *rozumiał się sam przez się;* podobnie egipski sposób przestawiania dla Memfis. Sztuka Watykanu przyniosła suwerenne wizerunki człowieka, samego sposobu przedstawiania nie podając w wątpliwość. Studiowano perspektywę, żeby umieścić postacie w prze-

224

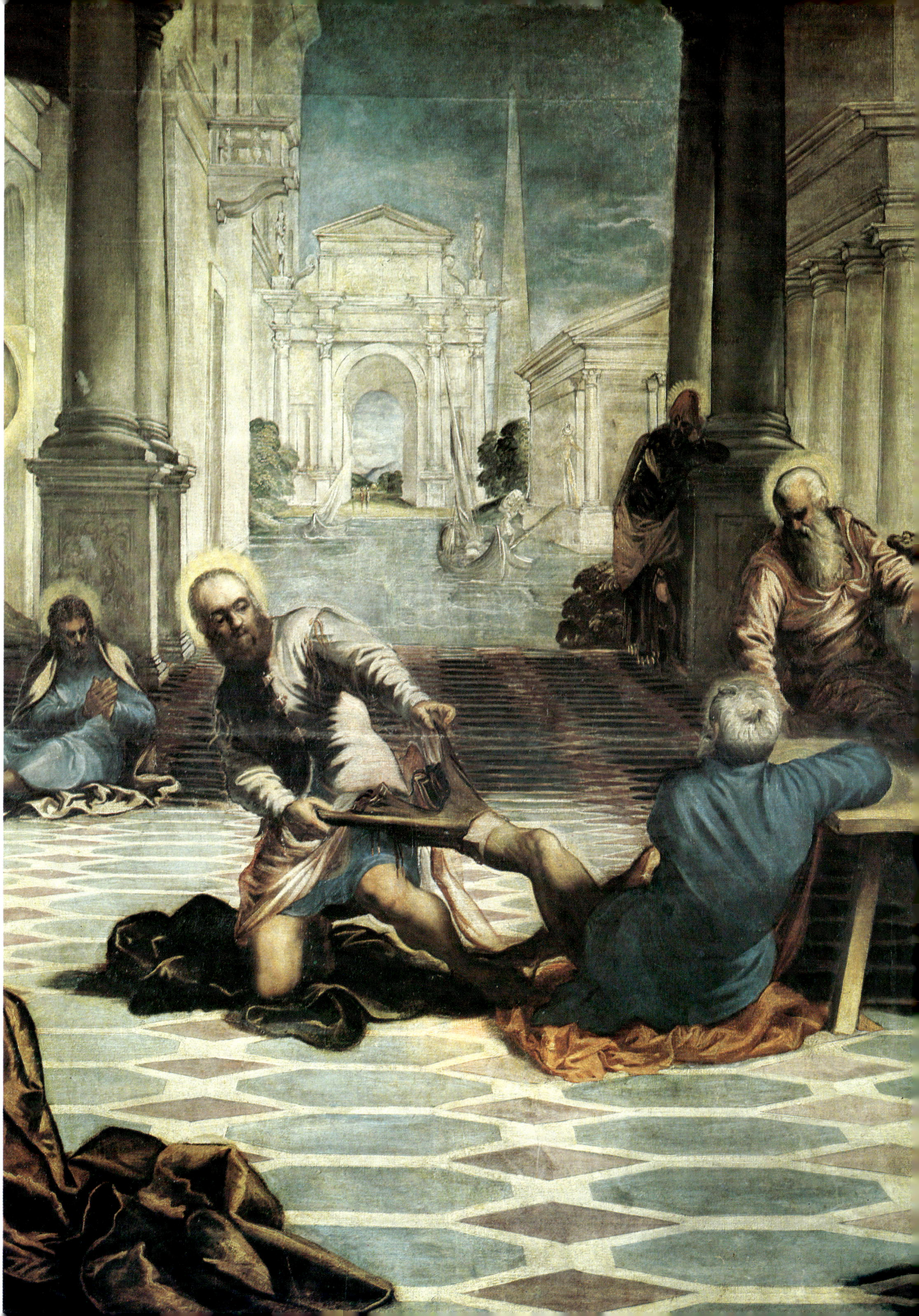

strzeni, a nie po to, by je w nią wtopić; portret Rafaela, mimo zastosowania *sfumato* – i portret manierystyczny także – w nie mniejszym stopniu był rzeźbą pełną niż portret Antonella. Michał Anioł bardziej dbał o rzeźbiarskość aniżeli Flamandowie, których pokorę piętnował: jego malarstwo nigdy nie zapominało o konturze, nieodłącznym tak samo od sztuki florenckiej, jak od ryciny niemieckiej; geniusz toskański był geniuszem poznania i perspektywa toskańska zamykała określone konturem ciała w określonej przestrzeni. Wyobraźmy sobie szlachetną symetrię *Ostatniej Wieczerzy* Leonarda, wpisaną w ścianę Santa Maria delle Grazie, przy otwartej przestrzeni *Ostatnich Wieczerzy* weneckich... Malując obrazy Leonardo zacierał kontury, ale je zachowywał; jego odkrycia uważano za ukoronowanie Quattrocenta, podobnie jak odkrycia Giovanniego Bellini i «atmosferę» Giorgione'a, choć ona właśnie podała w wątpliwość toskański sposób przedstawiania.

Sposobowi przedstawiania, który coraz bardziej mając przekonywać, coraz bardziej stawał się wierny, Wenecja przeciwstawia odwrotność wierności. *Diany* Tycjana olśniewają, ale arcydzieła jego starości zbijają z tropu Vasariego: mówi, że trzeba na nie patrzeć z daleka; inni, nie tak jak Vasari kompetentni, powiedzą, że to zgrzybiałość... Portrety Botticellego były znacznie mniej iluzjonistyczne niż *Leon X* Rafaela; portrety Tycjana są mniej iluzjonistyczne niż *Leon X* i iluzja wciąż w nich maleje; w przedstawieniach Danae jest jej mniej niż w *Miłości ziemskiej i niebiańskiej*, w *Nimfie i pasterzu* – aniżeli w tych *Danae*. Tycjan, autor obrazów mitologicznych, wykonanych dla Filipa II, Tintoretto, autor *Adama i Ewy,* nie malują *rzeczy widzianych* wierniej niż ich poprzednicy; podobnie jak Michał Anioł *wydobywają niewidzialne*. Nikt nie *widział* w naturze obrazów Tycjana ze schyłku jego życia; ani pejzaży takich, jakie są w Scuola di San Rocco; ani ruchów Tintoretta pochwyconych w oszałamiających skrótach (nie mających nic wspólnego z iluzjonizmem); ani jego światła. Wenecja nie chce zniszczyć iluzji, chce w całej swobodzie przydać jej swoje środki. Na miejsce demiurgii, szanującej rzeczy widziane – przynajmniej w tym stopniu, w jakim maskowała się «naśladownictwem wiernym ideałowi» – mistrzowie weneccy wprowadzają nową: światło nie jest już słońcem, cień – brakiem światła, przestrzeń tym, co nas otacza, ruch – ruchem widzianym, kolory – znanymi nam kolorami, choć są do nich podobne. Wenecjanie ogłaszają to, co przeczuwali wszyscy wielcy malarze, gdy malowali świat irrealny: że irrealność malarska czerpie swą wartość ze szczególnych relacji pomiędzy formami, materią malarską, malarskim światłem i cieniem, a farbami rozcieranymi w pracowni.

Dowodem niezwykłe figurki – tak ważne zajmujące miejsce na oddalonych planach obrazów – które przetrwają aż do Velázqueza. Zachwyca nas swoboda, z jaką artyści traktowali marginesy malowideł – na przykład predelle w epoce Quattrocenta; ale najśmielej malowane predelle Fra Angelica i Signorellego nie zapowiadają ich przyszłych dzieł; natomiast dwaj obserwatorzy gwiazd w *Pokłonie Betsabe* na swój sposób zapowiadają postacie ze Scuola di San Rocco. Wyjątek, ale nie przypadek, ponieważ te dwie postacie przypisywano rozmaitym artystom, a dopiero w końcu Tintorettowi; i wyjątek znamienny, ponieważ niezależnie od tego, czy ich przeznaczeniem była dekoracja, mówią o swobodzie, której Tintoretto nie uważa jeszcze za uprawnioną, ale o której nie zapomni.

To swobodne traktowanie widać na rozmaity sposób we wszystkich postaciach oddalonych. Tintoretto nadaje im kształt samym położeniem akcentów światła; ale zdarza mu się nakreślić jasno ich kontur na ciemnym tle, jakby je iluminował. Powoli osiągają niezależność; wpierw są to panny z *Apoteozy Świętej Urszuli,* spokrewnione ze służącymi u manierystów, które oświetla jakieś odległe źródło światła – zapamięta je Rembrandt – zanim staną się figurami z płomienia. Nigdy nie zjawią się na pierwszym planie, ale w *Zuzannie i starcach* z Wiednia szczególną rolę spełnia starzec w głębi, cały w karminach: tę plamę powiększa starzec leżący, aby kolorystycznie zrównoważyć ciało Zuzanny, i to w sposób całkiem odmienny niż w wersji z Luwru. Olśniewającemu orszakowi, który zatrzymuje się na brzegu Jordanu, odpowiada ciemna fosforescencja największej postaci z *Chrztu Chrystusa*. Malarze Watykanu nie

150. TINTORETTO, POKŁON BETSABE: OBSERWATORZY GWIAZD (OK. 1548)

mogliby namalować tego przejrzystego tłumu, ani przemienić ludzi w znaki, co zdaje się symbolizować kres kosmosu medycejskiego. Pejzaże w większości *Wener*, we wszystkich trzech *Dianach*, w *Księciu d'Atri* – a nawet już w *Cesarzowej Izabelli* – kontynuują pejzaż z *Wenus z Pardo:* «pikturalizują» go coraz bardziej. Góry w *Porwaniu Europy* i w *Świętej Małgorzacie*, olśniewające morze w *Hiszpanii ratującej religię,* nie bardziej są

151. TINTORETTO. ZUZANNA I STARCY (OK. 1560)

dalą niż cień odziedziczony po Leonardzie ciemnością, a niebo z ostatnich arcydzieł Tycjana niebem: to *tła*.

Już dla Giorgione'a materia malarska nie była «bogatą materią» Antonella, podziwianą niczym laka, świadectwem wysokiego kunsztu rzemieślniczego; od czasów Giorgione'a ta materia potwierdza obecność malarza w obrazie, mówi o zwycięstwie malarstwa nad iluzją, uzyskanym rozmaitymi sposobami, ale głównie plamą koloru. Leonardo, który tyle potrafił przeczuć, pisze o jej przewagach, ale mało ją stosuje. Natomiast po Giorgione, który chce, żeby rysowano pędzlem – to znaczy, żeby malowano, wpierw nie rysując – plama koloru staje się nieodłączna od geniuszu weneckiego. Pod pewnymi względami jest tym w stosunku do koloru, czym rysunek manierystyczny w stosunku do linii; przez «manierę» danego malarza rozumiemy dziś jego fakturę, pastę, akcenty – znaki jego ręki. Ale wyraźna plama, jeśli ma służyć kolorowi, niszczy linię, którą wzmacniał rysunek manierystyczny. Italia – jak i Vasari – tłumaczy «widoczne wykonanie» oddaleniem, do jakiego wielkie obrazy zmuszają widza; a jednak, począwszy od *Burzy*, malarze stosują je do małych obrazów. Vasari łączy plamę wenecką z plamą fresku; tej drugiej towarzyszy kontur; pierwsza unicestwia kontur, tak samo jak linię. Plama nie dopełnia rysunku toskańskiego, ale wchodzi na jego miejsce. Zdarza się, że jest świetnym środkiem «wykonania», lecz ubocznie: mniej znaczy jako sposób, niż jako czynnik stylu. Od pojawienia się plamy aż do uderzeń pędzlem Tintoretta i nieprzejrzystej, mieniącej się powierzchni ostatnich obrazów Tycjana głównym jej zadaniem, niekiedy wręcz wyzywającym, jest przemiana tego, co zewnętrzne.

Nie przypisujemy już odrzucenia iluzjonizmu technice mozaiki chrześcijańskiej; wiemy, że ta technika była w służbie koloru i formy niezależnych od świadectwa naszych zmysłów. Rzym cesarski uprawiał mozaikę smaltową, której drobne

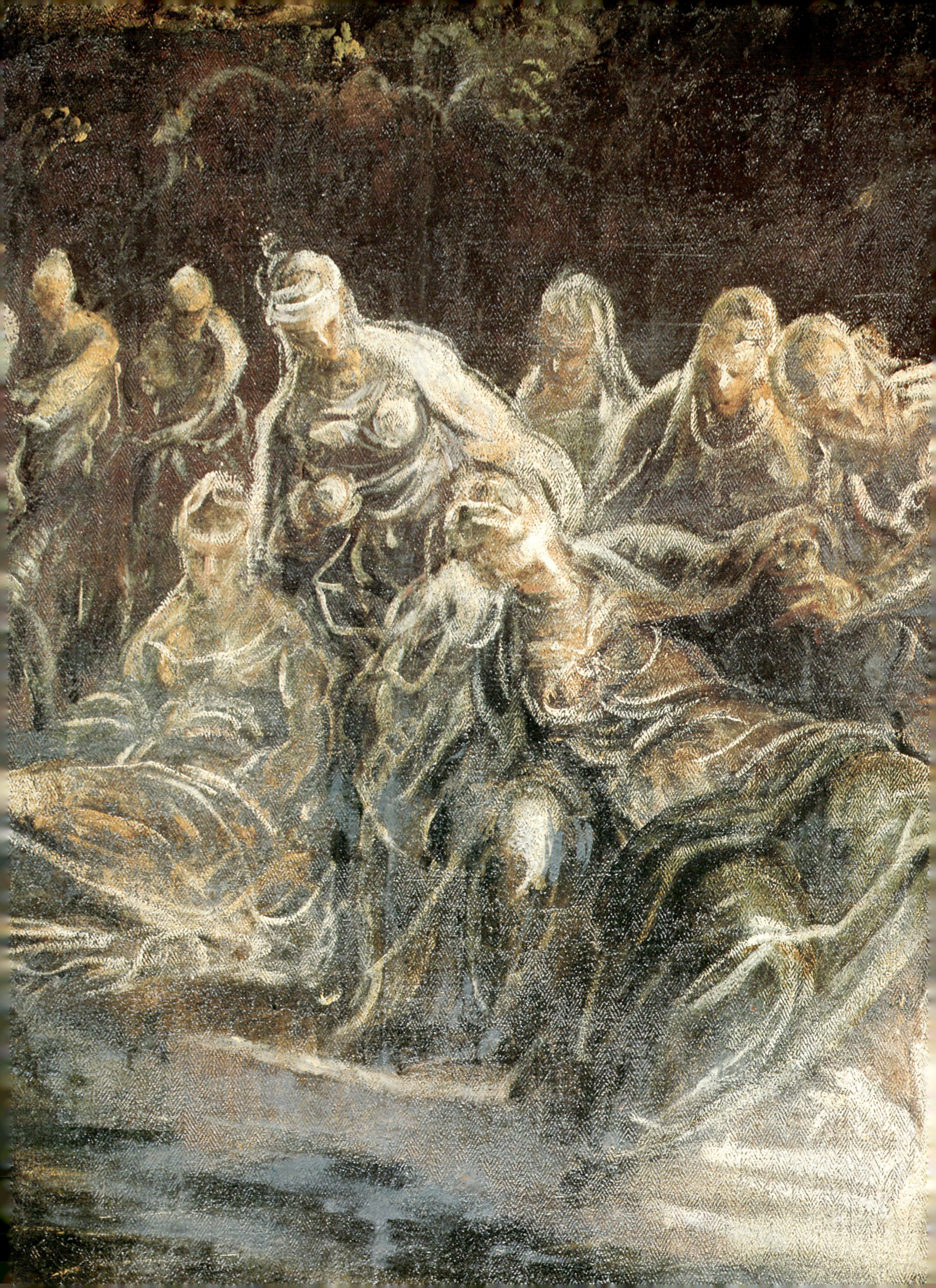

cząstki pozwalały na efekt stopienia, znany miniaturze późnej starożytności. Bizancjum odrzucało ten efekt, ponieważ zmniejszyłby poczucie nadnaturalności – osiągnie je później witraż – przywodząc na myśl świat zewnętrzny, nie zaś świat Boga. Gdyby *Apostołów* z baptysterium w Rawennie wykonano techniką stopioną, byliby parodystyczni. Podobnie stałoby się z *Nimfą i pasterzem*. Kostki widoczne w mozaice – jak później

153. TINTORETTO. UCIECZKA DO EGIPTU: FRAGMENT PEJZAŻU (1582–1583)

rysunek widoczny w ikonie – określają dystans między mozaiką i rzeczywistością: nie inaczej – widoczna plama koloru. W Wenecji, jak i w Rawennie, artysta odwołuje się do irracjonalnej mocy, dzięki której kolor może stać się twórcą autonomicznego świata; ale tylko wówczas, gdy zrywa ze świadectwem naszych zmysłów, odrzucając stopienie w mozaice, stosując wyraźną plamę w malarstwie, wybierając hieratyczny rysunek wpierw, unicestwiając linię teraz – ta zaś unicestwiona linia, nieodłączna od plamy barwnej, przynosi zmianę koloru i najpłodniejszą rewolucję w malarstwie od czasów Giotta.

Termin «kolor wenecki» określa bardzo różne zespoły kolorów, podobnie jak «kolor impresjonistyczny», kiedy dotyczy Moneta i van Gogha jednocześnie. Wenecja odkrywa nową paletę środkami bardziej złożonymi, niżby zdawać się mogło. Jeśli bowiem nie wymyśliła nasyconego koloru, to nie wymyśliła również wielu dysonansowych akordów, które uważamy za własność jej mistrzów. Fresk zawdzięcza te śmiałe połączenia Andrei del Castagno, który fiołkowo-różowym tonem malował światła na ciemnoczerwonej sukni Sybilli Kumejskiej; dalej – autorom malowideł z pałacu Schifanoia; zestawienia bardzo subtelne – Botticellemu; bylibyśmy też zaskoczeni, widząc kolory sklepienia Sykstyny po oczyszczeniu malowideł. Fiołkoworóżowy i oranż Tintoretta oraz Jacopa Bassano, koralowy i szary *Niewierności* Veronese'a, cała gama dysonansowa Zurbarana: wszystko to moglibyśmy okazjonalnie (wyjąwszy cień) znaleźć u pierwszych manierystów; różowo-łososiowy, który, jak fiolet u Tycjana, kryje dysonans sam w sobie, pojawił się (w połączeniu z innym cieniem) w dziele wielkim, nieznanym Tycjanowi i obcym jego geniuszowi: w *Ołtarzu z Isenheim*, gdzie ten właśnie ton ma suknia Marii Magdaleny. Ale jakkolwiek nasycony czy swobodny jest kolor Grünewalda i jego niemieckich następców, to przecież – jak każdy kolor od van Eycka do Tycjana – jest *kolorem formy*.

Wenecja na pewno nie odrzuca formy: Tycjan, ilekroć uzna to za konieczne, buduje obraz masami, które przyczyniły się do sławy *Wniebowzięcia* i odróżniają jego pierwsze akty od aktów Giorgione'a; *Nimfa* Tycjana, spowita w niezapomnianą mgłę, ma więcej ciężaru niż *Wenus* Botticellego i *Galatea* Rafaela. Wiemy, że szkicował określając masy i «tę kwintesencję żywych ciał» przekształcał później. Szkic przygotowawczy Tintoretta do *Bitwy pod Taro* to bezład mas. Ale obaj malarze mało dbali o określenie formy poprzez swoją wiedzę o formie.

Przyjmuje się na ogół, że Tycjan i Tintoretto formę sugerują światłem i że kolor formy – dzięki osiągnięciom Giorgione'a – został zastąpiony przez kolor oświetlonego przedmiotu. Ale plamy i dotknięcia koloru u wielkich Wenecjan, późniejszych od Giorgione'a, nie oddają koniecznie – a niemal nigdy w najważniejszych dziełach – «zaobserwowanych» kolorów ciała, tkanin czy pejzaży pod działaniem prawdziwego światła. Celem głównym nie jest wierne naśladowanie oświetlonej natury. Światło często staje się nad-światłem (film odnajdzie nad-światło Tintoretta); jego rola jest znaczna, ale mniej nadrzędna, niż się zdaje. Ci malarze to nie akwaforciści: żaden nie zostawił rysunków podobnych do rysunków Rembrandta. Jakiej scenie realnej, oświetlonej realnym światłem, można by przypisać kolory z portretu Aretina czy triumfalnie dysonansową harmonię (brąz – fiolet – ciemna czerwień) z portretu cesarzowej Izabeli? Światło je tłumaczy, jak tłumaczyło irrealny róż i błękit dwóch postaci z *Bachanalii* czy kobalt gór w *Dianie i Akteonie*, a także «pismo» małych postaci; i jak strój węgierski tłumaczy irrealny kolor portretu *Hipolita Medici*. Paleta *Świętego Augustyna u trędowatych* jest bardzo bliska *Umywaniu nóg*, choć światło w obu tych obrazach Tintoretta – niemal w tym samym czasie malowanych – odmienne: czy za przyczyną światła znalazły się w nich arbitralne ultramaryny? Jakiemu słońcu zawdzięczają swoje tony jasne «nokturny» z San Rocco, Schiavone z muzeum w Neapolu, który przywodzi na myśl Soutine'a, niemal wszystkie arcydzieła weneckie, namalowane przed końcem wieku, w ostatnich latach życia Veronese'a, Jacopo Bassana i Tintoretta? Czy przejmujący akord żółci, błękitu pruskiego i ciemnej czerwieni z monachijskiego *Koronowania cierniem* dają Tycjanowi niepotrzebne pochodnie, czy one tłumaczą zdecydowaną przemianę, jaka nastąpiła w tym obrazie, jeśli porównać go z *Koronowaniem cierniem* z Luwru, namalowanym trzydzieści lat wcześniej? Pierwsza wersja odwołuje się do świadectwa naszych zmysłów; Męka Pańska rozgrywa się pod rzymską rzeźbą, pełniącą tu rolę taką, jak drzewo, pod którym spoczywa *Wenus z Pardo*. Scena z obrazu monachijskiego dzieje się w *świecie malarstwa,* którego jedność jest tak samo różna od świata natury, jak i od jedności toskańskiej; podobnie rzecz ma się z *Nimfą i pasterzem,* gdzie stosunek postaci do pejzażu znika wobec harmonii płowo-szarego akordu gór i ceglasto-szarego akordu pasterza.

Nie jest to już ziemia starsza od człowieka, świat poprzedzający wszelkie malarstwo, który od ponad wieku otaczał postacie, podobnie jak pejzaż w *Pięknej Ogrodniczce* otaczał Madonnę; ani też «światłocień dramatyczny»; ten świat powstał ze środków malarskich, jak muzyka powstaje z nut. Słownik muzyki staje się słownikiem malarstwa, i to nie dla muzyka Leonarda czy grającego na lutni Giorgione'a, ale dla Tycjana. Jego kolory odpowiadają sobie niczym zorkiestrowane dźwięki, ich relacje przywołują słowo: symfonia. Przestrzeń Tycjana coraz bardziej staje się przestrzenią malarską, co sprawia, że monachijskie *Koronowanie cierniem* przekreśla wcześniejsze *Koronowanie* z Luwru; Tycjan zmierzał ku niej już wtedy, gdy powstawała *La Bella*, a bardziej jeszcze przy *Hipolicie Medici*. Materia nie ma żadnej dosłowności, jeden jej rodzaj przechodzi w drugi w świetle płomieni okrywających ciała (i nimfa nie różni się od pasterza w tym sensie, w jakim nagie ciało różni się od ubranego). Cień odziedziczony po Leonardzie staje się kolorem i

154. TYCJAN. KORONOWANIE CIERNIEM Z LUWRU (OK. 1540)

155. TYCJAN. KORONOWANIE CIERNIEM Z MONACHIUM 1570–1571)

plamą; tak samo światło. Kolor z kolei nie przynależy do jakiejś formy znanej czy oświetlonej; jest sugestywny, wolny jak światło i równie przekonywający. Władza koloru pokrewna jest władzy sakralnej deformacji: brązowo-złocista perłowość *Nimfy i pasterza*, róże *Hiszpanii* z Prado, ultramaryny *Świętego Augustyna u trędowatych*, które Tintoretto malował dwadzieścia lat wcześniej, błękity i czernie *Biczowania*, które namaluje w dziesięć lat później, tak samo są niezależne od świata zewnętrznego jak formy romańskiego posągu.

Kolor arbitralny, kładziony plamami albo kreskami, widoczne dotknięcie pędzla, zatarte kontury, liryczne cienie i światła – wszystko to się łączy, by stworzyć świat malarski nieznany dotąd, który można określić tylko przez stosunki wzajemne tych elementów; dlatego Cézanne mówi: «Malarstwo, prawdziwe malarstwo, narodziło się z Wenecjanami». Stosunki wzajemne podporządkowane są jedności obrazu; w niej postacie stworzone przez malarstwo łączą się ze stworzonym przez malarstwo tłem, jak nimfa i pasterz z górami, a Madonna z *Ucieczki do Egiptu* z San Rocco z ołowianym niebem: powstał świat, którego elementy straciły swoją autonomię i który na miejsce porządku natury wprowadza porządek twórczości malarskiej.

Na sklepieniu Sykstyny Michał Anioł pokazał powstanie ziemi, narodziny człowieka i grzechu; w Stanza della Segnatura Rafael przedstawił najwyższe możliwości człowieka: w rozumieniu obu ostateczny porządek świata ustala Chrystus. W kaplicy Medyceuszy Madonna nie całkiem już włada Żywiołami, bardziej uwięzionymi niż podległymi... Ale zniknięcie kosmosu medycejskiego nie pociągnęło za sobą zniknięcia «najwyższego dążenia ludzi», zmieniło tylko jego naturę: odpowiedzią na nie będzie wielka muzyka świecka i Szekspir. Kiedy w 1559 – roku *Porwania Europy, Dian, Złożenia do Grobu* z Prado – Dolce w imieniu Wenecji ogłasza, że wielka twórczość malarska nie

156. TINTORETTO. BICZOWANIE, FRAGMENT (OK. 1584–1594)

zależy od porządku świata, sztuka zachodnia świadomie staje się sztuką Argonautów. Tycjan nazywa *poematami* obrazy mitologiczne, które posyła Filipowi II, dla wszystkich zaś mistrzów weneckich, czy ich obrazy są świeckie, czy religijne, po kosmosie medycejskim nie przychodzi inny kosmos ani też świat realności, ale świat poematu.

«Poezja to malarstwo, które się odczuwa, zamiast je widzieć», pisał Leonardo; ale jeśli podziwiano poetów przeszłości, żaden żyjący poeta nie dorównywał Leonardowi; ani Rafaelowi, Michałowi Aniołowi, Tycjanowi.

Znane zestawienie Tycjana z Szekspirem nabrałoby pełnego znaczenia dopiero przy porównaniu dialogu Tycjana z Giottem z dialogiem Tycjana z Dantem. Na sławne słowa: «O mnie pamiętaj, proszę: jestem Pia...», gdzie bohaterka, na zawsze wydana sprawiedliwości boskiej, wspomina miłość ziemską, Jessyka odpowiada przywołując wieczną miłość: «W takiej jak ta nocy Medea zioła czarowne zbierała...» Szekspir przydaje wrzosowisku, lasowi, oceanowi, szaleństwu, śmierci ich wielki, tajemny głos, ponieważ duszę świata odczuwa jako tajemnicę, a nie jako objawienie. Dante króla Lira złączyłby z Bogiem. Szekspir i Tycjan są pierwszymi, których dzieła zaczyna się określać jako «kosmiczne» – gdy nie ma w nich kosmosu. Poprzednicy nie wyrażali koniecznie porządku świata, ale byli z nim zgodni; teraz sztuka uwalnia człowieka od tego porządku, by złączyć go z wielkimi siłami wiecznymi i przynieść porozumienie z fundamentalną tajemnicą świata. Starożytność to był dla Italii świat podziwu; teraz jest dla niej dziedziną snu i krwi: dlatego Wiktor Hugo nazwał Ajschylosa starożytnym Szekspirem.

Tycjan jest jednak Szekspirem bez czarownic. Ale opowieść wenecka i czarnoksięstwa Goyi to dzień i noc tej samej twórczości. Wiemy dziś, że saturnijskie postacie Goyi wyrastają z Hadesu uśpionego w człowieku; nad tym Hadesem jest Olimp bogiń i bachanalii weneckich, pozbawiony greckiego ładu, rozleglejszy i bardziej zmącony niż Parnas medycejski.

Od wieku bóstwa i bohaterowie powracają z wygnania; ale nie ostała się hierarchia Homera. Sztuka wedle własnych praw wybiera postacie z Mitu, ze snu i z Biblii. Neptun, Pluton, a nawet Jowisz ukazują się rzadko; Saturn poczeka na Goyę. Po Herkulesie zjawia się Mars, towarzyszący Wenus u Botticellego i Mantegni: zwycięstwo i uwiedzenie w snach są siebie blisko. Zgwałcone kobiety z mitologii przyłączyły się do Judyty, chwały Florencji, jak Perseusz do Dawida. Kiedy do nimf Piera di Cosimo, Signorellego, manierystów, do Led Leonarda, do Danae, Antiope, Europy, wybranek wciąż innego Jowisza – a także do Lukrecji – Wenecja dodaje zakochaną i śmierć niosącą Dianę, i zapomina o bohaterach, przemiana włoskiego świata przedstawień jest dokonana. Pożary zniszczyły dzieła, dzięki którym Pałac Dożów był Sykstyną malarstwa na złotych tłach. Po opowieściach kupców, których karawany słyszały głos jednorożców we mgle, po wyprawach na wyspy, gdzie królowie mają malowane ciała, po wiolach grających nad miastem pustoszonym przez dżumę, zjawia się światło Arkadii: refleks wody, w której kąpie się Wenus, stapia się z odblaskiem stosu Herkulesa i Olimp staje się jej dworem. Daleko jest dziewicza Wenus Botticellego. Ale zmysłowość Wener weneckich jest sprawą drugorzędną, dopełnia tylko malarstwo – przeciwnie niż aktów malowanych w XVIII wieku. Tłum uważa dzisiaj, że przeciętna pin-up jest bardziej podniecająca niż Wenus z obrazu *Wenus przy organach*. Wenecka miłość i piękno kobiece (od Giorgione'a aż do ostatnich mistrzów żadnych upiększeń) godne są pamięci tylko dzięki malarstwu. Dwuznaczna i świetlista nagość, władająca Wenecją, w mniejszym stopniu przywołuje Galatee i Ledy niż Aurorę, fenickie boginie-Matki, boginie Indii, i podobnie jak one jest niepokojąca i symboliczna. Nie jest to przemieniona nagość żywa, ale promienna dusza świata, *Droga mleczna* Tintoretta, gdzie noc spływa gwiazdami, figura niepokonanych narodzin, które Wenecja opiewa w obliczu śmierci. I Szekspirowi, który powie wkrótce: «Z tej samej materii uczynieni są ludzie co sny», triumfująca Wenus, nie znająca niejako miłości i zwycięska rywalka bohatera, odpowiada hymnem: «Lecz przez sztukę wkraczają do snu nieśmiertelnego...»

Italia sądziła, że Rafael jest nieśmiertelny, ponieważ w jego dziełach widziała podobieństwo do dzieł antycznych; teraz sądzi, że Tycjan będzie nieśmiertelny, ponieważ jego dzieła nie są do antycznych podobne. Starożytność nie miała ani Tycjana, ani Beethovena: nie znała *orkiestry*. Wenecja odkrywa nieśmiertelność koloru, ponieważ widzi w nim zdolność przemieniania, magiczną i olśniewającą. Postacie weneckie wymkną się śmierci, bo wymknęły się życiu. Michał Anioł gardził naturą i ludźmi żywymi, nie chciał rzeźbić portretów, zmarłych zastępował symbolami. Rafael przemienił Leonarda w Platona i poprzez *Szkołę ateńską* wprowadził do porządku Stanza della Segnatura. Najsławniejsze portrety Rafaela – obaj papieże – mają w sobie skromność Quatrrocenta. Ale Tycjan malując Agrypinę zlekceważyłby utajony wyraz drapieżności, by przydać jej twarz triumfującej Wenecji. Majestat męski znajduje bohatera w Aretinie. Wszystkie wielkie portrety weneckie są spokrewnione z autoportretami Tycjana, gdzie malując siebie, maluje Prospera z *Burzy*. Hipolit Medici i Laura di Dianti, święte i trucicielki, ludzie sławni i zwyczajni, ukostiumowane święto weneckie unoszone na statkach w noc pod niebem astrologów, spotykają się z Giocondą i Brutusem Michała Anioła w zwierciadle z czarnego srebra, w którym przegląda się Laura – i widać w nim wreszcie twarze, których Bóg już nie sądzi.

Hipolit Medici na pewno nie jest upiększony; legendarna piękność, Laura di Dianti, była może piękniejsza w życiu niż na portretach; ale te postacie należą do zaczarowanego świata. Jeśli Karol V podnosi pędzel Tycjana, a Karol Śmiały nie podniósłby pędzla Rogera van der Weyden, to dlatego, że Tycjan maluje dla nieśmiertelności; ale też dlatego, że Roger wyznaczył wielkiemu księciu Zachodu miejsce w świecie chrześcijańskim, gdzie był on tylko jakimś ciałem i duszą, gdy Tycjan wprowadza cesarza do jedynego świata ludzi, nad którym nie rozciąga się jego panowanie. Władza, jaką rozporządza malarz, wykracza niejako poza prawa życia, wślizguje się między moce boskie. Franciszek I czeka na swój wizerunek pędzla Tycjana – który wyobrazi go według medalu – jak Brutus w wieczności czekał na swój wizerunek wykonany przez Michała Anioła; i symboliczny dla renesansu jest ów moment, kiedy zmęczony panowaniem Karol V spośród wszystkich portretów zmarłej cesarzowej zabiera ze sobą do klasztoru ten tylko, który Tycjan malował – nie widząc modelki...

Czarodziejstwa weneckie nie ograniczają się jedynie do tego, że obraz człowieka różni się od narzuconego mu przez los i zwycięża Niebo. Temat trzech epok życia, w wieku poprzednim wyrażający nieodwracalną zależność istoty ludzkiej, przemienia się w tajemniczą zgodę między młodością i złagodniałym niebem; akty z *Koncertu sielskiego* w mniejszym stopniu dzieli od Rafaela ich zatarta linia aniżeli wieczna obecność w Arkadii. Światło letniego popołudnia, w którym w tylu pejzażach skąpane są majestatyczne postacie utraconego Raju – Wenecja, a nie Rzym ukazały je światu – to światło Wenus: jest ona również Danae, Dianą, Europą, Andromedą i tylu innymi postaciami, nie pomijając Ewy; gdyby nie tematy obrazów, nie odróżnialibyśmy jej od nich. Obraz, który nazywamy *Wenus z Pardo*, wyobraża Antiope; *Nagą kobietę* nazwał Tycjan *Wenus z Urbino*. Wenus Adriatyku jest boginią opiekuńczą, siostrą miasta, które uważa siebie za miasto nad miastami i przydaje sobie chwały starożytnego Rzymu; Wenecja przynosi Italii najbardziej przejmujący świat wyobrażeń, jakie znało chrześcijaństwo – zanim nastał czas chwały teatru. Jej poemat zagarnia ziemię, jak zagarnął świat Chrystusa, i dziedziczy natchnioną władzę, której dziełem było przedstawianie bogów.

«W stylu Tycjana kryje się nowa natura», pisał Aretino. Rewolucja malarska ukazuje ją, jak «wielki styl» ukazywał kosmos watykański. Odkrycia wielkich Wenecjan obalają wzajemne stosunki w świecie pozoru w imię tego, co nierzeczywiste, i niemal z równą siłą, jak obalał je hieratyzm w imię sakralności; w sposób mniej jawny zapewne, ale nie mniej ukierunkowany. Chromatyzm pierwszych mozaik chrześcijańskich za cel miał chwałę Boga; chromatyzm Wenecji za cel ma transfigurację przynależną jedynie do sztuki. Jej rewolucja kolorystyczna, złączona z rewolucją formy i ruchu, dokonaną przez Michała Anioła, nadaje twórczości wspaniałość: nikt w niej nie pójdzie dalej. Oto w przestrzeni raz bardziej pustej niż powietrze, kiedy indziej przebitej światłem (niczym mgła światłem elektrycznym w naszych miastach), wzlatują barokowe postacie: narodziło się «uderzenie światła» i dźwięczy ugodzony nim kolor (zapowiadając słoneczny promień Rubensa, o którym Goethe powie, że rzuca cienie na opak). Cała bajkowość zmierzchów Genesis i mroków losu, odkrycie niejasnego i gwałtownego języka chmur, światło liryczne, ruch, który rzeźbie oddaje ruch Sądu Ostatecznego, *nieograniczona* przestrzeń obrazów z ich kompozycją usuwającą ramy – łączą się z udziałem natury w szczęściu człowieka, z cierpieniem Chrystusa i Zmartwychwstaniem, z historią nawet: pałac Dożów przemienia malarstwo całych Włoch. Filozofom i doktorom ze Stanza della Segnatura przeciwstawia swoją legendę wieków – cykl swej chwały: wokół triumfującego tłumu z *Raju* najbardziej porywające sceny, jakie znało chrześcijaństwo.

Ale Tintoretto niemal dziesięć lat wcześniej namalował inny szkic do tego wielkiego, oratorskiego i pochlebnego dzieła. Artyści malują także dla siebie samych – oraz dla wybranych.

Dwieście lat przed Goyą i Constable'm Aretino, miłośnik sztuki najbardziej ceniony w Wenecji, oświadczył, że woli szkic malarski od obrazu. Bo też czymże był szkic Rafaela, jeśli nie pracą przygotowawczą do obrazu? W Wenecji, i w tej dziedzinie spadkobierczyni dwóch pierwszych geniuszy dzieł nie ukończonych, Leonarda i Michała Anioła – jakby tylko nieukończone mogło wyrażać nieskończone – pojawiają się szkice, w równym stopniu podziwiane przez krąg wtajemniczonych, jak gotowe malowidła. Choć mają one linie i ruchy, które znajdziemy u Rubensa, jaśniej niż triumfalna opera z pałacu Dożów ukazują świadomość władzy pozyskaną przez malarzy. Tę władzę przeczuwali Grünewald i Altdorfer; ale w Niemczech poszła później w niepamięć. Zetkniemy się z nią u rozmaitych mistrzów: ich najbardziej wzruszające dzieła pozostają na granicy szkicu – od El Greca po Delacroix. Jest twórcza: pewne stosunki oranżu, szarości i tonów niebiesko-popielatych przydają mrocznemu zgiełkowi malowideł z San Rocco niezrównany akcent. W każdym z nich inny. Szkic do *Raju* z *Rajem* z sali Wielkiej Rady łączy kompozycja, w mniejszym stopniu rysunek; ale malarsko szkic ten zdaje się dziełem z innej szkoły. Geniusz Wenecji nie jest w jej legendzie wieków ani w *Raju* z pałacu Dożów; wybrał przeciwległy biegun sztuki, ku któremu zmierzają najśmielsze dokonania mistrzów: szkic malarski. Tylko on byłby dla nas objaśnieniem, gdyby nie przetrwały ostatnie obrazy Tycjana, zaskakujące współczesnych, dziś uznane za jego najwyższe osiągnięcia.

Tycjan umarł pomiędzy *Nimfą i pasterzem* i nie ukończoną *Pietą*, jak Rafael pomiędzy *Szkołą ateńską* a nie ukończonym *Przemienieniem Pańskim;* ale jego obrazy mitologiczne zdobyły ów świat, w którym «władze najwyższe» kosmosu medycejskiego i najpotężniejsza demiurgia schodzą w cień przed samą tylko władzą sztuki. Mistrzowie średniowieczni, jakkolwiek zdumiałaby ich ta *Pietà*, zrozumieliby przynajmniej posłanie: u dołu obrazu, w czymś na kształt tabliczki, Tycjan namalował siebie wraz z synem – jako donatora, w ostatnim hołdzie oddając Bogu swój geniusz i duszę; czym byłaby jednak dla nich *Nimfa i pasterz?* Dlaczego ten starzec łączył w sercu Chrystusa przeznaczonego Zmartwychwstaniu i błahą idyllę? Długi żywot Tycjana zamyka *Pietà* dla jego grobu; dwa wieki malarstwa zamyka *Pasterz i nimfa* i w antycznym zmierzchu objawiona jest tajemnica Wenecji: sztuka sama może stworzyć świat rywalizujący ze światami, w których ukazywała sacrum, Olimp i Chrystusa.

Wenecja przydaje geniuszowi włoskiemu to samo, co Wagner *Tristanowi,* kiedy w Palazzo Giustiniani napisał do niego muzykę: liryzm. To, co zewnętrzne, wprowadza do świata, którego nigdy nie znał człowiek. Leonardo grał na harfie, Giorgione na lutni; w *Godach w Kanie Galilejskiej* Veronese namalował siebie grającego na wioli. *Koncert* z Florencji i *Koncert sielski,* fleciści i Wenus przy organach, płomienny Marsjasz wreszcie: przed Szekspirem i przed Monteverdim geniusz wenecki przynosi wiekom głos bogów.

Nie chodzi o malarstwo dla malarstwa: malarstwo stało się irrealnością najwyższą, widoki ziemi są dla niego tylko librettem; tak samo wieczność. Z końcem stulecia można pomyśleć, że Madonna to tylko osoba towarzysząca Wenus.

Czy dlatego, że mistrzowie weneccy, zwłaszcza Tycjan, przydają Madonnie – jak Rafael – wyrazu skromności? Ale wyobraźmy sobie, że w *Miłości ziemskiej i Miłości niebiańskiej* (mniejsza o to, jaki tytuł miał zrazu ten obraz) Tycjan przedstawił Miłość niebiańską jako Madonnę. Obraz wydałby się świętokradztwem; żeby to świętokradztwo umniejszyć, Tycjan musiałby upodobnić Madonnę do Miłości ziemskiej, to znaczy do Wenus. Bo też Wenus nie jest *kobietą,* ale kobietą heroizowaną w rozumieniu antycznym, idealizowaną w rozumieniu renesansu. I jak w Atenach i Florencji, jej idealizacja nie polega na upiększeniu, ale na tym, że przynależy do irrealności. Sztuka nie

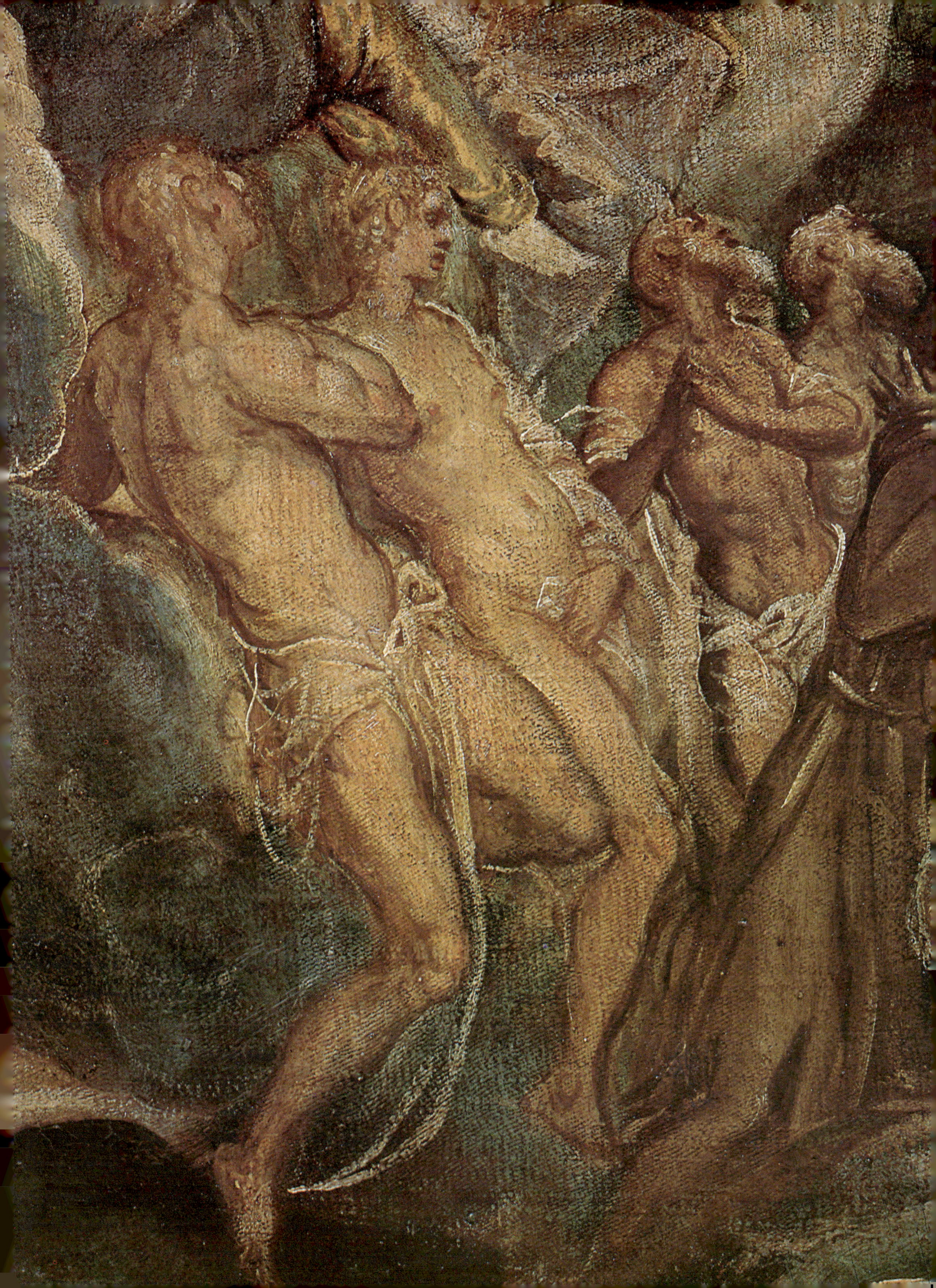

TITIANVS INCHOATVM RELIQVIT
PALMA REVERENTER ABSOLVIT
DEO[...]

przekształca postaci wedle marzeń artystów, ale uwalnia je od kondycji ludzkiej włączając do świata, którego tylko ona jest twórcą. Postać Marii mogła być Madonną jedynie w świecie wyobrażeń chrześcijańskich, gdzie spotykała kanclerza Rolin: w malarstwie Tycjana nabiera *wartości* i przestaje być jakąś kobietą tylko wówczas, gdy wkracza – nawet ona – do świata irrealności. Rafael rozwiązał ten problem wprowadzając swoje postacie do porządku Stanza della Segnatura; a musiał przy tym z Bramanta uczynić Archimedesa. Świat, w którym *Nimfa i*

TYCJAN. PIETÀ Z WENECJI (1573–1576)

TYCJAN. NIMFA I PASTERZ (OK. 1566–1570)

pasterz łączy się z *Pietą* Tycjana i wszystkimi jego arcydziełami religijnymi, nie jest światem *Szkoły ateńskiej* złączonej z *Dysputą o Najświętszym Sakramencie*. Poemat wenecki nie wyraża porządku świata. Żeby Maria mogła się stać równą Wenus – i to jeszcze przed namalowaniem najświetniejszych wyobrażeń bogini – Tycjan musiał malować Marię *samą* i *przekształconą*. Chrystus władał kosmosem medycejskim, choć do niego przynależał; nie włada irrealnością Wenecji, gdzie sztuka łącząca ludzi z Bogiem (jego głos nie góruje już nad jej głosem) oddaje im świat, w którym widzieli boskie odbicie. Piękno stało się «ideą otwartą». Romantyzm określi później piękno jako «refleks nieskończoności». Cykl rozpoczęty mitologią toskańską dobiegł końca. Narodził się świat, gdzie postacie sakralne są już tylko tematami obrazów, ikonami irrealności.

I ten świat przetrwa. Wielkie Odkrycia, dzięki którym narodzi się państwo, gdzie słońce nigdy nie zachodzi, zapowiadały jego śmierć. Ale Karol V, zgromadziwszy siły do ostatniej krucjaty, dokonuje życia w klasztorze; z nim kończy się Święte Cesarstwo, symbol średniowiecznego marzenia. Zniesienie misteriów w roku 1547 to kres pewnego duchowego świata.

We Flandrii po Hieronimie Boschu przychodzi Bruegel. Wrócimy jeszcze do niego. Ale mimo swojej podróży do Włoch, Bruegel należy do świata bliskiego misteriom. Kiedy umiera, umiera z nim twórczość północna: jego miarę genialną będzie miał Rubens.

Po epizodzie z Caravaggiem i jego sławetnym realizmem... Wykazałem chyba wystarczająco, że w malarstwie nie istnieje wielki realizm, który można by określić jako kopiowanie modela, a nie można by jako walki ze spirytualizmem i idealizmem, żeby w związku z Brueglem i Caravaggiem wracać do tego. I jeśli pierwsze martwe natury Caravaggia są mało weneckie, to przecież poemat wenecki – liryzm ciemnej czerwieni i cienia, wyraźne położenie plamy – zamyka jego dzieło, które w Syrakuzach i na

Malcie oznajmia, czym mógłby być Rembrandt potężny, a bez duszy...

Jego współcześni czy następcy: El Greco, Velázquez, nawet Poussin w swoich początkach, są, jak i Rubens, dziedzicami poematu weneckiego. Pierwszym z wielkich, który Wenecję podaje w wątpliwość, choć ją kontynuuje – dwadzieścia lat przed Vermeerem i na zupełnie inny sposób – jest Rembrandt.

Kiedy w pięć lat po śmierci Karola V kończy się sobór trydencki, nic nie pozostaje z ostatniego kosmosu chrześcijańskiego; wiarę w katolickiej Europie uformują hiszpańskie hierarchie lub żar religijnych uczuć. Dziedziną odwołań sztuki nie będzie jednak Objawienie, ale Irrealność; zmysł estetyczny katedrę barokową zamieni w teatr, nawet jeśli będzie nazwany kościołem i uzna siebie za realistyczny. I pojawią się malarze protestanccy, ale nie będzie protestanckiego malarstwa.

8

Za dwieście lat irrealność malarska zagarnie wszystko: jasne tony zwyciężą malarskie złudzenie. Nie zawsze zgodnie z odkryciami Wenecji, ale niemal zawsze poprzez cień. Pewna odmiana cienia sprawi, że dziedzictwo Wenecji, począwszy od romantyzmu, w Rembrandcie znajdzie swoją chwałę. Tym razem jednak irrealność we władzę weźmie duszę. Cesarz i królowie dziękowali Tycjanowi za portrety; po *Straży nocnej* notable Amsterdamu odsyłają swoje pierwszemu z malarzy wyklętych.

Geniusz Rembrandta byłby mniej zagadkowy, gdyby pozostawił jeden z owych testamentów, malowanych już z tamtego brzegu przez zapóźnione w pracowni, wolne wreszcie cienie. Niepodobna mówić o «ostatnich Rembrandtach» tak, jak mówi się o ostatnich obrazach Tycjana, Halsa czy Goyi: zaczynają się bardzo wcześnie. (Linia biegnąca od *Flory* do *Nimfy i pasterza*, od tapiserii Goyi do malowideł w Quinta del Sordo jest bardziej kręta, niżby zdawać się mogło: Tycjan bywał wielkim Tycjanem jeszcze w młodości; *Los Caprichos* powstały, gdy Goya nie miał jeszcze pięćdziesięciu lat). Geniusz rozgrywa niekiedy rozmaite partie. Malarstwo jest *także* zawodem – między innymi zawodem portrecisty. I malarz, nawet wówczas, gdy wybiera najgłębszą z posiadanych możliwości, nie rezygnuje łatwo z innych. Rembrandt, będąc u szczytu sukcesu, miał już za sobą *Filozofów* i większość pejzaży. W roku 1653 wykonał akwafortę *Trzy krzyże*, w dwa lata później namalował *Rozpłatanego wołu*; ale 1654 jest rokiem *Jana Sixa* i *Kobiety w kąpieli*, gdzie zdaje się rywalizować z Rubensem i Halsem. Jeśli niemal wszystkie ostatnie obrazy Rembrandta są godne podziwu, to nie wszystkie w taki sam sposób: namalował *Syndyków cechu sukienników* po *Sprzysiężeniu Claudiusa Civilisa* i *Sokolniku;* pewne jego ostatnie portrety jakby nie znały sztuki *Żydowskiej narzeczonej*. A jednak «pismo» pokrewne temu, które łączy pierwsze obrazy

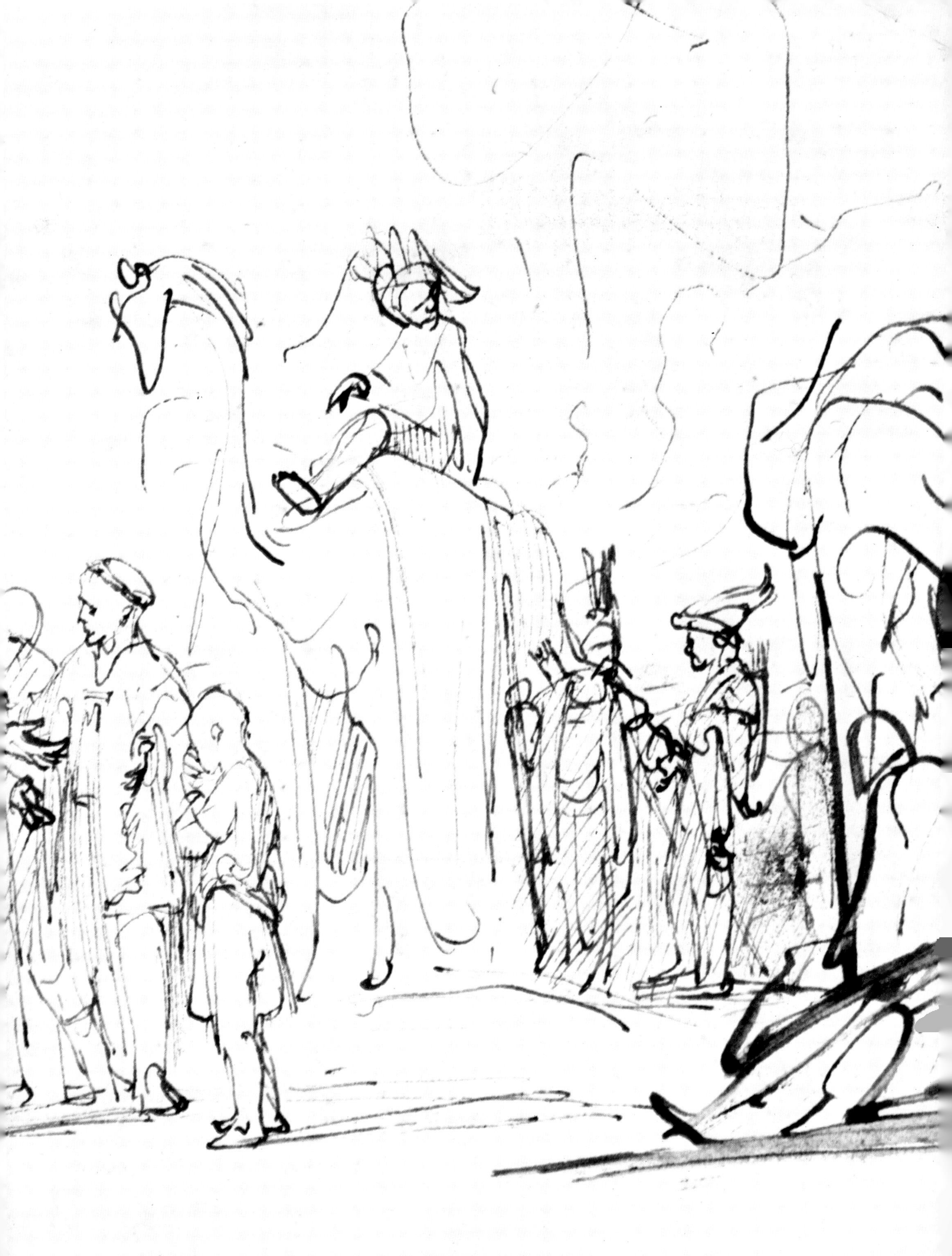

160. REMBRANDT. JÓZEF SPRZEDANY PRZEZ BRACI (1635–1640)
161. «PISMO REMBRANDTA» (1635)

Tycjana z ostatnimi, *Rozstrzelanie powstańców madryckich, 3 Maja 1808* z Quinta del Sordo, łączy też – to jawnie, to skrycie – *Straż nocną* z *Żydowską narzeczoną* i *Synem marnotrawnym*. Rembrandt podejmował wielokrotnie te same tematy i jego twórczość zmienia się jednoznacznie od barokowego *Ofiarowania w Świątyni* z Hagi do surowego *Ofiarowania*, przy którym zmarł – poprzez kolejne akwaforty i sławną rycinę z 1654; podobnie zmierza od pierwszych przedstawień Betsabe do Betsabe z Luwru, od portretów, gdzie celem był model, do portretów, gdzie celem była materia malarska, wreszcie do portretów, jakich nikt przed nim nie malował: ani nie chodzi tu o zamówienie, ani o malowniczy temat, ani o przyjemność malowania, ale o modela zagarniętego przez pokrewne mu tło. To pogłębienie nie bardziej dotyczy dzieł religijnych niż świeckich; raczej prze-

162. REMBRANDT. OFIAROWANIE W ŚWIĄTYNI (1640)

163. REMBRANDT. OFIAROWANIE W ŚWIĄTYNI (1658)

ciwnie. Czy chrystianizm *Syna marnotrawnego* jest głębszy niż *Pielgrzymów z Emaus*, wcześniejszych o piętnaście lat? Ale sceny religijne niosły w sobie ochronną dwuznaczność, ponieważ wiara górowała tu nad zewnętrznością. Niechęci czy wzgardy nie wzbudziła *Stuguldenowa rycina* ani *Ecce Homo* czy *Trzy krzyże*, ale *Straż nocna* i *Sprzysiężenie*. Rembrandt bowiem aż do końca – pośród przypadków, które przynoszą zamówienia, a także rozpacz – szuka owej potęgi, która wszystkie jego Betsabe przemieni w *Betsabe* z Luwru; i wszystkie portrety grupowe w *Syndyków* czy w *Portret rodziny* z Brunszwiku. Potęgi, której wypatrywał Tycjan w pełni sławy i van Gogh w pełni nieszczęścia.

Ale Tycjan, podobnie jak Tintoretto, Rubens, Velázquez i wszyscy spadkobiercy Wenecji, pogłębił swoją sztukę w zgodzie z tymi, do których się zwracał. Ostatnie intymne obrazy miały usprawiedliwienie w jego sławie; ostrożny zaś Goya tylko dla przyjaciół malował Quinta del Sordo. Malarstwo rzuciło do stóp Wenecji trofea wyobrażonego świata, jak w pałacu Dożów rzuciło do jej stóp wasali ze Wschodu. Rembrandt nic nie rzuca do stóp Amsterdamowi i nie dla Boga maluje *Straż nocną*. Wątpliwe, czy spodziewał się niezadowolenia i irytacji swoich modeli. Cieszył się wówczas wielkim powodzeniem; nikt nie kwestionował jego życia prywatnego. Chodziło o znaczenie dzieła: towarzysze kapitana Cocqa ze zdumieniem stwierdzili, że malarz pozbawił ich samych siebie. Rembrandt nie odrzucał iluzji bardziej niż Tintoretto w San Rocco – a cykl w San Rocco to nie malarstwo prywatne; ale Tintoretto umniejszał iluzję, żeby z większą siłą czy bardziej malarsko wyrazić to, co wyrażało malarstwo przed nim; i tego mniej więcej spodziewali się zamawiający malowidła, widzowie i on sam. Przypomnijmy sobie *Zuzannę* i *Ukrzyżowanie* Tintoretta i pomyślmy, jak namalowałby oddział kapitana Cocqa; przypomnijmy sobie jego portrety, zwłaszcza zapowiadające Rembrandta. Co wspólnego

164. TINTORETTO. JACOPO SORANZO (OK. 1564)

między światem, któremu Rembrandt oddaje malowane osoby – odkąd porzucił portrety młodości – a zaczarowanym statkiem, dokąd Wenecjanie wprowadzali swoje? Wkraczały w wyzwolicielskie święto, które, jak Canale Grande płynące po nim gondole, niosło je ku łagodnej śmierci przebranej za małżonkę doży; ku czemu zmierza ta *Straż nocna,* jej ziemscy bohaterowie i sam autor?

Rozstrzygający przełom jest tu, nie w chrześcijańskim geniuszu Rembrandta. Rywal malarzy oficjalnych, portrecista uznany, zdobył podziw miłośników malarstwa jako następca Wenecjan. Zdumiewający *Chrystus przed Herodem,* którego sześćdziesiąt lat wcześniej namalował Schiavone, łączy niejako obu mistrzów: podobna śmiałość, podobna blada niebieskość, którą można będzie odnaleźć u Rembrandta z roku 1630; pewne portrety Tycjana i Tintoretta z Akademii Weneckiej sugerują pokrewieństwa ściślejsze. Autoportrety Rembrandta, na których pojawia się ustrojony, wyrażają głębsze uczucie, nie tylko upodobanie do beretów z czarnego aksamitu i złotych szarf; świat feerii wiąże się ze szczęściem i z niego jest jedno z najświetniejszych dzieł, pośmiertny portret Saskii: dla przyszłych wieków namalował księżniczkę wedle marzeń wszystkich – nieświadom może, że ściga marzenie własne. Cień Tycjana pobłogosławiłby wiele postaci, które przyszły po jego postaciach – niczym kanały kwitnącego Amsterdamu po dotkniętych śmiercią kanałach Wenecji. Ta część dzieła Rembrandta, skupiona w trudno dostępnych książęcych kolekcjach Anglii, długo pozostawała nieznana niemal artystom; ale retrospektywy ukazały zespoły wspaniałych portretów – portretów patrycjuszy, których spodziewali się po nim prawdziwi miłośnicy malarstwa, a zapewne i ci, co zamówili *Straż nocną...*

Główne postacie tego obrazu pod względem podobieństwa nie różnią się od postaci van der Helsta. Ale Helst idealizował swoich modeli, gdy Rembrandt przydał im cech nadnaturalnych.

Był to konflikt wewnątrz świata przedstawień. Kapitan Cocq i jego przyjaciele byliby olśnieni tym, co zrobiłby z nich Tycjan, choćby Tycjan mało realistyczny. A przecież wprowadziłby ich w niemal równie fantastyczny świat. Nie wiedzieliby jednak o tym: Wenecja rozpoznawała własne marzenia w dziełach swoich geniuszy. W modelach Rembrandta nie budziły sprzeciwu ich twarze – Rembrandt nie jest ekspresjonistą – ale jego malarstwo. I nie chodziło o technikę (uznawano «talenty Rembrandta», które on sam przekreśla), lecz o znaczenie. Także Holendrzy byli zachwyceni, że «wielka sztuka» przynosi upragniony świat wyobrażeń; ale Rembrandt, mający w nim swój udział, odkrył teraz w malarstwie – wpierw w nagłych błyskach – ową władzę, której nikt dotąd nie oczekiwał; a może nie mówił, nie wiedział, że może jej oczekiwać. Władzę nie należącą do malarskiego czy poetyckiego porządku: co sprawia, że Rembrandt, któremu sztuka współczesna nic niemal nie zawdzięcza, podziwiany jest tak jednomyślnie. Jakby był medium; bo też niewiele jest żywotów, tak dalece sugerujących obecność losu: kiedy podczas malowania *Straży nocnej* umiera Saskia, nieuleczalny cios zabija szczęście, które może kazałoby mu się cofnąć, które dzieliło go od własnej genialności... Malarstwo w nowym rozumieniu jest odtąd racją bytu jego sztuki. W dwadzieścia lat po klęsce *Straży nocnej* przychodzi klęska *Sprzysiężenia*.

Rembrandt nie nalega, kiedy ławnicy Amsterdamu odrzucają *Sprzysiężenie;* ma wówczas pięćdziesiąt sześć lat. Namalował *Sprzysiężenie* na konkurs. Wielu rywali Rembrandta zawdzięczało swój sukces temu, że zwulgaryzowali jego zdobycze. On sam zaprezentował jeden z najbardziej niepowtarzalnych obrazów. Nie w tym rzecz, że nie mógł malować inaczej, nie sprzeniewierzając się swojej sztuce: dowodem *Syndycy*. Chciał odnieść zwycięstwo, a może myślał, że tego chciał... Czy jest to naiwność Celnika Rousseau, który zaproponował *Wojnę* i *Czternasty Lipca* Galerie des Batailles? Rembrandt nie przypomina Celnika. Świadome wydanie dzieła szyderstwu znamy dobrze z XIX wieku. Otrzymało wówczas swoje szlacheckie nadania, ale miało je w gruncie rzeczy po Rembrandcie. Hals i Seghers, Caravaggio nawet, są malarzami zbuntowanymi, ale nie wyklętymi. Do kogo zwraca się *Sprzysiężenie*? Czy znakomici współcześni: Velázquez, Poussin, Claude Lorrain, van Dyck (i Rubens, i wczorajsi Wenecjanie, i Vermeer, który kończy teraz trzydzieści lat), nie widzieliby w nim dzieła nieprzeniknionego? A przecież znali się na malarstwie, w przeciwieństwie do jury z amsterdamskiego Ratusza. Lecz ta kompozycja historyczna w istocie nie bardziej nadaje się do ratusza niż *Żydowska narzeczona* do świątyni: i żaden holenderski patrycjusz czy mieszczanin nie powiesi *Rozpłatanego wołu* między dwiema martwymi naturami.

Do kogo mówi Rembrandt? do śmierci. Maluje, licząc na nią. Nie na wieczną sławę, którą Grecy, Tycjan i Michał Anioł nazywali nieśmiertelnością: liczy na wyniesienie przez niejasną potęgę, którą przyzywa jego dzieło – jak dzieła religijne przyzywają sakralność – a nie jest ona zupełnie tym samym co potomność.

Ta gorzka wiara zrywa z tysiącletnią zgodą.

Ani dla rzeźbiarzy Wschodu, ani dla Fidiasza, ani dla mistrza z Moissac, ani dla van Eycka, ani dla Tycjana, ani dla Rubensa potomność nie była Sądem Kasacyjnym. Zgoda pomiędzy artystą a tymi, do których się zwracał, nie skończyła się z epoką katedr; a tym bardziej nie ustała po Leonie X, kiedy «amatorzy» zastąpili lud wiernych. Entuzjazm publiczności sprawił, że *Wniebowzięcie* znalazło się w Santa Maria gloriosa dei Frari. Rubens był ambasadorem, malowany przez Velázqueza portret Filipa IV wystawiono na placu publicznym w Madrycie, Velázquez należał do bliskiego otoczenia króla. Ale świat wyobrażeń malarskich Tycjana i Wenecji, Velázqueza i króla Hiszpanii był ten sam. Sztukę, która od stu pięćdziesięciu lat nieprzerwanie przedstawiała Triumf Człowieka, Rembrandt *podaje w wątpliwość:* modele, widzowie i sam świat mniej są zwycięzcami niż zagadkami; jak u Szekspira świat «wychodzi z formy». Ani Leonardo, ani Tycjan, ani Rubens, ani Velázquez – nikt przed nim – nie mógłby namalować *Rozpłatanego wołu*. Jeśli Rembrandt szuka odpowiedzi u przyszłych pokoleń, to może dlatego, że śmierć ją uprawomocni: za życia wygnana jest zewsząd. Kiedy zabiera się do *Sprzysiężenia,* kiedy je kończy, kiedy je niszczy, by zostawić tylko fragment, który przetrwał do naszych czasów, nie wie, jakie miejsce jest mu przeznaczone; ale my wiemy: w muzeum w Sztokholmie.

A przecież chodzi tu o obraz świecki; pytanie, jakie stawia Rembrandt, brzmi wyraźniej w dziełach religijnych. To pewne, że słyszał głos sakralności; pewne też, że sakralność jest nieobecna w jego najżarliwszych dziełach. Ze zjaw w rozproszonym świetle, ze świetlistych biedaków nie emanuje głos najwyższej Prawdy, której postacie gotyckie były jednocześnie wyrazem i odbiciem. Nie zna niepokonanej monotonii nadprzyrodzonego świata. Chrystus Mistrza z Avignon to Chrystus z jego *Piety*, Chrystus Rembrandta to osoba... Ośrodkiem sztuki nadprzyrodzonego świata chrześcijańskiego na Wschodzie jest Pantokrator; na Zachodzie *Przedwieczny* z Moissac, *Piękny Bóg* z Amiens, *Pobożny Chrystus* z Perpignan, *Pietà* z Avignonu. Ale *Pantokrator* i *Pietà* nie były poematami ani «dziełami sztuki», gdy *Rycina stuguldenowa* i *Trzy krzyże* to przede wszystkim akwaforty, a *Święte Rodziny* to przede wszystkim obrazy. Nie są one przeznaczone do sanktuariów jak posągi z katedr i ołtarze gotyckie, narodziły się ze świata sztuki: i nie dla czci, ale dla podziwu. Bogaty Rembrandt kolekcjonuje obrazy, ubogi Rembrandt handluje obrazami: w szczęśliwszych czasach konkurował z wysłannikiem Mazarina o zakup *Baltazara Castiglione* Rafaela. Ale bogaty czy zrujnowany, jest malarzem. I przy całej głębi swej wiary komu czuje się bliższy: mennonicie, jak on sam, jeśli to artysta italianizujący, czy ateuszowi, który rozumie jego malarstwo?

Nie można powiedzieć, że nie dba o Prawdę, skoro malował, rysował i rytował sceny biblijne, żeby ją znaleźć. W Jezusie widzi wyraz tego, czym zawsze był dla niego Chrystus; gdyby życie Jezusa potoczyło się tak, jak Rembrandt je przedstawia, cały Izrael byłby chrześcijański. Ale wyobrażenia sakralne ani nie przekonywały, ani nie poruszały jego widzów: stanowiły *oczywistość* równie nieodpartą, jak radość czy trwoga. Dla mistrzów z Bizancjum, z Monreale, z Chartres sakralność ani nie była kreacją jednostki, ani Chrystus jednostką. Chrystusa Prawdy odnajdywali w kościele bizantyńskim, w katedrze, we wspólnocie chrześcijańskiej. Wszelka sztuka sakralna przeznaczona jest do miejsca adoracji: sztuka Rembrandta narodziła się w kraju świątyń bez wizerunków i tak samo byłaby obca w ciężkich od złoceń kościołach baroku, jak w nagiej świątyni Amsterdamu. Czy ci, co odrzucili *Świętego Mateusza* Caravaggia, zgodziliby się na *Rodzinę Cieśli?* W najlepszym razie uznano by ją za dobry obraz. Rembrandt oczekuje od zgody między pozornym realizmem swego rysunku i irrealizmem swego światła ostatniego słowa, jakim przemawia Wcielenie: jego słowo sprawia, że Święta Rodzina staje się *Rodziną Cieśli;* pokrewieństwa z twarzami z Biblii i pokora gestu (bo Rembrandt rozporządza dwoma rodzajami gestu, z których jeden jest barokowy) ukazują go jako ostatniego geniusza gotyckiego współczucia. Ale nie ma gotyku bez kościołów i nie ma gotyku tam, gdzie są dzieła sztuki. Cała Biblia Reims wpisuje się w katedrę, cała Biblia Monreale zmierza ku Pantokratorowi; Biblia Rembrandta łączy się tylko z Rembrandtem i z podziwem, jaki budzi. Nikt nie modli się do Najświętszej Panny z *Rodziny Cieśli*. Mistrzowie sakralności przemawiali *w imię* bliźniego, którym był każdy; Rembrandt przemawia *do* bliźniego, którego szuka po omacku, niczym jego ślepy Homer. Mistrzowie sakralności symbolicznym przedstawieniem anonimowo objawiali Prawdę; Prawda Rembrandta nie jest niewzruszoną afirmacją takiego przedstawienia, które kończy się wraz ze swoim nadprzyrodzonym światem.

Niepodobna się co do tego pomylić, gdy Rembrandt maluje Chrystusa.

Pomiędzy pięćdziesiątym a sześćdziesiątym rokiem życia wielokrotnie przedstawia twarz Chrystusa, z której boskość ucieka tym bardziej, im bardziej ta twarz wyodrębniona jest na płótnie. Pantokratora z ikony przemienia w portret Jezusa. Jest to syn Marii, bo Syn Boga nie może mieć portretu: posiada tylko symbole. Portret psychologiczny narodził się, kiedy umarła sakralność, przedstawiająca twarze takimi, jakimi widzieli je bogowie lub śmierć, nie zaś takimi, jakimi powinny być, aby wyrazić osobę czy los. I ten portret, jakkolwiek indywidualny, nie rezygnuje z przemiany, którą Wenecja zawdzięcza irrealności. Ale Jezus nie może się stać Chrystusem w irrealności; stać się nim

166. REMBRANDT. CHRYSTUS (OK. 1659)

167. EL GRECO. CHRYSTUS (OK. 1610–1614)

może jedynie w świecie wyobrażeń Prawdy czy w sakralności. Kiedy El Greco malował twarz Chrystusa, usiłował znaleźć dla niej wyraz symboliczny: odrzucał indywidualizację, malował «przeciwieństwo portretu». Przydał światła Chrystusowi romańskiemu. Rembrandt chce światła dla żyjącego Jezusa; jego ogromny trud nie polega na tym, że trzeba mu użyć środków irrealności (jaki malarz po śmierci El Greca używał innych?), ale na tym, by za pomocą tych środków osiągnąć sakralność: wprowadzić to, co dokonało się w czasie i w świecie, do tego, co jest poza czasem i światem. Irrealność jednak nie objawia Prawdy: przychodzi po niej. Dramat Rembrandta przedłuża niejako dramat Michała Anioła, ale Michała Anioła bez Juliusza II, Sykstyny i wiernych, Michała Anioła, którego Vittoria Colonna nazywa się Hendrickje Stoffels i który nie ośmieliłby się namalować Chrystusa z *Sądu Ostatecznego*. Najbardziej przejmujący geniusz chrześcijaństwa od czasów średniowiecza, ten, który dla przyszłych wieków stworzył *Trzy krzyże,* pełne litości postacie ze *Stuguldenowej ryciny* i z *Pielgrzymów z Emaus,* którego sztukę zdaje się przebiegać straszny krzyk Matki Boskiej na widok wznoszonego Krzyża, co najmniej jedenaście razy malował Święte Twarze: ani jedna nie pozostała w chrześcijańskiej pamięci.

Pozostała w niej jednak *Stuguldenowa rycina* i *Pielgrzymi z Emaus*. Żeby narodził się Chrystus Rembrandta, nie może to być sama tylko twarz. Sztuka irrealności nie wyraża tego, co istnieje, ponieważ jej świat nie jest światem Bytu; ale w tym zmiennym świecie dzianie się podlega transfiguracji. Dlatego Rembrandt, bezbronny wobec twarzy Chrystusa, nie jest bezbronny wobec jego uczynków. Jeśli nie wymyka się zewnętrzności, kiedy przydaje patosu twarzy młodego rabina, wymyka się jej, kiedy grota, gdzie Chrystus głosi swoje słowo, czy gospoda, gdzie się pojawia, nabiera uduchowienia. Może też nie Chrystusa odnajduje poprzez czyn i czas w scenach z postaciami, ale swój własny geniusz.

W świecie, gdzie zatraciło się nawet wspomnienie sztuki sakralnej, sceny religijne, zrodzone w Italii, przywiodły do szczególnie giętkiego rozumienia świętości: *Zdjęcie z Krzyża* Rubensa jest nim ikonograficznie, ale ze wspaniałości obrazu nie wynika, że chodzi o śmierć Chrystusa. Mówiono, że Rembrandt, chcąc wyrazić *znaczenie,* malował sceny z Ewangelii tak, jak wyobrażał sobie, że wyglądały: stąd to, co nazywa się jego realizmem. Realizm – tu także – jest jedynie walką z idealizacją, w tym wypadku u własnych mistrzów i ich mistrzów włoskich. Ale Rembrandt nie szuka realizmu; jak wszyscy wielcy artyści religijni szuka uduchowienia; nie takiego jednak, żeby którakolwiek z jego Madonn mogła spotkać się z burmistrzem Sixem, jak Madonna van Eycka z kanclerzem Rolin.

Poprzez wszystkie kolejne wersje *Pielgrzymów z Emaus,* od wersji z muzeum Jacquemart-André, gdzie za władczą postacią widać w cieniu kobietę zajętą pieczeniem chleba, aż do wersji najsławniejszej – malarz szuka swego Chrystusa. Arcydzieło przemawia jak oratorium, nie jak scena czy portret; i pojawia się Chrystus o dłoniach jak z Ostatniej Wieczerzy i marionetkowych ramionach, jeden z najbardziej wzruszających, jakich namalował; bo też nie jest to portret. Wszystko tu go od portretu wyzwala: zjawiskowość postaci, nimb ze światła (bez którego obraz zmieniłby charakter), traktowanie twarzy: powiększona staje się symbolem Litości. O tej twarzy Rembrandt jakby zapomniał, tak mało są do niej podobne twarze z innych wersji *Pielgrzymów,* w tym rytowana. Większość portretów Chrystusa namalował później. Do tamtej powróci w *Stuguldenowej rycinie.* Twarz wziął z głębi siebie samego; jeśli nie jest jego własną, to ma rysy jego siostry, brata, najbliższych – wspólna maska rodzinna, którą przydał tylu swoim postaciom, a nawet pewnym portretom Saskii... Oczy nie pochodzą z getta amsterdam-

168. REMBRANDT. PIELGRZYMI Z EMAUS (1654)

skiego, nie należą bowiem do świata zewnętrznego – przeczy mu cały obraz. Stwierdzeniu: «Taki był Jezus», na które pozwala jedenaście portretów, nie odpowiada żadne: «Takie było spotkanie w Emaus». Ktokolwiek w to wątpi, niech porówna *Pielgrzy-*

mów z Emaus Rembrandta z *Pielgrzymami* Caravaggia. Podobnie jak Ukrzyżowanie z *Trzech krzyży,* hymn ciemności, któremu trzeba było trzech kolejnych «stanów», i jak wszystkie obrazy biblijne, począwszy od *Jakuba i Anioła* aż do *Złożenia do Grobu,* takie spotkanie nie mogło zdarzyć się nigdzie na ziemi; na ziemi nie było też Ukrzyżowań bizantyńskich ani Ukrzyżowania z *Pobożnego Chrystusa.* Ale w *Trzech krzyżach* twarz Jezusa jest niemal niewidoczna.

Sposobem głównym tego wyzwolenia nie jest cień ziemski, ale cień liryczny, znacznie bardziej wolny od cienia włoskiego, którego jest dziedzicem. Że jest to sposób służący kreacji – nie zaś transkrypcji rzeczy widzianych – mówią nam wszystkie rysunki, gdzie Rembrandt go nie stosuje; rysunków takich są setki. Malarstwo przynosi im ten cień i gdybyśmy nie znali obrazów, rysunki by go nam nie sugerowały; co szczególniejsze, nie sugerowałyby go również ryciny. Obserwując ich kolejne «stany» widzimy, jak Rembrandt to przekształca cieniem rysunek, to posługuje się nim jak światłem, rozjaśnia miedź czarnym ogniem. Trudno wyobrazić sobie Leonarda dodającego cień do swoich obrazów, gdzie cień był niczym przeciwległy biegun rozproszonego światła; był to element tajemniczy, coś pośredniego między mgłą a nocą. Dla Rembrandta cień jest także niezależny od objętości, które podkreśla, od oświetlenia, które uzasadnia – pod warunkiem, żeby nie patrzeć ze zbyt bliska. U «realistów» szesnastowiecznych, tak samo jak u luministów i tzw. tenebrosi, u następców Bassana tak samo jak u następców Caravaggia – wyjąwszy La Toura – źródło światła oświetlało «obiektywnie». Natomiast cień i światło u Rembrandta są plamami łączonymi niespodziewanie. Przełamał ciemność i przełamał światło, bardziej jeszcze niż linię, a w taki sam sposób. W XIX wieku myślano, że spojrzenie Rembrandta wychwytywało najbardziej pomieszane i najbardziej ulotne światła i cienie; ale z

Rembrandta, nie zaś z naśladowania aksamitu jest ciemna czerwień, która sprawia, że jego *Saul* jest prorokiem zachodu; i z Rembrandta, nie zaś z naśladowania nieba jest czarny promień w *Trzech drzewach* – choć potrafi naśladować lepiej niż inni. Znajduje własne światło dlatego, że światła nie naśladuje. Jeśli obserwuje, to po to, by znaleźć w rzeczach elementy ich metamorfozy. Rembrandt «deformuje» światło: w tym sensie w jakim wielcy Wenecjanie «deformują» kolor, nie zaś widzą go lepiej niż inni. Światło niewytłumaczalne to istota nadprzyrodzo-

170. REMBRANDT. TRZY KRZYŻE (1653)

171. REMBRANDT. PORTRET DZIECKA (OK. 1654)

172. REMBRANDT. SOKOLNIK (1661)

nego. Światło Rembrandta ma swoje wytłumaczenie, ale nie jest światłem dnia; z cienia, choćby najbardziej jednolitego, nie czyni ciemności. W obrazach ostatnich, jak *Sokolnik* czy portret grupowy z Brunszwiku, jak ongi w *Portrecie dziecka* z Fullerton, nie żąda nawet od cienia, żeby sugerował głębię. Mówiono, że «światłocień jednoczy postacie z naturą»; jak światło u La Toura, irrealny cień Rembrandta oddziela je od natury; nawet głupcy odgadli, że cień należy do odwiecznej dziedziny nocy: dlatego nazywali Rembrandta Puchaczem. Cień jest czarnym deszczem w *Trzech drzewach*, mrokiem w izbach *Filozofów*, tłem *Autoportretu* z Kolonii i tylu innych portretów, ciemnościami w Ukrzyżowaniach: krzyk miłości, w którym człowiek jednoczy się z życiem, krzyk żałobny, w którym jednoczy się ze śmiercią – zawsze przeciwne pełnemu śpiewowi wołanie samotnej istoty. Światło towarzyszące wielkim strzępom nocy, niepodległe słońcu i niezależne od lamp, nie jest z dnia, ale z nadprzyrodzonego lśnienia, które dla tylu sekt Wschodu, niczym dusza świata, rozbłyskuje w głębi tajemnej groty; z tego lśnienia jest złoto bez złota z *Betsabe, Jeźdźca polskiego, Danae*, świątyni z *Dawida i Absaloma, Autoportretu* z Kolonii, szaty Homera, *Syna marnotrawnego* – i wszystkich zmierzchów...

Światło Rembrandta sugeruje pradawną przeszłość, «chwałę miast o zachodach słońca», cudownie łączącą się ze scenami z Biblii; ale w teraźniejszości jest echem owej przeszłości bez dna, wiecznym powrotem, dzięki czemu zmierzchy mniej są chwilami dnia aniżeli chwilami poza doczesnością. Ta drżąca fosforescencja jest odkryciem Tycjana w jego *Pietà* (której Rembrandt nie widział nigdy), aby móc oddać mozaikowe sklepienie zagarnięte przez ciemność (ubogie sklepienie w *Pielgrzymach z Emaus* jest do niej podobne); jak gdyby Wenecja szukała w tym odblasku złotego tła bizantyńskiego. Złoto sakralności nie było jednak złotem zmierzchu, ale emanacją Pantokratora; nie wyobrażało nic; nie wyrażało chwili bez końca, było poza czasem.

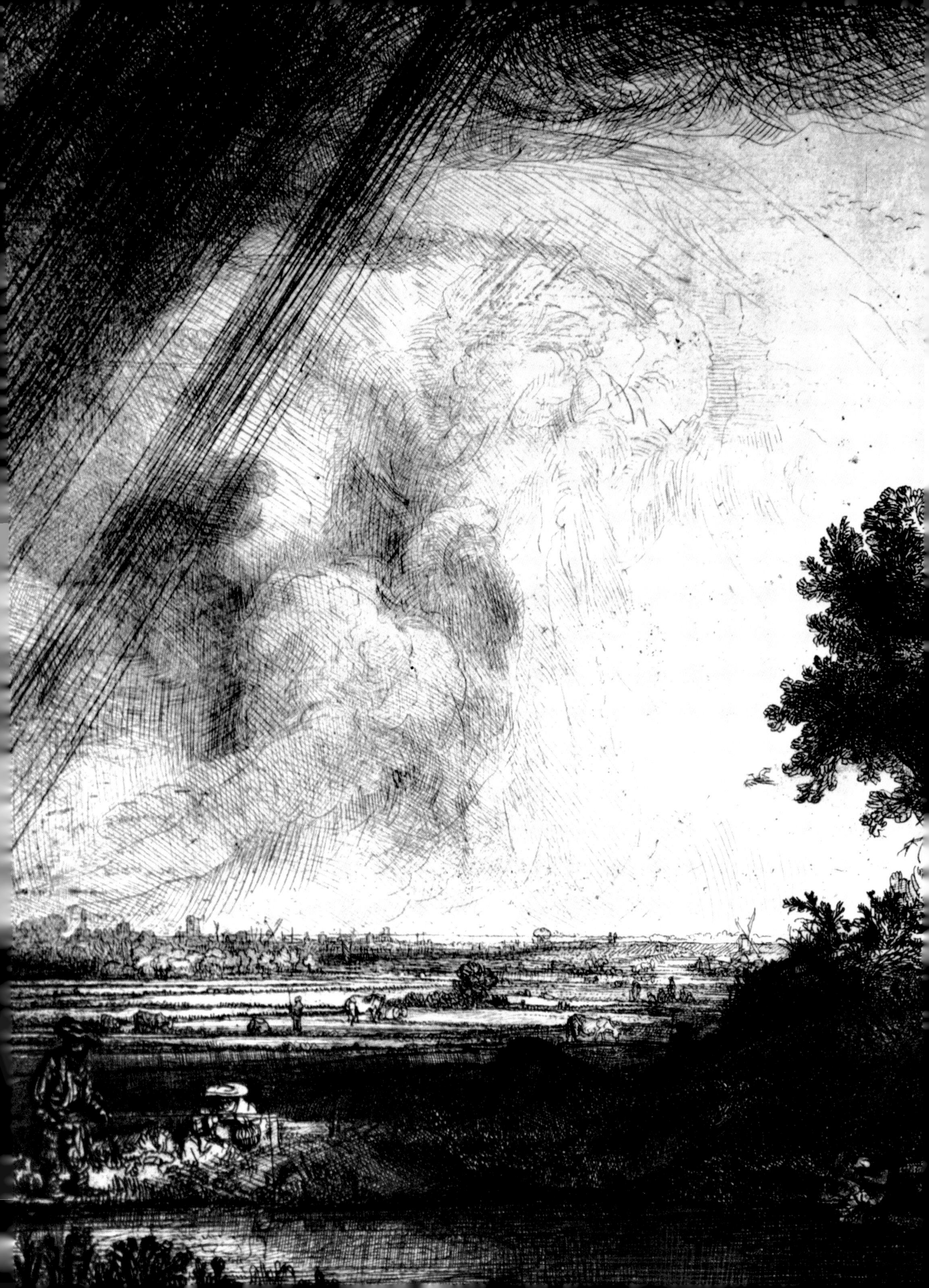

Sztuka sakralna na język swego stylu przekładała wieczność i zewnętrzność otaczającą Syna Bożego – jak liturgia codzienne słowa przekłada na łacinę czy sanskryt – aby uwolnić ją od czasu; światło i cień Rembrandta także uwalniają jego dzieło od tego, co zewnętrzne, ale tego, co zewnętrzne, nie wprowadzają do sakralności: w świecie wyobrażeń malarskich stanowią kontynuację nadprzyrodzonego...

Rembrandt kocha Chrystusa. Tym goręcej, że od miłości oczekuje odpowiedzi na ziemskie zagadki, jedynego głosu zwyciężającego lęk pierworodny. Odpowiedzią jednak nie jest życie Jezusa, ale boskość Chrystusa – tajemnica Wcielenia. Sztuka Rembrandta przyzywa do miłowania Jezusa, nikt bowiem nie jest bardziej godzien miłości; na co każdy teolog odpowie, że przede wszystkim dlatego, ponieważ Bóg *jest* miłością, a Chrystus Synem Boga, który przyjął ciało i został ukrzyżowany dla zbawienia ludzi. Ale nie ma Wcielenia w sztuce irrealności; Wcielenie jest tylko w sztuce, która nie uważa siebie za irrealną...

Czy przyjmuje się, czy odrzuca chrześcijański język Rembrandta, malarstwo jego implikuje świat Boga, w obliczu którego człowiek przypomina owych ślepców, tak chętnie przez niego przedstawianych, podobnie jak implikuje nostalgię za wspólnotą tego świata i człowieka. Wspólnotą, którą wielkie chrześcijaństwo odnajdywało w stylu symbolizującym świat Boga i w zagarnięciu człowieka przez sakralność; Rembrandt natomiast spodziewa się jej po transfiguracji swoich postaci. Wystarczy wyobrazić sobie Sąd Ostateczny, który namalowałby Rembrandt i przywołać *Sąd Ostateczny* z Autun; albo jego *Zdjęcie z Krzyża* i *Pietę* z Avignonu... *Pietà* Tycjana została namalowana dla grobowca. Nie ma już katedr; zbór protestancki nie zna przedstawień takich jak Pietà i nie ma w nim już nawet grobowców. Zostały tylko kazania, gdzie próbuje się złączyć transcendencję, samotność i braterstwo.

Jezus, który wypełnia Rembrandta i przydaje jego rysunkowi geniuszu litości, tylko w połowie jest Synem Boga. Rembrandt wielokrotnie malował rodzinę Cieśli i liczne sceny z dzieciństwa Jezusa. Nigdy nie namalował Boga Ojca, choć usiłował go rysować, i stale malował anioły. Jak bardzo jego Chrystus jest człowiekiem! Mierne *Zmartwychwstanie*, żadnego Sądu Ostatecznego; i ani Szatana, ani Boga w czasach Miltona i Pascala. «Bóg Abrahama, Izaaka i Jakuba»! Czy tego Boga wyraża, czy Abrahama, Izaaka i Jakuba, sceny płomienne i sceny miłosierne z wielkiej Księgi Legend? Przydał Staremu Testamentowi światła; w naszej pamięci przetrwały skąpane w nim wielkie imiona Izraela. Ale wśród tylu obecności w ogromnej Biblii Rembrandta gdzież głos odpowiadający Mojżeszowi: «Jestem, który Jestem»? Może Michał Anioł był ostatnim, który ten głos usłyszał? Nie zestawiajmy tych przedstawień z romańskimi, jeśli chcemy w nich ujrzeć jedną z największych kreacji Irrealności – nieporównywalną z wenecką ani z żadną inną...

Odkąd Rembrandt porzuca bajeczny Wschód, Stary Testament, podobnie jak jego Ewangelia, staje się księgą rozpaczliwie przyzywającą miłosierdzia od transcendencji: zaczął od Samsona, w Tobiaszu znalazł postać wybraną (od ślepca do ślepca...), by skończyć na cudownym *Synu marnotrawnym,* o którym nie wiadomo, czy należy do Starego czy Nowego Testamentu. A jednak dla Azjaty oglądającego Biblię Rembrandta – mimo Saula i całej dekoracyjności Ahaswera – Bóg z Krzaka Gorejącego byłby miłosierdziem, jak Apostołowie Rafaela – pięknem. Aby namalować świat Przedwiecznego, trzeba nie tylko geniuszu, ale i wiary innych...

A jednak odpowiedź franciszkańskiego Chrystusa, którego zadziwiające oczy Rembrandt napełnił smutkiem, nie wyczerpuje jego pytania. Wiadomo, jakiej obecności znakiem są *Pielgrzymi z Emaus, Trzy krzyże,* cały Nowy Testament Rembrandta; czy tylko biblijna jest ta, która łączy *Zuzannę* i *Danae*, *Saula* i *Homera,* i która sprawia, że wspaniały i bolesny akt Hendrickje Stoffels z *Betsabe* przywodzi na myśl smutek *Jeruzalem*? A kiedy braknie miłosierdzia w scenach biblijnych, czy ich nadnaturalna i legendarna «aura» różni się od aury w *Mężczyź-*

174. REMBRANDT. POWRÓT SYNA MARNOTRAWNEGO (1636)
175. REMBRANDT. POWRÓT SYNA MARNOTRAWNEGO (1669)

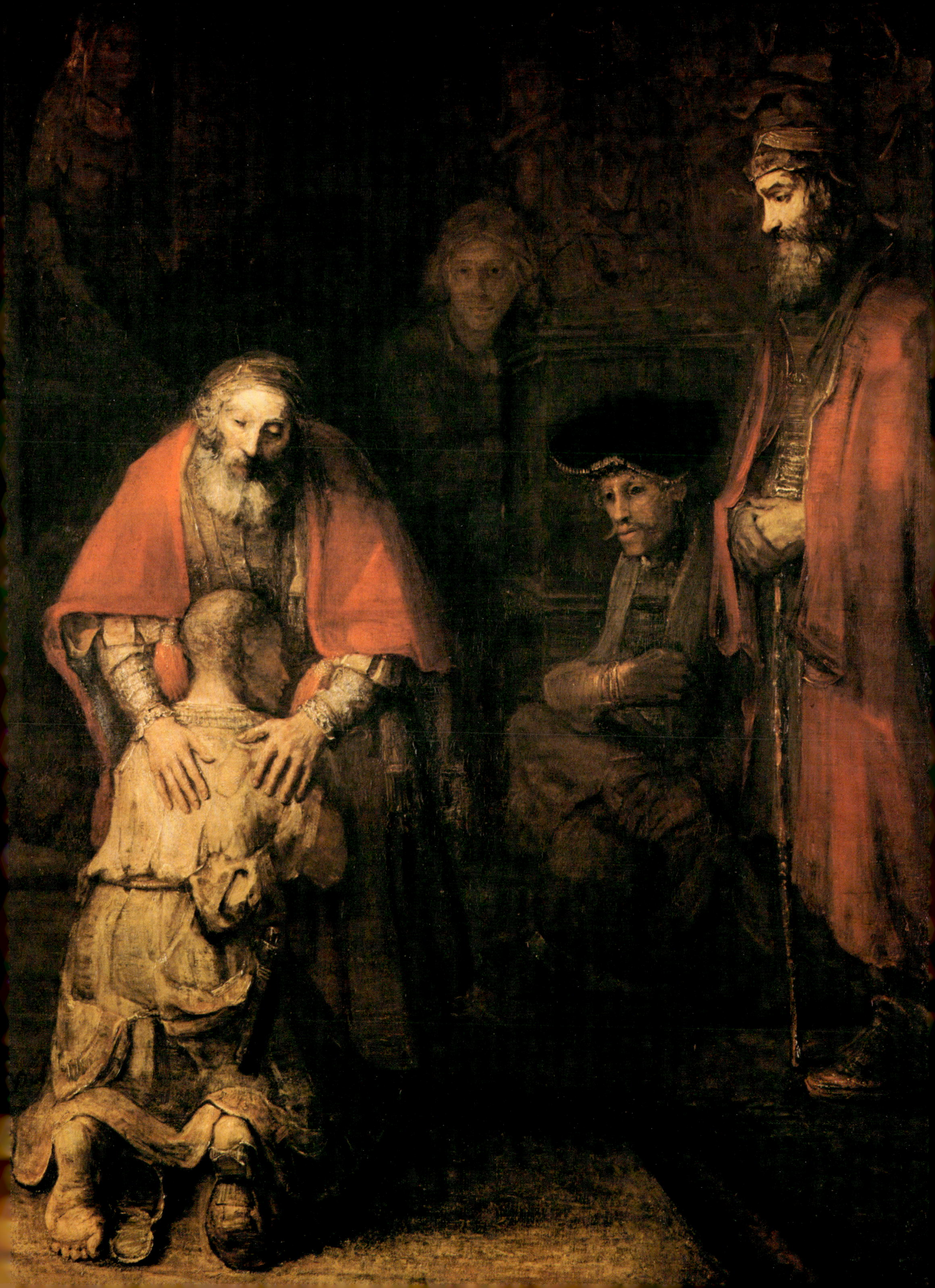

nie w hełmie (Witaj, cieniu Samuela w Endor!) albo *Jeźdźca polskiego* na jego koniu z Hadesu? Z jakim ewangelistą, z jakim prorokiem łączyć mroczną naukę pejzaży i *Rozpłatanego wołu?*

Ludzie z otoczenia Rembrandta myślą, że jego oczy-pułapki wychwytują najbardziej utajone wyglądy rzeczy; on sam wie, że wszystko to, co maluje, chce wyzwolić od ziemi – swego brata, pejzaż, wołu, króla Dawida, Ukrzyżowanie, syndyków nawet. Stąd jego obsesja monochromii (którą podziela z Leonardem, Michałem Aniołem z Sykstyny, z Goyą z Quinta del Sordo), odrzucenie wraz z kolorem tego, co zewnętrzne; Rembrandt nie jest kolorystą, jak Wenecjanie i Vermeer, ale lirykiem władającym kilku kolorami, zorkiestrowanymi i wyzwolonymi od realności brunatnym cieniem. Stąd jego namiętność do grafiki, tak sprzyjającej fantastyce. Stąd jego sześćdziesiąt autoportretów: po części są to podobizny artysty, po części twarz wyzwolona od tego, co ziemskie; potem jest on, ale kto inny, wreszcie *Autoportret* z Kolonii: zaledwie tu siebie przypomina i, poprzez śmiech wyzwolony od czasu i naznaczony śmiercią, wkracza do świata, który wybrał dla swego *Homera*. Irrealność Rembrandta nie przemienia tego, co zewnętrzne, na wzór Wenecji, ale podporządkowuje zewnętrzne albo odrzuca je na wzór sztuki sakralnej; lecz sztuka sakralna, cokolwiek przedstawia, odnosi się do Boga, gdy wielkie portrety Rembrandta nie odnoszą się bardziej do objawionego Boga niż jego *Sprzysiężenie, Żydowska narzeczona* i wszystkie obrazy świeckie, od *Homera* aż po *Autoportret* z Kolonii (do siebie podobne). Komunia, której szuka w swych arcydziełach, kiedy nie rządzi nimi litość – w portretach tak samo jak w pejzażach, w połowie przedstawień ze Starego Testamentu i w *Rozpłatanym wole* – to komunia z *nieznanym...*

Zapytywał o Boga wielu ludzi i samego siebie. Katolików, protestantów ze wszystkich sekt, Żydów, muzułmanów i na pewno też rosyjskiego pielgrzyma, którego malował... Czy Budda, którego, jak mu zarzucano, zachował w czasach biedy, był wielkim dziełem, czy bożkiem egzotycznym, połyskującym w ciemnej pracowni, gdy rytował *Trzy krzyże?* Co wiedział o innym Kazaniu na Górze: kazaniu do Gazel? Czy wielkie pomocne postacie spotykały się w jego duszy? Czy wyzwalając świat od tego, co zewnętrzne, wyzwalał go w swoim poczuciu również od upokorzenia i nieszczęścia? Poprzez malarstwo, które nie znało ani ubóstwa, ani opuszczenia, ani zmęczenia, ani pogardy, jakie okazywał mu wiecznie ożywiony Amsterdam (dzwony na Anioł Pański zlewały się wieczorem z uderzeniami wioseł na kanale...), nieszczęśliwi wkraczali wraz z nim do braterskiego świata zbawienia. Ale współczucie nie wystarczy do zwyciężenia fundamentalnej tajemnicy, którą tak doskonale czuje. Odcięty od sławy, jak jego żona od protestanckiej komunii, człowiek o przydomku Puchacz niedawno umieścił na hełmie Bellony albo Aleksandra sowę ateńską oświetloną gwiazdami Erebu, których «krwawe ognie drżą w wodzie głębokiego Styksu»; i kiedy wieczór spada na pustą pracownię, gdzie gromadzą się tylko zawadzające arcydzieła, widzi w lustrze pełnym cienia smutek własnej twarzy, wypędza z niej wszystko, co zawdzięcza ziemi, i ciska w twarz sławie bezsensowny śmiech z *Autoportretu* z Kolonii...

Ale nikt nie robi szkiców z tego, co niepochwytne, i nawet w niekończącym się widowisku nieszczęścia Rembrandt odnajduje tylko elementy własnego; jeśli na ulicach Amsterdamu dostrzega odbicie nieznanego, to tylko dzięki malarstwu. Malarstwo nie wyraża innego świata: tworzy go. Poprzez malarstwo ogarnia ten świat; jego dzieło nie jest ilustrowaną medytacją. Gdyby było «produktem» mennonizmu, jak niewiele znaczyłoby w malarstwie! Cień i światło Rembrandta innym głosem zapytują wszechświat niż mennonita Rembrandt Harmensz van Rijn pastora Anslo. Powiadamy, że jego obrazy są wyrazem komunii i stały się nim dla nas; dla niego niemal wszystkie są *środkiem* do niej zmierzającym. Nie wyraża tego, co ma, objawia to, co przyzywa. W tajemniczy sposób wołanie o nieznane staje się obecnością nieznanego, a komunia z fundamentalną tajemnicą – jego emanacją. Każda wielka twórczość religijna jest próbą pochwycenia tego, co niepochwytne: objawia je, nie zaś

176. REMBRANDT. KITA NA HEŁMIE BELLONY (OK. 1660)

177. REMBRANDT. AUTOPORTRET Z KOLONII (OK. 1668)

ilustruje. A jeśli niepochwytne się wymyka, droga ku niemu jest bardziej niespokojna, ale niemniej płodna: Dostojewski, chrześcijanin jak Rembrandt, Szekspir, dla którego Chrystus niemal nie istnieje, ukazują nam potęgę kreacji zawartą w pytaniu metafizycznym, postawionym samymi tylko środkami sztuki... Wszelka komunia z nieznanym godzi w samą duszę zewnętrzności, to jest w czas. Sztuka, która niepoznawalnemu zadaje pytania, odnajduje w nim mgłę buddyjskiego pejzażu, ramiona Tańca Śmierci, khmerski uśmiech, puste oczodoły Cheopsa – tymczasowe słowo Wiecznego Powrotu. Wówczas z cienia, któremu Rembrandt przydaje głębi śmierci, wybiega głos głębszy od opowiadań Izraela, uroczysty głos letniego zmierzchu, pradawny głos nocy i czasów niepamiętnych. Pejzaże Rembrandta, malowane w pracowni, nie przedstawiają tego, co widział, wyrażają tajemnicę, której przelotne doznanie daje nam wieczór spadający na lasy, tajemnicę, usiłującą pochwycić zagadkowy dialog malarski cienia i światła: wprowadza do niego *Stary młyn* i *Tobiasza*, *Drugą lekcję anatomii* i *Saula*, *Rozpłatanego wołu*, *Dobrego Samarytanina* i samego siebie – podobnie jak Szekspir wprowadza Prospera do własnej tajemnicy i tajemnicy świata, a Wiktor Hugo los swego utopionego dziecka i los Napoleona włącza do fali bez wieku, którą przyniesie mu sen Booza. Rembrandt odsuwa Chrystusa po to, by poznać jedyne metafizyczne *pytanie* malarstwa zachodniego. Podobnie jak światło Tycjana szuka poza czasem słońca Raju utraconego, czarne promienie deszczu przecinają niebo *Trzech drzew* i niebo *Trzech krzyży* w majestacie słońca umarłych. Na wołanie dawnej sakralności irrealność odpowiada echem obudzonym ongi przez mistrzów najgłębiej sięgającego malarstwa chińskiego, przez wielkich rzeźbiarzy Wschodu, Indii i Meksyku: echem niepochwytnego, które porządkuje głosy bogów; tym echem drobna zjawa z *Rozpłatanego wołu* zapytuje zjawę z Emaus – w cieniu, który po raz pierwszy nawiedza to, co w Zachodzie niezgłębione.

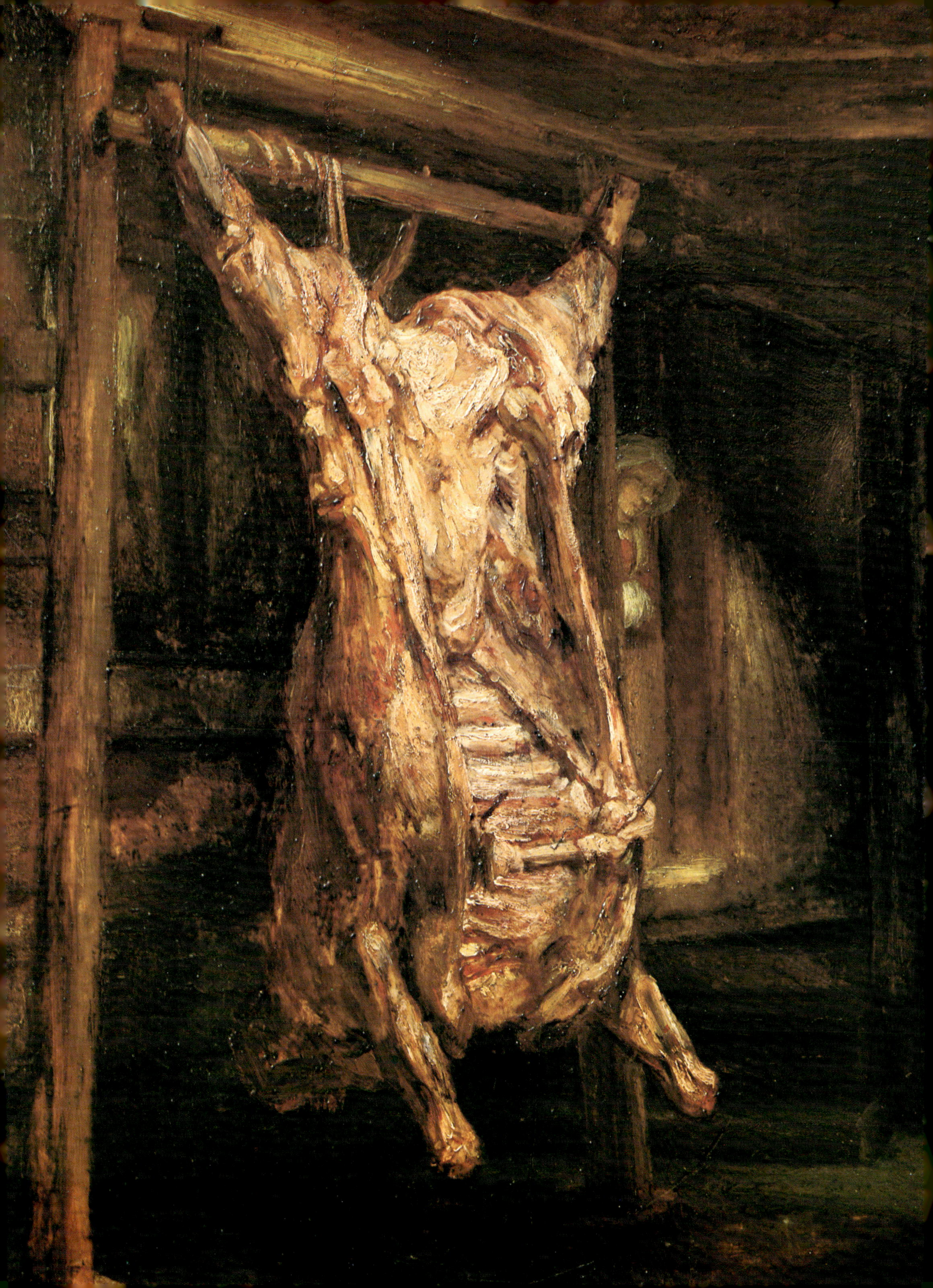

Dokumentacja ikonograficzna

Dokumentacja ikonograficzna opracowana została przez Evélyne Mérigot

1

METAMORFOZA CHRYSTUSA

1. Frontyspis – Sztuka wenecka. Tycjan. *Porwanie Europy* (fragment). Ok. 1559–1562. Boston, Isabella Steward Gardner Museum. Olej na płótnie. Fot. muzeum.
Obraz zamówiony przez Filipa II.
2. Sztuka florencka. Nanni di Banco. Florencja, katedra S. Maria del Fiore. *Izajasz* (fragment). 1408–1409. Marmur. Fot. Alinari, Florencja.
3. Sztuka gotycka. Chartres, katedra, Portal Męczenników. *Święty Teodor*. Ok. 1225–1230. Kamień. Fot. U.D.F. – Fototeka.
4 Sztuka florencka. Nanni di Banco. Florencja, katedra S. Maria del Fiore. *Izajasz*. 1408–1409. Marmur. Fot. U.D.F. – Fototeka.
5. Sztuka grecka. Alkamenes (?). Ateny, Akropol, Erechtejon. *Kariatyda* (fragment). 420–406 p.n.e. Marmur. Fot. Giraudon, Paryż.
6. Sztuka florencka. Nanni di Banco. Florencja, katedra S. Maria del Fiore. *Izajasz* (fragment). 1408–1409. Marmur. Fot. Alinari, Florencja.
7. Sztuka florencka. Donatello. Florencja, Orsanmichele. *Święty Marek*. 1411–1412. Marmur. Fot. Alinari-Giraudon, Paryż.
8. Sztuka toskańska. Piero della Francesca. *Boże Narodzenie* (fragment). Ok. 1475. Londyn, National Gallery. Olej na desce. Fot. muzeum.
9. Sztuka bizantyńska. *Dawid grający na harfie*. X w. Paryż, Bibliothèque Nationale. Ms. Grec. 139, fol. 1 V°. Miniatura na pergaminie. Fot. Biblioteka.
Psałterz z Biblioteki Cesarskiej w Konstantynopolu zakupiony w Konstantynopolu w roku 1557–1559.
10. *Herkules i jeleń*. Replika bizantyńska z V albo VI w. według modelu greckiego z IV w. p.n.e. Rawenna, Muzeum Narodowe. Marmur. Fot. U.D.F. – Fototeka.
11. Sztuka bizantyńska (Egipt?), *Izyda*. VI w. Akwizgran, katedra. Kość słoniowa. Fot. Ann Münchow, Akwizgran.
12. Sztuka pizańska. Nicola Pisano. Piza, baptysterium. Ambona (fragment); *Herkules*. Ok. 1260. Marmur. Fot. U.D.F. – Fototeka.
13. Sztuka Kampanii. Nicola da Foggia. Ravello, katedra S. Pantaleon. Ambona (fragment): *«Eclesia»*. 1272. Marmur. Fot. Alinari, Florencja.
14. Sztuka romańska Prowansji. Arles, Saint-Trophime. Portal (fragment); *Św. Jan Ewangelista i św. Piotr*. Koniec XII w. Kamień. Fot. U.D.F. – Fototeka.
15. *«Popiersie z Barletty»* (fragment). Ok. 1240, Barletta, Muzeum miejskie. Wapień. Fot. U.D.F. – Fototeka.
16. Sztuka średniowieczna Kampanii. Kapua, Zamek Fryderyka II. Dekoracja łuku (fragment): *głowa mężczyzny*. 1239. Wapień. Museo provinciale di Campagna. Fot. muzeum.
17. Sztuka gotycka, Niemcy. Bamberg, katedra. *«Jeździec bamberski»* (fragment). Ok. 1250. Ilustracja odwrócona. Fot. Bildarchiv Foto, Marburg.
18. Sztuka gotycka Szampanii. Reims, katedra, portal główny. Zwiastowanie (fragment): *Najświętsza Panna*. 1250–1270. Kamień. Fot. U.D.F. – Fototeka.
19. Sztuka gotycka. Chartres, katedra, narożnik portalu północnego ramienia transeptu. *Święta Modesta* (fragment). XIII w. Kamień. Fot. U.D.F. – Fototeka.
20. Sztuka pizańska. Giovanni Pisano. Piza, katedra. Ambona (fragment): *Herkules*. 1302–1310. Marmur. Fot. U.D.F. – Fototeka.
21. Sztuka florencka. Lorenzo Ghiberti. Florencja, baptysterium. Obramowanie «Rajskich wrót» (fragment): *twarz*. 1425–1452. Brąz. Fot. Alinari, Florencja.
22. Sztuka gotycka. Chartres, katedra, Portal Wyznawców. *Święty Grzegorz* (fragment). Ok. 1225–1230. Kamień. Fot. Tel-Vigneau.
23. Sztuka florencka. Nanni di Banco. Florencja, Orsanmichele. *Święty Eligiusz* (fragment). Ok. 1413. Marmur. Fot. Alinari, Florencja.
24. Sztuka florencka. Nanni di Banco. Florencja, Orsanmichele. *Quattri santi coronati*. 1411–1414. Marmur. Fot. U.D.F. – Fototeka.

2

SUROWY STYL CHRZEŚCIJAŃSKI

25. Sztuka florencka. Masaccio. Florencja, S. Maria Novella. *Św. Trójca (Ukrzyżowanie)* (fragment). 1426–1427. Fresk. Fot. Scala, Florencja.
26. Sztuka umbryjsko-florencka. Gentile da Fabriano. *Pokłon Trzech Króli* (fragment). 1423. Florencja, Uffizi. Olej na desce. Fot. Scala, Florencja.
Malowidło dla zakrystii S. Trinità we Florencji, zgodnie z testamentem Noferiego Strozzi.
27. Sztuka toskańska. Paolo Uccello. *Madonna z Dzieciątkiem*. Ok. 1445. Dublin, National Gallery of Ireland. Olej na desce. Fot. muzeum – O'Malley.
28. Sztuka florencka. Masaccio. Florencja, S. Maria del Carmine, kaplica Brancaccich. *Grosz czynszowy* (fragment). Ok. 1427. Fresk. Fot. Scala, Florencja.

29. Sztuka florencka. Paolo Uccello. Florencja, katedra S. Maria del Fiore. *Zmartwychwstanie*. 1443–1444. Witraż. Fot. U.D.F. – Fototeka.
    Wykonanie witrażu: Bernardo di Francesco.

30. Sztuka flamandzka. Jan van Eyck. Gandawa, katedra św. Bawona. Ołtarz Baranka Mistycznego: *Św. Jan Chrzciciel* (fragment). 1432. Olej na desce. Fot. A.C.L., Bruksela.

31. Sztuka florencka. Paolo Uccello. Florencja, katedra S. Maria del Fiore. Ornament zegara (fragment): *Prorok*. 1443. Fresk. Fot. Scala, Florencja.

32. Sztuka umbryjsko-florencka. Gentile da Fabriano. Pokłon Trzech Króli. Predella (fragment): *Ucieczka do Egiptu*. 1423. Florencja, Uffizi. Olej na desce. Fot. Scala, Florencja.
    Malowidło dla zakrystii S. Trinità we Florencji, zgodnie z testamentem Noferiego Strozzi.

33. Sztuka florencka. Masaccio. Florencja, S. Maria del Carmine, kaplica Brancaccich. Św. Piotr udziela chrztu (fragment): *Nawrócony*. 1424–1428. Fresk. Fot. Scala, Florencja.

34. Sztuka neoimpresjonistyczna (pointylizm). Georges Seurat. *Matka artysty* (fragment). 1883. Nowy Jork, Metropolitan Museum of Art, kolekcja Lizzie P. Bliss. Ołówek Conté na białym papierze. Fot. muzeum.

35. Sztuka holenderska. Vermeer van Delft. *Kobieta ważąca złoto* albo *Kobieta ważąca perły* (fragment). 1657 (?). Waszyngton, National Gallery of Art, kolekcja Widener. Olej na płótnie. Fot. muzeum.

36. Sztuka florencka. Andrea del Castagno. Florencja, S. Apolonia. Ostatnia Wieczerza (fragment): *Święty Jan*. 1448. Fresk. Fot. Scala, Florencja.

37. Sztuka florencka. Paolo Uccello. *Bitwa pod San Romano* (fragment). Ok. 1456–1460. Florencja, Uffizi. Olej na desce. Fot. Scala, Florencja.

38. Sztuka flamandzka. Jan van Eyck. Gandawa, katedra św. Bawona. Ołtarz Baranka Mistycznego: *Najświętsza Panna* (fragment). 1432. Olej na desce. Fot. Scala, Florencja.

39. Sztuka francuska XV w. Szkoła Loary. Jean Fouquet. *Najświętsza Panna* (fragment). Ok. 1450. Antwerpia, Musée Royale des Beaux-Arts. Olej na desce. Fot. muzeum.
    Pierwotnie prawe skrzydło dyptyku z Melun (kaplica grobowa Etienne'a Chevalier).
    Modelką do wizerunku Najświętszej Panny była Agnès Sorel.

40. Caravaggio. Złożenie do Grobu (fragment): *Madonna*. 1602–1604. Watykan, Pinakoteka. Olej na płótnie. Fot. Scala, Florencja.

41. Sztuka francuska XVII w. Georges de La Tour. Święty Sebastian opłakiwany przez świętą Irenę (fragment): *Święta Irena*. 1633. Berlin, Staatliche Museen, Preussischer Kulturbesitz Gemäldegalerie. Olej na płótnie. Fot. Steinkopf, Berlin.
    Obraz zamówiony przez Ludwika XIII.

42. Sztuka toskańska. Spinello Aretino. Piza, Campo Santo. *Nawrócenie świętego Efezusa podczas bitwy* (fragment). 1391–1392. Fresk. Fot. Scala, Florencja.

43. Sztuka florencka. Paolo Uccello. *Bitwa pod San Romano* (fragment). Ok. 1456–1460. Florencja, Uffizi. Olej na desce. Fot. Scala, Florencja.

44. Sztuka florencka. Agnolo Gaddi. Florencja, S. Croce. Historia Świętego Krzyża: *Św. Helena niosąca Krzyż do Jerozolimy*. 1394. Fresk. Fot. Alinari, Florencja.

45. Sztuka toskańska. Piero della Francesca. Arezzo, S. Francesco. Legenda Krzyża: *Podwyższenie Krzyża* albo *Przywrócenie Krzyża Jerozolimie*. Ok. 1460. Fresk. Fot. Scala, Florencja.

46. Sztuka florencka. Agnolo Gaddi. Florencja, S. Croce: Historia Świętego Krzyża: *Św. Helena niosąca Krzyż do Jerozolimy* (fragment). 1394. Fresk. Fot. Alinari, Florencja.

47. Sztuka toskańska. Piero della Francesca. Arezzo, S. Francesco. Legenda Krzyża: *Podwyższenie Krzyża* albo *Przywrócenie Krzyża Jerozolimie* (fragment). Ok. 1460. Fresk. Fot. U.D.F. – Fototeka.

48. Sztuka florencka. Agnolo Gaddi. Florencja, S. Croce. Historia Świętego Krzyża: *Triumf Krzyża* (fragment). 1394. Fresk. Fot. Scala, Florencja.

49. Sztuka toskańska. Piero della Francesca. Arezzo, S. Francesco. Legenda Krzyża: *Próba Krzyża Św.* (fragment). Ok. 1452–1460. Fresk. Fot. Scala, Florencja.

50. Sztuka florencka. Agnolo Gaddi. Florencja, S. Croce. Historia Świętego Krzyża: *Królowa Saby u króla Salomona* (fragment). 1394. Fresk. Fot. Alinari, Florencja.

51. Sztuka toskańska. Piero della Francesca. Arezzo, S. Francesco. Legenda Krzyża: *Królowa Saby u króla Salomona* (fragment). Ok. 1452. Fresk. Fot. Scala, Florencja.

52. Sztuka toskańska. Piero della Francesca. *Zmartwychwstanie*. 1463–1465. Borgo San Sepolcro, Palazzo comunale. Fresk. Fot. U.D.F. – Fototeka.

53. Sztuka toskańska. Piero della Francesca. Arezzo, S. Francesco. Legenda Krzyża (fragment): *Prorok*. 1452. Fresk. Fot. Scala, Florencja.

3

DONATELLO

54. Sztuka franko-flamandzka. Claus Sluter. Dijon, kartuzja Champmol, Studnia Mojżesza. *Mojżesz* (fragment). 1395–1405. Kamień polichromowany. Fot. U.D.F. – Fototeka.

55. Sztuka franko-flamandzka. Claus Sluter. Dijon, kartuzja

Champmol, Studnia Mojżesza. Mojżesz (fragment): *oko*. 1395–1405. Kamień polichromowany. Fot. U.D.F. – Fototeka.
56. Sztuka florencka. Nanni di Banco. Florencja, katedra S. Maria del Fiore. Izajasz (fragment): *oko*. 1408–1409. Marmur. Fot. Alinari, Florencja.
57. Sztuka florencka. Donatello. Florencja, Kampanila. Mojżesz (fragment): *oko*. Ok. 1415–1420. Florencja. Museo dell'opera del Duomo. Marmur. Fot. Alinari, Florencja.
58. Sztuka florencka. Lorenzo Ghiberti. Florencja, Orsanmichele. *Św. Jan Chrzciciel* (fragment). 1414. Brąz. Fot. U.D.F. – Fototeka.
59. Sztuka florencka. Donatello. Florencja, Kampanila. Mojżesz (fragment). Ok. 1415–1420. Florencja, Museo dell'opera del Duomo. Marmur. Fot. Alinari, Florencja.
60. Sztuka bolońska. Jacopo della Quercia. Bolonia, S. Petronio. *Kuszenie*. 1425–1438. Kamień z Istrii. Fot. A. Villani e Figli, Bolonia.
61. Sztuka florencka. Donatello. *Dawid*. Ok. 1430–1432. Florencja, Muzeum Narodowe. Brąz. Fot. U.D.F. – Fototeka.
62. Sztuka florencka. Nanni di Banco. Florencja, katedra S. Maria del Fiore. Porta della Mandorla (fragment): *głowa anioła*. 1414–1421. Marmur. Fot. Alinari, Florencja.
63. Sztuka florencka. Donatello. Neapol. S. Angelo a Nilo, płaskorzeźba z grobowca kardynała Rainalda Brancacci. Wniebowzięcie (fragment): *głowa anioła*. 1427. Marmur. Fot. U.D.F. – Fototeka.
64. Sztuka florencka. Donatello. Neapol, S. Angelo a Nilo, płaskorzeźba z grobowca kardynała Rainalda Brancacci. Wniebowzięcie (fragment): *anioł*. 1427. Marmur. Fot. U.D.F. – Fototeka.
65. Sztuka florencka. Donatello. Florencja, S. Croce. *Zwiastowanie*. Ok. 1435–1440. Wapień. Fot. Alinari-Giraudon.
66. Sztuka florencka. Donatello. Siena, baptysterium, chrzcielnica. Uczta u Heroda (fragment): *taniec Salome*. 1423–1427. Brąz. Fot. Alinari, Florencja.
67. Sztuka florencka. Donatello. Florencja, S. Croce. Zwiastowanie (fragment): *Madonna*. Ok. 1435–1440. Wapień. Fot. Alinari, Florencja.
68. Sztuka wenecka. Wenecja, S. Maria gloriosa dei Frari. *Pomnik konny Paola Savelli* (fragment). Ok. 1405–1410. Drzewo. Ilustracja odwrócona. Fot. U.D.F. – Fototeka.
69. Sztuka florencka. Paolo Uccello. Florencja, katedra S. Maria del Fiore. *Portret konny Sir Johna Hawkwooda zwanego Giovanni Acuto*. 1436. Fresk (przeniesiony na płótno w 1842). Fot. Scala, Florencja.
70. Sztuka rzymska. Rzym, Kapitol. *Posąg konny Marka Aureliusza*. 166–180. Brąz złocony. Fot. Alinari, Florencja.
71. Sztuka florencka. Donatello. Padwa, Piazza del Santo. *Posąg konny Erasma da Narni zwanego Gattamelata*. 1447–1453. Brąz. Fot. Alinari, Florencja.
72. Sztuka florencka. Donatello. Florencja, Kampanila. *Jeremiasz zw. «Popolano»* (fragment). 1423–1426. Florencja. Museo dell'opera del Duomo. Marmur. Fot. U.D.F. – Fototeka.

73. Sztuka florencka. Donatello. Padwa, Piazza del Santo. *Posąg konny Erasma da Narni zwanego Gattamelata* (fragment). 1447–1453. Brąz. Fot. Anderson-Giraudon, Paryż.
74. Sztuka florencka. Donatello. Padwa, Piazza del Santo. *Posąg konny Erasma da Narni zwanego Gattamelata*. 1447–1453. Brąz. Fot. Brogi-Alinari, Florencja.
75. Sztuka florencka. Donatello. Padwa, bazylika S. Antonio, ołtarz główny. *Cud z osłem w Rimini* (fragment). 1447. Brąz. Fot. Alinari, Florencja.
76. Sztuka florencka. Donatello. Padwa, bazylika S. Antonio, ołtarz główny. *Madonna* (fragment). 1448. Brąz. Fot. U.D.F. – Fototeka.
77. Sztuka francuska XV w. Szkoła Loary. Jean Fouquet. *Karol VII*. Ok. 1444–1455. Paryż, Luwr. Olej na desce. Fot. U.D.F. – Fototeka.
Obraz zamówiony, być może, do Sainte-Chapelle w Bourges.
78. Sztuka florencka. Andrea del Castagno. Sławni mężowie i niewiasty: *Farinata degli Uberti* (fragment). Ok. 1450. Florencja, Uffizi. Fresk. Fot. Scala, Florencja.
Fresk zamówiony do willi «La Volta di Legnaia» (Soffiano, Villa Carducci), w XIX w. przeniesiony do S. Apolonia we Florencji, wreszcie do muzeum.
79. Sztuka florencka. Donatello. Padwa, bazylika S. Antonio, ołtarz główny. *Złożenie do Grobu* (fragment). 1449. Piaskowiec. Fot. U.D.F. – Fototeka.
80. Sztuka florencka. Donatello. Florencja, S. Lorenzo, ambona lewa. *Zdjęcie z Krzyża* (fragment). 1460–1470. Brąz. Fot. Alinari, Florencja.
81. Sztuka florencka. Donatello. Florencja, S. Lorenzo, ambona prawa. *Męczeństwo św. Wawrzyńca* (fragment). 1460–1470. Brąz. Fot. Alinari, Florencja.
82. Sztuka florencka. Donatello. Florencja, S. Lorenzo, ambona lewa. *Zdjęcie z Krzyża* (fragment). Ok. 1460–1470. Brąz. Fot. Alinari-Giraudon, Paryż.
83. Sztuka florencka. Donatello. Florencja, S. Lorenzo, ambona prawa. *Męczeństwo św. Wawrzyńca* (fragment). 1460–1470. Brąz. Fot. Alinari, Florencja.
84. Sztuka florencka. Donatello. Florencja, S. Lorenzo, ambona prawa, *Zmartwychwstanie* (fragment). 1460–1470. Brąz. Fot. Alinari, Florencja.
85. Sztuka toskańska. Piero della Francesca. Zmartwychwstanie (fragment): *Chrystus*. 1463–1465. Borgo San Sepolcro, Palazzo comunale. Fresk. Fot. U.D.F. – Fototeka.

4

FLORENCJA

86. Sztuka florencka. Sandro Botticelli. Ilustracja do *Boskiej Komedii* Dantego: Raj, Pieśń XXI. 1492–1497. Berlin, Staatliche Museen, Kupferstich–Kabinett. Rysunek ołówkiem srebrnym i ołowianym. Fot. muzeum.

87. Sztuka florencka. Sandro Botticelli. Ilustracja do *Boskiej Komedii* Dantego: Raj, Pieśń I. 1492–1497. Berlin, Staatliche Museen, Kupferstich-Kabinett. Rysunek ołówkiem srebrnym i ołowianym. Fot. muzeum.
88. Sztuka florencka. Bertoldo. *Herkules,* posążek konny. Ok. 1480. Modena, Galleria Estense. Brąz. Fot. Alinari, Florencja.
Rzeźba wykonana dla Ercole d'Este.
89. Sztuka gotycka francuska. «Les Livres des histoires du commencement du Monde». Historia Orozjusza. *Porwanie Dejaniry.* 1390–1410. Paryż, Bibliothèque Nationale, zbiory francuskie 301, fol. 34. Miniatura na pergaminie. Ilustracja odwrócona. Fot. biblioteka.
90. Sztuka florencka. Pollaiuolo. *Porwanie Dejaniry.* 1475. Yale University Art Gallery, kolekcja James Jackson, New Haven. Malowidło na desce przeniesione na płótn. Fot. muzeum.
91. Sztuka gotycka, warsztat tureński. *Koncert* (fragment). Koniec XV albo początek XVI w. Paryż, Musée des Gobelins. Tapiseria. Fot. U.D.F. – Fototeka.
Tapiseria zamówiona, być może, do zamku Verger, Maine-et--Loire.
92. Sztuka florencka. Sandro Botticelli. *Wiosna* (fragment). 1478. Florencja, Uffizi. Olej na desce. Fot. Scala, Florencja.
Obraz zamówiony do Castello, willa Medyceuszy.
93. Sztuka wenecka. Giovanni Bellini. *Kondotier.* Ok. 1480–1484. Waszyngton, National Gallery of Art. Olej na desce. Fot. muzeum.
94. Sztuka wenecka. Marco Guidizzani. *Medal przedstawiający Bartolomea Colleoni* (fragment). Po 1455 – ok. 1462. Bibliothèque Nationale, Gabinet medali. Ołów. Fot. biblioteka.
Medal wykonany na zlecenie Senatu.
95. Sztuka florencka. Verrocchio. *Popiersie Juliana Medici.* Ok. 1478. Waszyngton, National Gallery of Art, kolekcja Mellon. Terakota barwiona. Fot. muzeum.
Popiersie wykonane na zlecenie Wawrzyńca Medici.
96. Sztuka florencka. Verrocchio. Wenecja, Campo Ss. Giovanni e Paolo. *Pomnik konny Bartolomea Colleoni* (fragment). 1479–1488. Brąz. Fot. Anderson, Rzym.
97. Sztuka gotycka niemiecka. Bernt Notke. Sztokholm, katedra św. Mikołaja. *Święty Jerzy.* Ok. 1489 (restaurowany i przemalowany 1913–1932). Drzewo dębowe. Fot. G. Sjöberg – A. T. A., Sztokholm.
98. Sztuka florencka. Verrocchio. Wenecja, Campo Ss. Giovanni e Paolo. *Pomnik konny Bartolomea Colleoni.* 1479–1488. Brąz. Fot. U.D.F. – Fototeka.
99. Sztuka florencka. Sandro Botticelli. *Narodziny Wenus* (fragment). Ok. 1485–1486. Florencja, Uffizi. Olej na płótnie. Fot. Scala, Florencja.
Obraz malowany we Florencji dla Lorenzo di Pierfrancesco Medici.
100. Sztuka wenecka. Giovanni Bellini. *Prawda.* Ok. 1490–1494. Wenecja, Akademia. Olej na desce. Fot. Osvaldo Böhm, Wenecja.
101. Sztuka florencka. Sandro Botticelli. Potwarz Apellesa (fragment): *Prawda i Wyrzut sumienia.* Ok. 1490–1494. Florencja, Uffizi. Olej na desce. Fot. Scala, Florencja.
Kolekcja Medyceuszy.

5

RZYM

102. Sztuka wenecka. Andrea Mantegna. *Mars, Diana i Wenus.* Ostatnie dziesięciolecie XV w. (?) Londyn, British Museum. Lawowany rysunek na brązowym papierze. Fot. muzeum.
103. *Apollo Belwederski.* Replika rzymska z oryginalnego brązu Leocharesa, IV w. p.n.e. Watykan, Muzeum Pio-Clementino. Marmur. Fot. Alinari, Florencja.
Posąg znaleziony z końcem XV w. w pobliżu Grotta Ferrata, posiadłości kardynała Juliana della Rovere.
104. Sztuka rzymska. *Menada i Satyr.* Połowa I w. Neapol, Muzeum Narodowe. Fresk. Fot. Scala, Florencja.
Pierwotnie w Pompei, Dom Dioskurów.
105. Sztuka rzymska. *Dzieciństwo Dionizosa.* 30–25 p.n.e. Rzym, Muzeum Narodowe. Fresk. Fot. Scala, Florencja.
Malowidło ścienne z domu w pobliżu Farnesiny, prawdopodobnie według oryginału z II w.
106. Sztuka wenecka. Giorgione. *Śpiąca Wenus.* Ok. 1508–1510. Drezno, Staatliche Kunstsammlungen, Gemäldegalerie Alte-Meister. Olej na płótnie. Fot. Gerhard Reinhold, Leipzig-Mölkau.
107. Sztuka rzymska. *Wenus w muszli.* Ok. 79. Pompeja, Dom Wenus w muszli. Fresk. Fot. Fabrizio Parisio, Neapol.
108. Sztuka grecka, Agesandros, Polidoros, Atenodoros. *Laokoon* (fragment). Druga połowa I w. p.n.e. (?) Watykan, Muzeum Pio-Clementino. Marmur. Fot. Hirmer, Monachium.
109. Sztuka florencka. Michał Anioł. *Głowa Łazarza.* 1510–1511. Londyn, British Museum. Rysunek lawowany piórem. Fot. muzeum.
110. Giraldi. *Szkoła ateńska.* 1448. Mediolan, Biblioteca Ambrosiana. Miniatura na pergaminie. Fot. biblioteka.
111. Sztuka umbryjska. Rafael. Watykan, Stanza della Segnatura. *Szkoła ateńska* (fragment). 1509–1510. Fresk. Fot. Scala, Florencja.
112. Sztuka florencka. Sandro Botticelli. Watykan, Kaplica Sykstyńska. *Kuszenie Chrystusa i Oczyszczenie trędowatego* (fragment). 1481–1482. Fresk. Fot. Scala, Florencja.
113. Sztuka umbryjska. Rafael. Watykan, Stanza dell'Incendio. *Pożar Borgo w 847* (fragment). 1514. Fresk. Fot. Scala, Florencja.
114. Sztuka umbryjska. Rafael. Watykan, Stanza della Segnatura. Szkoła ateńska (fragment): *Platon.* 1509–1510. Fresk. Fot. Scala, Florencja.
115. Sztuka umbryjska. Rafael. Watykan, Stanza della Segnatura. Dysputa o Najświętszym Sakramencie (fragment): *Bóg.* 1509. Fresk. Fot. Scala, Florencja.

6.

MANIERYZM

116. Sztuka umbryjska. Rafael. *Uzdrowienie chromego*. 1515. Londyn, Victoria and Albert Museum. Karton do tapiserii malowany temperą. Fot. muzeum.
Zamówienie papieża Leona X do Kaplicy Sykstyńskiej.
117. Sztuka sieneńska. Sodoma. Rzym, Farnesina. *Zaślubiny Aleksandra i Roksany* (fragment). 1512. Fresk. Fot. U.D.F. – Fototeka.
118. Sztuka umbryjska. Rafael. Rzym, Farnesina. *Triumf Galatei* (fragment). 1511. Fresk. Fot. U.D.F. – Fototeka.
119. Sztuka florencka. Michał Anioł. Florencja, S. Lorenzo, Nowa Zakrystia. Grobowiec Lorenza II Medici (fragment): *Myśliciel*. 1524–1531. Marmur. Fot. U.D.F. – Fototeka.
120. Sztuka florencka. Michał Anioł. Florencja, S. Lorenzo, Nowa Zakrystia. Grobowiec Giuliana Medici (fragment): *Noc*. 1526–1531. Marmur. Fot. U.D.F. – Fototeka.
121. Sztuka rzymska. Giulio Romano. Mantua, Palazzo del Té, Sala Olbrzymów. *Jowisz piorunuje Tytanów* (fragment). Ok. 1534. Fresk. Fot. Calzolari, Mantua.
122. Sztuka florencka. Pontormo. Florencja, S. Felicità, kaplica Capponich. *Zdjęcie z Krzyża* (fragment). 1526–1528. Malowidło na desce. Fot. Scala, Florencja.
123. Czeska sztuka gotycka. «Męka Pańska albo Życie Jezusa, Marii i świętych Wysłanników» (fragment): *głowa św. Jana Chrzciciela*. Ok. 1405–1410. Monachium, Bayerische Staatsbibliothek. Codex Cmg. 7369. Lawowany rysunek piórem. Fot. biblioteka.
124. Sztuka niemiecka. Dürer. *Melancholia* (fragment). 1514. Paryż. Bibliothèque Nationale, Gabinet rycin. Miedzioryt. Fot. biblioteka.
125. Sztuka florencka. Pontormo. *Nawiedzenie*. 1530–1532. Carmignano (okolice Florencji), S. Giovanni Battista. Malowidło na desce. Fot. Scala, Florencja.
126. Sztuka florencka. Rosso. *Czary*. Ok. 1532. Paryż, Ecole Nationale Supérieure des Beaux-Arts. Rysunek piórem brązowo lawowany. Fot. Giraudon, Paryż.
127. Sztuka florencka. Rosso. *Mojżesz broni córek Jetra* (fragment). 1523. Florencja, Uffizi. Olej na płótnie. Fot. Scala, Florencja.
128. Szkoła z Fontainebleau. Primaticcio. Pałac w Fontainebleau, pokój księżnej d'Etampes. *Nimfy*. Ok. 1535. Stiuk. Fot. U.D.F. – Fototeka.
129. Szkoła parmeńska. Parmigianino. Madonna o długiej szyi (fragment): *ręka Madonny*. Ok. 1535–1540. Florencja, Uffizi. Olej na desce. Fot. U.D.F. – Fototeka.
Pierwotnie w Parmie, kościół S. Maria dei Servi, kaplica Baiardich.
130. Szkoła parmeńska. Parmigianino. *Madonna o długiej szyi*. Ok. 1535–1540. Florencja, Uffizi. Olej na desce. Fot. U.D.F. – Fototeka.
Pierwotnie w Parmie, kościół S. Maria dei Servi, kaplica Baiardich.
131. Szkoła parmeńska. Parmigianino. *Antea* (fragment). Przed 1535. Neapol, Palazzo di Capodimonte. Olej na płótnie. Fot. Scala, Florencja.
Pierwotnie w Parmie, Palazzo del Giardino.
132. Szkoła parmeńska. Parmigianino. Madonna o długiej szyi (fragment): *anioł*. Ok. 1535–1540. Florencja, Uffizi. Olej na desce. Fot. U.D.F. – Fototeka.
Pierwotnie w Parmie, kościół S. Maria dei Servi, kaplica Baiardich.
133. Sztuka florencka. Rosso. Pałac w Fontainebleau, galeria Franciszka I. *Śmierć Adonisa*. 1536–1537. Fresk. Fot. U.D.F. – Fototeka.
134. Sztuka florencka. Rosso. Pałac w Fontainebleau, galeria Franciszka I. *Amor ukarany przez Wenus za porzucenie Psyche* (fragment). 1536–1537. Fresk. Fot. U.D.F. – Fototeka.
135. Sztuka francuska XVI w. Jean Cousin. *Eva prima Pandora*. Pierwsza połowa XVI w. Paryż, Luwr. Olej na desce. Fot. U.D.F. – Fototeka.
136. Sztuka florencka. Michał Anioł. *Brutus* (fragment). 1539. Florencja, Muzeum Narodowe. Marmur. Fot. U.D.F. – Fototeka.
Rzeźba wykonana w Rzymie dla kardynała Niccolo Ridolfi, zakupiona z końcem XVI w. przez Franciszka Medici.

7

WENECJA

137. Sztuka toskańska. Leonardo da Vinci. *Profil wojownika*. Ok. 1480. Londyn, British Museum. Rysunek srebrnym ołówkiem na papierze gruntowanym sproszkowaną kością słoniową. Fot. muzeum.
138. Sztuka toskańska. Leonardo da Vinci. *Chimera*. Ok. 1480. Windsor, biblioteka królewska (reprodukcja wykonana za łaskawym pozwoleniem królowej Anglii). Czarna kredka podrysowana piórem. Fot. University of London, Courtauld Institute.
139. Sztuka toskańska. Leonardo da Vinci. Gioconda: *fragment pejzażu*. 1503–1506. Paryż, Luwr. Olej na desce. Fot. U.D.F. – Fototeka.
Obraz zakupiony przez Franciszka I.
140. Sztuka flamandzka. Kopia Giocondy: *fragment pejzażu*. XVI albo XVII w. Rzym, Galeria Narodowa, Palazzo Corsini. Olej na płótnie. Fot. De Antonis, Rzym.
Dar rodziny Torlonia, 1892.
141. Sztuka toskańska. Leonardo da Vinci. *Gioconda*. 1503–1506. Paryż, Luwr. Olej na desce. Fot. U.D.F. – Fototeka.
Obraz zakupiony przez Franciszka I.
142. Sztuka flamandzka. *Kopia Giocondy*. XVI albo XVII w. Rzym, Galeria Narodowa, Palazzo Corsini. Olej na płótnie. Fot. De Antonis, Rzym.
Dar rodziny Torlonia, 1892.

143. Sztuka florencka. Piero di Cosimo. *Portret Simonetty Vespucci*. Ok. 1480. Chantilly, Musée Condé. Tempera na desce. Fot. U.D.F. – Fototeka.
144. Sztuka niemiecka. Grünewald. Ołtarz z Isenheim. Kuszenie św. Antoniego: *fragment pejzażu*. 1510–1516. Colmar, Musée d'Unterlinden. Malowidło na deskach. Fot. U.D.F. – Fototeka.
   Ołtarz przeznaczony do alzackiego klasztoru antonitów w Isenheim.
145. Sztuka niemiecka. Altdörfer. *Zmartwychwstanie*. 1518. Wiedeń, Kunsthistorisches Museum. Olej na desce. Fot. Meyer.
146. Sztuka wenecka. Giovanni Bellini. *Uczta bogów*. Ok. 1514. Waszyngton, National Gallery of Art, kolekcja Widener. Olej na płótnie. Fot. muzeum.
   Obraz ukończony przez Tycjana.
147. Sztuka wenecka. Tycjan. Wenecja, S. Maria gloriosa dei Frari, ołtarz główny. *Wniebowzięcie* (fragment). 1518. Olej na desce. Fot. Scala, Florencja.
148. Sztuka wenecka. Tycjan. *Wenus z Pardo* albo *Jowisz i Antiope* (fragment). Ok. 1560. Paryż, Luwr. Olej na płótnie. Fot. U.D.F. – Fototeka.
149. Sztuka wenecka. Tintoretto. *Umywanie nóg* (fragment). 1547–1550. Olej na płótnie. Madryt, Prado. Fot. Manso, Madryt.
   Obraz dla kościoła San Marcuola w Wenecji.
150. Sztuka wenecka. Tintoretto. Pokłon Betsabe (fragment): *obserwatorzy gwiazd*. Ok. 1548. Wiedeń, Kunsthistorisches Museum. Olej na desce. Fot. Meyer, Wiedeń.
   Obraz z cyklu sześciu przedstawiających sceny ze Starego Testamentu.
151. Sztuka wenecka. Tintoretto. *Zuzanna i starcy* (fragment). Ok. 1560. Wiedeń, Kunsthistorisches Museum. Olej na płótnie. Fot. Meyer, Wiedeń.
152. Sztuka wenecka. Tintoretto. Wenecja, Scuola grande di S. Rocco. *Chrzest Chrystusa* (fragment). 1579–1581. Olej na płótnie. Fot. U.D.F. – Fototeka.
153. Sztuka wenecka. Tintoretto. Wenecja, Scuola grande di S. Rocco. Ucieczka do Egiptu: *fragment pejzażu*. 1582–1583. Olej na płótnie. Fot. U.D.F. – Fototeka.
154. Sztuka wenecka. Tycjan. *Koronowanie cierniem*. Ok. 1540. Paryż, Luwr. Olej na desce. Fot. Giraudon, Paryż.
   Obraz zamówiony do S. Maria delle Grazie w Mediolanie.
155. Sztuka wenecka. Tycjan. *Koronowanie cierniem*. Ok. 1570–1571. Monachium, Alte Pinakothek. Olej na płótnie. Fot. Joachim Blauel, Monachium.
156. Sztuka wenecka. Tintoretto. *Biczowanie* (fragment). Ok. 1584–1594. Olej na płótnie. Wiedeń, Kunsthistorisches Museum. Fot. Meyer, Wiedeń.
157. Sztuka wenecka. Tintoretto. Szkic do *Raju* (fragment). Ok. 1578–1579. Paryż, Luwr. Olej na płótnie. Fot. U.D.F. – Fototeka.
   Obraz dla Palazzo Bevilacqua w Weronie.
158. Sztuka wenecka. Tycjan. *Pietà* (fragment). 1573–1576. Wenecja, Akademia. Olej na płótnie. Fot. U.D.F. – Fototeka.
   Obraz ukończony przez Jacopo Palmę Młodszego, ucznia Tycjana.
159. Sztuka wenecka. Tycjan. *Nimfa i pasterz*. Ok. 1566–1570. Wiedeń, Kunsthistorisches Museum. Olej na płótnie. Fot. Meyer, Wiedeń.

8

REMBRANDT

160. Sztuka holenderska. Rembrandt. *Józef sprzedany przez braci* (fragment). 1635–1640. Nowy Jork, The Pierpont Morgan Library. Rysunek pędzlem i piórem, atrament brązowy. Fot. biblioteka.
161. Sztuka holenderska. Rembrandt. Szkic do ryciny zw. *Wielka żydowska narzeczona* (fragment). Ok. 1635. Sztokholm, Muzeum Narodowe. Rysunek pędzlem i piórem, atrament brązowy. Fot. muzeum.
   Do reprodukcji: «pismo Rembrandta», 1635.
162. Sztuka holenderska. Rembrandt. *Ofiarowanie w Świątyni*. 1640. Bibliothèque Nationale, Gabinet rycin. Akwaforta. Fot. biblioteka.
163. Sztuka holenderska. Rembrandt. *Ofiarowanie w Świątyni*. Ok. 1658. Paryż, Luwr, Gabinet rysunków, kolekcja E. de Rothschilda. Akwaforta. Fot. U.D.F. – Fototeka.
164. Sztuka wenecka. Tintoretto. *Jacopo Soranzo*. Ok. 1564. Wenecja, Akademia. Olej na płótnie. Fot. U.D.F. – Fototeka.
   Obraz przypisywany dawniej Tycjanowi.
165. Sztuka holenderska. Rembrandt. *Żydowska narzeczona* (fragment). 1667. Amsterdam, Rijksmuseum. Olej na płótnie. Fot. muzeum.
166. Sztuka holenderska. Rembrandt. *Chrystus*. Ok. 1659. Nowy Jork, The Metropolitan Museum of Art. Olej na płótnie. Fot. muzeum.
167. Sztuka hiszpańska. El Greco. *Chrystus*. Ok. 1610–1614. Toledo, Museo y Casa del Greco. Olej na płótnie. Fot. Manso, Madryt.
   Obraz dla szpitala Santiago w Toledo.
168. Sztuka holenderska. Rembrandt. *Pielgrzymi z Emaus* (drugi stan). 1654. Bibliothèque Nationale, Gabinet rycin. Akwaforta. Fot. biblioteka.
169. Sztuka holenderska. Rembrandt. *Pielgrzymi z Emaus*. 1648. Paryż, Luwr. Olej na płótnie. Fot. U.D.F. – Fototeka.
170. Sztuka holenderska. Rembrandt. *Trzy krzyże* (czwarty stan). 1653. Paryż, Petit Palais, kolekcja Dutuit. Akwaforta. Fot. U.D.F. – Draeger.
171. Sztuka holenderska. Rembrandt. *Portret dziecka*. Ok. 1654. Fullerton (Kalifornia), Norton Simon Inc., Museum of Art. Olej na płótnie. Fot. Norton Simon Foundation, Los Angeles.
172. Sztuka holenderska. Rembrandt. *Mężczyzna z sokołem* albo *Sokolnik* (fragment). Göteborg, Konstmuseum. Olej na płótnie. Fot. muzeum.

173. Sztuka holenderska. Rembrandt. *Trzy drzewa* (fragment). Ok. 1643. Paryż, Luwr, Gabinet rysunków, kolekcja E. de Rothschilda. Akwaforta. Fot. Musées Nationaux, Paryż.

174. Sztuka holenderska. Rembrandt. *Powrót syna marnotrawnego*. 1636. Paryż, Instytut niderlandzki, kolekcja F. Lugt. Akwaforta. Fot. instytut.

175. Sztuka holenderska. Rembrandt. *Powrót syna marnotrawnego*. Ok. 1669. Leningrad, Ermitaż. Olej na płótnie. Fot. muzeum.

176. Sztuka holenderska. Rembrandt. Pallas Atena (Bellona) albo Aleksander Wielki (fragment): *kita na hełmie*. Ok. 1660. Lizbona, Fundacja Gulbenkian. Olej na płótnie. Fot. muzeum.
Dawniej własność carycy Katarzyny.

177. Sztuka holenderska. Rembrandt. *Autoportret*. Ok. 1668. Kolonia, Wallraf Richartz Museum. Olej na płótnie. Fot. Diathek Art Edition A.M. Loos, Kolonia.

178. Sztuka holenderska. Rembrandt. *Rozpłatany wół* (fragment). 1655. Paryż, Luwr. Olej na płótnie. Fot. U.D.F. – Fototeka.

*Tego samego autora
wydano w języku polskim*

Dola człowiecza

Czasy pogardy

Zdobywcy

Droga królewska

Nadzieja

Łazarz

Głowa z obsydianu

Przemijanie a literatura

Spis treści

Przedmowa v

    1. Metamorfoza Chrystusa 1

    2. Surowy styl chrześcijański 29

    3. Donatello 63

    4. Florencja 101

    5. Rzym 133

    6. Manieryzm 171

    7. Wenecja 203

    8. Rembrandt 253

Dokumentacja ikonograficzna 289

Redakcja wydania polskiego
Maria Raczyńska

Opracowanie techniczne wydania polskiego
Stanisław Małecki

Korekta
Barbara Czechowicz

Krajowa Agencja Wydawnicza, Warszawa 1985
Wydanie pierwsze. Nakład: 49.650 + 350 egzemplarzy
Nr prod. VIII-4/889/83. T-86
Organizacja wydania Yugoslaviapublic
Druk — Gallimard i GZH Zagrzeb
Książka zgodna z pierwowzorem Gallimarda
ISBN 83-03-00750-5
ISBN 83-03-00752-1